年度
傑出教師

It's really too bad that sometimes excellence comes at such a high cost.

FOR YOUR OWN GOOD

A NOVEL

SAMANTHA DOWNING

珊曼莎・唐寧 著

趙丕慧 譯

第一部

1

娛樂節目有一種特殊的臭味，刺鼻、苦澀，幾乎是粗暴的。

泰迪聞到那個味道了。

臭味跟著詹姆斯・沃爾德吹到門口，從他的毛細孔滲透出來，浸染了他的套裝，他亮晶晶的皮鞋，他白得嚇人的牙齒。

「很抱歉遲到了。」詹姆斯說，伸出了手。

「沒事，」泰迪說，「又不是每個人都能守時。」

詹姆斯的笑臉消失了。「有時候實在是不得已。」

「是啊。」

詹姆斯在一張學生的課桌坐下。通常，泰迪會坐在家長的旁邊，但這一次他坐在教室前方自己的講桌後，椅子微微側放，讓詹姆斯能清楚看見牆上掛的獎牌。泰迪的「年度傑出教師」獎牌上週才頒發下來。

「你說你想談談柴克的事。」泰迪說。

「我想討論他的期中論文。」

柴克的論文就擺在泰迪的講桌上——「《大亨小傳》中的黛西・布坎能：她值得嗎？」——

以及泰迪的評量。他抬頭瞄詹姆斯，他的表情仍一樣。「有趣的題目。」

「你給他B-。」

「沒錯。」

詹姆斯的笑容不多也不少。「泰迪，」不是克拉徹老師，像別人對他的稱呼那樣，也不是西奧多，就只是泰迪，活像兩人是朋友。「你也知道三年級的成績對申請大學有多重要。」

「我知道。」

「柴克是每一科都拿A的學生。」

「我了解。」

「我讀了他的論文，」詹姆斯說，稍微向後靠著椅子，一副準備要長談的模樣。「我覺得寫得很好，也展現出大量的創意。柴克非常努力才想出了一個沒有人寫過的題目。他真的很想要在一本已經被討論得*ad infinitum*的書上打開一個不同的視角。」

*Ad infinitum*❶。這個短語在空中懸浮，如鐘擺般晃動。

「你說得對。」

「可你還是給他B-。」

「柴克寫了一篇好文章，而好文章拿B。特優的文章才拿A。」泰迪拿起了他的評量，交給

❶意為「無休止的」。

詹姆斯。「你可以自己看各項評量。文法、架構、技巧……都在這裡。」

詹姆斯得站起來才拿得到，這讓泰迪在心裡竊笑。他雙手交疊，靜觀其變。

詹姆斯才剛要看，手機就響了。他拿出手機，豎起一根指頭要泰迪稍等，隨即站起來走出房間去講電話。

丟下泰迪一個人來思索他被浪費的時間。

詹姆斯要求會面。詹姆斯特別說明必須要在晚上。這是泰迪不得不迎合家長的無奈，而這種無奈沒完沒了。

他瞪著自己的手機，數著一分鐘又一分鐘。要是他就這麼站起來，直接從詹姆斯面前走過去，揚長而去，不知他會有何反應。

真可惜他不能這麼做。

要是泰迪走了出去，詹姆斯就會打電話給校長投訴，校長會打給泰迪，提醒他學費是家長支付的，他的薪水也是。貝爾蒙並不是公立學校。

倒不是說他會被開除。就在半年前，他才被選為「年度傑出教師」啊，拜託。不過也會很頭痛，而他不需要自己找頭痛。現在不必。

所以他待著，數著分秒。瞪著牆壁。

教室井然有序，樸實無華。泰迪的講桌上只擺著柴克的論文，一支筆，一台筆電。牆上沒有什麼勵志的海報，沒有月曆。什麼也沒有，只有泰迪最近的獎牌。

貝爾蒙學院是一所歷史悠久的學校，暗色的鑲板，結實的門，以及原始的木地板。唯一的現代增建是門邊的小儲物架，是學生在上課放手機的地方，泰迪為了這個東西還和董事會爭了很久。現在，其他老師也因此而感激他。

在置物架裝設之前，學生上課隨時都在用手機。幾年前有一次泰迪砸了一個學生的手機，那可是很昂貴的一課。

五分鐘過去了，詹姆斯還沒進來。泰迪開始挑指甲皮，這是他從中學起就養成的習慣，不過多年來他已經戒掉了。去年夏天，他卻又開始了。他討厭自己，可就是停不了。

時間繼續流逝。

要是等待詹姆斯跟其他的家長每多等一分鐘泰迪就能多賺一塊錢，他早就不必教書了。他早就可以爽爽地躺著過日子了。

十一分鐘過去了，詹姆斯這才進到教室來。

「我道歉。我在等這通電話。」

「沒事，」泰迪說，「有些人就是講個不停。」

「有時候，根本不可能掛掉。」

「是啊。」

詹姆斯回課桌坐下，說：「我就直說好了。柴克的論文有沒有什麼我們能做的？」

「沃爾德先生，你說的做意思是問我能不能修改他的成績嗎？」

「嗯，我覺得那是一篇得A的文章，也許A-吧，不過仍是A。」

「我了解。我也理解你對柴克以及他的將來的關心，」泰迪說，「不過，你能想像我修改他的成績的後果嗎？你知道那會有多麼不公平，不但是對其他的學生，同時也是對學校？如果我們開始根據家長認為應該給的分數來打成績，而不是老師的，我們又如何知道我們是不是恪盡教職呢？我們就不可能知道我們的學生是不是學會了，他們的教育是不是有進步。而這個，沃爾德先生，才是貝爾蒙的教育宗旨。」泰迪停下來，看著詹姆斯沮喪的表情，心裡樂開了花。現在可沒那麼目中無人了吧。「所以，不，我不會修改你兒子的成績，危害了本校的誠信。」

教室裡一片寂靜，只有鐘聲滴答。分針以響亮的一聲噠前進一格。

詹姆斯清喉嚨。「我道歉。我並不是這個意思。」

「道歉接受。」

但是詹姆斯還沒完。總是這樣的。

「也許柴克可以額外交份作業，讓他再讀一本書，寫篇報告？」

泰迪瞪著手看，同時考慮。他食指的角質層已經參差不齊了，而現在才是學期中。

「也許吧，」他終於說，「讓我考慮考慮。」

「我只要求這麼多。我很感激，柴克也是。」

柴克是個自大的小混蛋，完全不知感激，眼睛裡只有他自己。所以他才沒拿A。

他的文章寫得很好，其實是非常好。要是柴克的性格好一點，他的成績就會再高一點了。

2

泰迪的老紳寶是停車場上唯一的車子，別人早就離開了，連運動校隊和其他的老師都走了。今晚，他是最後一人。他用鑰匙開門——這輛汽車沒有電子裝置——把公事包放進後座。

「克拉徹老師？」

這聲音害泰迪嚇了一跳。一秒之前停車場還是空的，現在卻有個女人站在他後面。

「對不起，我不是故意要嚇你的。」她說。

她身材高挑，曲線玲瓏，深色頭髮剪到下巴的長度，嘴唇是李子色。她穿了一件樸實的藍洋裝，高跟鞋，手提包像是滿貴的。他見得多了，所以知道。

「有事嗎？」泰迪說。

「我是潘蜜拉．沃爾德，柴克的母親。」

「喔，妳好。」泰迪稍微站挺一點。「我們之前應該沒見過。」

「對，沒見過。」她上前來伸出手，泰迪嗅到了她的一絲氣味。梔子花。

「妳大概跟妳先生錯過了，」他說，同她握手。「他二十分鐘前離開的。」

「我知道，他跟我說了。」

「那，我們——」

「很抱歉錯過了會談。我只是想順道來拜訪一下，確定一切都處理好了。」她直勾勾看著他的眼睛，毫不畏懼。不怕他，也不怕一個人在夜間的停車場上。

「處理好？」他說。

「就是你會為柴克盡心盡力。」這句話不是在提問。

「那是當然的。我一向都為自己的學生盡心盡力。」

「謝謝。我很感激，」她說，「晚安。」

「妳也晚安。很高興認識妳。」

她點個頭就轉身走掉了。

現在他看見她的車子了，就在對面。一輛黑色的跨界運動休旅車，幾乎融入夜色中。她也一樣。

泰迪坐進了車子裡，從後照鏡盯著她駛離。

在今晚之前他沒見過詹姆斯或潘蜜拉．沃爾德。很不尋常，因為柴克只不過是三年級。泰迪特別留意每一次的新生訓練、家長之夜、募款晚會，以及每一場的運動賽事，從不缺席，至少重大的賽事一定會去露個臉。大家都認識泰迪．克拉徹，大部分的人也都見過他太太愛莉森。

詹姆斯寫電郵來說想要見面，他很意外。泰迪在網上查過，得知他是在金融業。不意外——貝爾蒙的家長有一半都在金融業工作。這讓詹姆斯有點無趣，有點像路人甲。比較好應付。

現在，泰迪知道更多詹姆斯這個人了，還有他的太太。不過也沒有什麼大不了的，除非是他能加以利用。

從正面看，泰迪的屋子像一棟廢棄的房子。籬笆上的木板破裂，花園裡雜草蔓生，門廊下陷。他跟太太買下來時房子是一棟待修屋，他們從水電、屋頂開始整理。所耗費的資金超出了預算，花費的時間也過長。他到今天也沒法確定是哪一樣先耗盡的，金錢或是欲望，反正他們在幾年之前就不再整修了。

屋子內部情況好一些。搬家之前房間都粉刷過，地板也重裝過。

他差點就要出聲喊他太太，卻又打住了。

沒必要。

住在這麼一棟大房子裡有個好處，泰迪跟他太太都有充裕的空間，兩人有自己的書房。她的面向後院，理論上是會有花園和水池的美景可看。不過那只是空中閣樓。

他的書房在屋子的正面一角。他曾想像過看著窗外的草皮以及圍繞住草皮剛粉刷過的籬笆，而實際上是窗帘從沒拉開過。

他的電子信箱裝滿了學生傳送的信件，問作業的。他們想延期，想解釋，想要更詳細的指引。總有花樣。現在的學生就是不能乖乖聽話，老是有更多的需索。泰迪有一半的工作是在解釋說明，一次、兩次、三次，甚至四次。

今晚，他不理會那些電郵，先給自己倒了一大杯牛奶。他不常喝牛奶——乳製品總是會害他難受——不過他喜歡牛奶。今晚則是一次特別招待。有樣東西幫他思索要拿柴克怎麼辦。

3

柴克．沃爾德在他的樓上房間裡忙著寫歷史作業，同時在網上聊天。他父親的簡訊打斷了他。

麻煩下樓來。

他根本沒聽見他父親的車子回來，更別說是他進屋了。柴克傳了簡訊給朋友盧卡斯。

得走了。我被叫下樓。

盧卡斯發了一個彈炸開花的表情符號。

柴克往樓下走，同時提醒自己無論發生什麼事，最好都管好自己的嘴巴。除非是必要情況。他的爸媽無論做了什麼都已經是做了，不需要現在為了那個吵架。

「進來。」爸說，揮手要他到客廳。他仍穿著上班的套裝，只脫掉了外套。媽的樣子就跟她今早出門時一模一樣，只少了高跟鞋。

外貌上柴克是他父母的混合版。濃密的頭髮，下巴線條，酒渦遺傳自他爸。眼睛和長睫毛則是來自媽媽。爸爸和媽媽最好的一部分。基因上的頭獎，柴克也知道。

「坐。」爸說。

柴克坐在沙發上，而爸媽則分坐在他兩側的椅子上。這讓他覺得像被困住了。

「今晚我跟你的英文老師見過面，」爸說，「你母親被工作耽誤了。」

「不過我後來見過他，」她說，犀利地看了爸一眼。「所以我們都跟他談過了。」

「克拉徹老師是個有趣的人。」爸說。

柴克沒吭聲，他才不會上當呢。

「我們就你的論文好好談了一談。他把他的評量表拿給我看，我提出了幾點他可能遺漏的地方。他同意了我大部分的意見。」爸暫停，讓媽接著說。

「我跟克拉徹老師的交談不是很長，但是他似乎很願意重新考慮他對你的論文的評分。」她說。「我想他了解即使是老師也是會犯錯的。」

克拉徹承認他錯了？不可能。但是柴克很肯定他的爸媽是這麼認為。

「總之，我認為在你的論文上，我們可以達成協議，」爸說，「目前他還不願意更改你的成績，因為你的作業已經發下來了，不過他願意再給你一份作業。基本上就是額外的成績。這麼一來，你的分數就會從B-提到A-，而不會在學生中造成什麼分歧。」

換句話說，克拉徹拒絕了。柴克一點也不意外，因為他的英文老師討厭他。也真是奇怪了，因為老師們一向都喜歡他，在遇上克拉徹之前他跟老師一向都沒有問題。

他也從沒拿過B——B+或是別的。

「我們覺得這是最好的結果了，」媽說，「你的平均成績仍然完整，沒有什麼不恰當的地方。」

柴克點頭，強忍著不對她的說法笑出來。他們巴不得能說服克拉徹修改成績，可是他們做不到——也打死不會承認。

就像爸說的：失敗可能是個錯覺。

這只是他的眾多名言之一，他戲稱為「沃爾德語錄」。柴克從小聽到大，大多數都是蠢話。

他的爸媽都看著他，柴克這才明白他們是在等他說話。

「謝謝你們。」他說。

「不客氣，」媽說，「你知道我們一向都是很樂意幫忙的。」

那還用說。只要能讓他進常春藤聯盟名校。不過這一次，他不想要他們幫忙。他不想要他們去找克拉徹，不想要他們請求修改他的成績。B-沒那麼大不了——才一篇作業而已。又不是他的學期總成績。

不，他們說，交給我們。

可是他們的修改成績想法卻給他，不是他們，招來更多功課。而且克拉徹可能比以前還要討厭他。

好極了。

「克拉徹老師有說另一份作業是什麼嗎？」柴克問。

「沒有，」爸說，「他要考慮考慮，我想他會直接告訴你。」

「如果他沒跟你說，要讓我們知道。」媽說。

柴克點頭。他當然會。

「而且在你交出去之前，我們一起來看一遍。」爸說。

又是點頭。想得美。

爸的手機響了。他從口袋裡掏出來，向媽點個頭就走出客廳。

「吃過飯了嗎？」媽說。

現在是晚上八點——柴克當然是吃飽了。一個人吃的，就跟大多數的晚上一樣。「吃過了。」他說。

「好。」她微笑，拍拍柴克的膝蓋。「那就暫時這樣了。克拉徹老師的事要隨時讓我們知道。」

「好。」

柴克走出客廳，在門廳經過他父親身旁。爸在跟某人吼叫某些柴克漠不關心的事情。他現在連偷聽都省了。爸的電話在一陣子之前就變得枯燥乏味了。

回到樓上，他上網找盧卡斯。下線了。他又再尋找別的朋友，一個也沒找到，所以他就回頭去寫他的歷史報告了。不過很難專心，他的心思老是飛到那份額外的作業上，納悶著克拉徹會給他多少時間完成。

雖然時間還早，疲倦卻早早入侵了。夾在克拉徹和他父母之間，柴克覺得他像彈珠台裡的球，被他們打得到處撞壁。

他拿起手機發簡訊給朋友珂特妮。

我爸媽爛透了。

一分鐘後才傳來回文：又不是大新聞。

真希望他們別管，柴克寫道。

你的青少年煩惱並不會讓你變成一片獨特的雪花。

珂特妮又在看《戀愛時代》重播了。她心情很好時就喜歡看。柴克懶得回，要是繼續下去，珂特妮可能會把他的父母說成「親本組」，柴克就可能會把手機丟出窗外。

他在床上躺下來，瞪著現代的、對稱的燈具，是媽為他的房間挑選的。他看了就討厭，他也討厭家具、地毯、牆壁，全都是不同色調的灰色。每次他走進房間，就好像是踏進了一朵陰沉沉的雲裡。

不到兩年。精確來說是二十二個月，然後他就會離開貝爾蒙，離開這棟屋子，離家去上大學了。在這個階段，大學是哪一所都無所謂。

閉嘴，微笑。

不是他爸的名言，是貝爾蒙名言，所有學生都知道。這是他們的生存之道。

4

在昨天之前，泰迪一直把柴克看成一個小王八蛋，為了上課不准用手機而嘀咕抱怨——而且聲音很大。他總是坐在教室中央，臉上掛著假笑，一逮到機會就說笑話，惡意挖苦，或是做出吸引注意的舉動。

而在泰迪見過他的父母之後，他對柴克的印象更壞了。爹地會保護他，或是他認定如此。

「我們要做點不一樣的，」泰迪對著全班說，引起了他們的注意。「我決定讓你們選擇我們的下一本書。」

他以誇張的動作收起了遮住黑板的螢幕。泰迪和其他老師不同，他兩樣都不捨棄，他不使用電子白板。

書名都寫在黑板上。泰迪給他們時間瀏覽。有些學生把書名抄下來，有些只是瞪著看。是疑惑吧，因為被賦予了選擇權。

「有什麼當下的想法嗎？」泰迪說。

三名學生舉手，總是這三個人在舉手。泰迪指著最不討厭的那個。

「康諾，」他說，「你想選哪一本？」

「《白鯨記》。」

有些學生笑了。即使少了手機，他們也知道《白鯨記》一定比第二本書要短，要輕鬆。

他們沒想錯。

兩個學生仍舉著手，但是泰迪不看他們。他掃視教室，視線落在後排。那些隱形人。他都是這麼叫那些想消失的學生的。

「凱薩琳。」他說。

她猛地抬頭。剛才她一直瞪著課桌。

「想提供一點看法嗎？」

她看著黑板，可能是大姑娘上花轎——頭一遭。凱薩琳是個嬌小的金髮女孩，皮膚白得讓她整個人幾乎是透明的。

「呃。」她說。

「呃？」

「抱歉。我是說，不，我沒有意見。」

她從來都沒有。泰迪瞪著她看，看得她別開了臉。

最後他盯上了柴克，他正看著斜對面的一個女生，他在瞪人家的腿。

「柴克，」泰迪說，「對這些書有什麼想法嗎？」

柴克向上瞄，一點也沒有驚訝的表情。他說話時面帶微笑。「我相信兩本都是偉大的書。」

某處有個女生吃吃笑。

「可是如果要我選，」柴克說，「我覺得《白鯨記》是最好的選擇。我覺得它和我們息息相關，尤其是環境現在是那麼的重要，特別是海洋。」

班上有些人鼓掌，其他人則翻白眼。

大多數學生都不想讀查爾斯・狄更斯的《荒涼山莊》，這也不能怪他們。它比《白鯨記》多了十五萬字。

「謝謝你，柴克。還有人嗎？」

誰也沒舉手。

好極了。正中泰迪下懷。

教員休息室在二樓，遠離大多數的教室，也比大多數的教室舒服。有厚墊的座椅，陶瓷杯盤，偶爾會有免費點心，還有大量的咖啡。泰迪在下課時會到休息室去，卻不是去找人聊天。休息室是唯一能讓他喝到他最愛的研磨咖啡——精品深焙——的地方。

下午下課時，休息室人很多。單杯咖啡機前在排隊。他們需要兩台以上的咖啡機早就是人人掛在嘴邊的話題了。

泰迪向法蘭克點頭微笑，他以前是本校的橄欖球隊員，現在則是數學老師。他非常年輕，對教書、咖啡和他的宗教信仰非常熱中。他已經被警告過一次，不許在學園裡討論他的信仰。

「我都試過了，」法蘭克說，指著架上的咖啡膠囊。「結果還是喝衣索比亞烘焙，不會太濃，也不會太淡，知道嗎？」

「知道。」泰迪說。

「而且支持衣索比亞是好事。我們一定要幫助那些較不幸的人。」

一個大嗓門切斷了所有人的閒聊。

「我們真的沒有黃金烘焙了嗎？」

聲音是一位科學老師的，她是一名中年婦人，叫敏蒂。是個神經緊張的人——不管有沒有喝咖啡。

「不可能。」她說，一面打開所有的櫃子。另一位老師也幫著找。

泰迪走向咖啡機，開始煮他的精品深焙咖啡。

「我之前才上來過，我發誓那時候還有半盒。」敏蒂說，同時甩上櫃子門。

「說不定都用光了呢。」某人說。

「不可能。不可能。」

泰迪的咖啡煮好了，而這時敏蒂則宣稱咖啡一定是被偷了。「有人能進來這個房間，」她說，「這也不是什麼新聞了。」

她沒說錯。這些年來發生過幾起失竊，有些解決了，有些沒有。但是不曾有過偷咖啡膠囊的事。

唯一的例外是泰迪。雖然用「偷」這個字眼稍嫌強烈了些，但是他偶爾會放幾個膠囊到口袋裡，以備稍後之用。當然是在教員休息室裡用。大部分都是。

不過敏蒂指的不是這個。她是認為有人偷竊大量咖啡。她每個櫥櫃都檢查了至少兩次，這才氣呼呼走出房間。

泰迪微笑著啜飲咖啡。沒有比一點點刺激更能讓一天增添些許趣味了。

「不知道她今天班上出了什麼事，」法蘭克說，煮他自己的衣索比亞咖啡。「一定是有學生搗亂。」

泰迪還沒回答，索妮雅．班哲明就走了進來，抓起一個淺烘焙膠囊，對每個人微笑。

「你們兩個今天還好嗎？」她對泰迪和法蘭克說。

「我還好。」法蘭克說。

「非常好。」泰迪說。

「好，好，今天天氣真不錯吧？」她說。她的笑臉就跟她加入咖啡裡的人工甜味劑一樣虛假。她攪拌咖啡，湯匙碰撞著杯子，玎玎聲不絕於耳。

「是啊，」法蘭克說，「今天適合到戶外去。」

索妮雅又對他們閃出一抹笑。「一定是的。」

她走出了休息室。今天，她的洋裝是一種噁心的黃色，但是泰迪倒沒有時間多想，他想的是她的樣子有多自滿。索妮雅的臉上總是掛著這副表情。

「嗯，」法蘭克搖著頭說，「今天有人在她的咖啡裡加了東西。」

「大概吧。」泰迪說。

法蘭克錯了，沒有人在她的咖啡裡摻東西，至少今天沒有。

但是泰迪幹過這種事。

5

泰迪花了很多時間思索該如何投票。他的第一個念頭是要學生舉手，這個想法很誘人。他喜歡讓學生看見誰選了哪本書。

但壞處是可能會適得其反。大多數的孩子都盲從，只憑他們欣賞誰、不欣賞誰，所以可能在最後一刻改變心意。發生的機會雖然渺小，畢竟選項有限，但也不是不可能的。

那就是匿名投票了。不這樣也不行。

他花了一晚上邊喝茶邊設計選票。今晚不是牛奶之夜。乳製品只留給特殊的時候。喝得太多，他又得在浴室裡抱著肚子幾個小時。

不過今天不會。他坐在空洞的大房子裡的書房中，盡全力不去想他的太太。

不，不。不。

他不要去想她。就連看電郵也比去想愛莉森要強。硬生生逼著自己不要再挑指甲皮，他叫出了信箱。電子郵件都很無聊，毫無新意，而且容易答覆。跟他太太正好相反。

偶爾他會收到一則有趣的信。今天，他中了電郵樂透。

是以前的一個學生寫來的，一個恐怖的女孩子，根本就不配進貝爾蒙讀書。她不聽課，課堂上不參與，一開口說話就是個自大的勢利眼。菲倫・奈特就是乘上一百倍的柴克・沃爾德。不過，他媽的，她的作業卻是泰迪見過最優秀的。她樣樣第一，從入學到畢業。泰迪別無選擇，只能給她的每一份作業都打A——只是每次都給個A-。

不過呢，天道好還，對菲倫而言，就是她要求泰迪寫推薦信的時候。

寫的時候他樂歪了。

泰迪一點細節也沒遺漏，仔仔細細描述了菲倫的態度、她在班上的行為，以及她對於自己的那種根深柢固的精英信念。

他還提到了——也許還又進一步說明了——他認為菲倫作弊。這個女孩子無論申請什麼都得手。校董會的學生代表？菲倫．奈特。家長會的學生代表？菲倫．奈特。夏季研討會負責人？還是菲倫．奈特。

她一定是玩了什麼手段。說不定是利用她的爸媽來影響讓誰雀屏中選，而這對泰迪來說無異於作弊。所以他也寫在了推薦信裡。

許多老師會把推薦信直接交給學生。泰迪可不會，他直接寄給收信人，所以菲倫的推薦信送到了她申請的每一所大專院校。

結果沒有一所學校要她。

稱了他的意。作弊的不成文規矩是寧枉毋縱。無論學生多麼富有，都不值得賠上學校的名譽。

等菲倫想通已經一年過去了，而那時想挽回也來不及了，就連她爸媽的錢都幫不上忙。她現在只能去念一所州立大學，不是什麼好學校。

菲倫把她自己的問題全都怪到泰迪的頭上。

又是我，來提醒你你有多垃圾。你記得我寫的那篇《憤怒的葡萄》的報告嗎？你給了我A-。我用同一篇報告去交文學課的作業，拿了A。很高興知道還是有一些誠實的老師的。

泰迪讀了兩遍。菲倫總是能讓他發笑。

✣

星期五的學生簡直不像話。他們只想要手機——那麼急著跟朋友訂約——而且巴不得不在教室裡。

真可惜了。他們還有一個小時是屬於泰迪的。

今天，他格外瀟灑。他穿了最好的一件外套，一件全新的襯衫，而休閒褲的褲褶銳利得可以割穿玻璃。不過他沒刮鬍子，鬍碴是他的一個特色。

「我希望大家都仔細想過要讀哪一本書，」他說，指著黑板。「在投票之前，有誰有什麼話要說嗎？」

他環顧班級。沒有一個學生舉手。

「那就開始吧，」他說，「你們的桌上有選票，請圈選你想讀的書。選完之後對折，我會過去收。」

泰迪拿了個缽放選票。這只手工陶缽是深藍鑲金邊的，十三年前的結婚禮物，是愛莉森的一個寶貝，泰迪卻像在拿保鮮盒。

他繞行教室，向每一個學生舉出陶缽。有些人把紙對折，有些三折、四折，甚至五折。人人都投票了，就連隱形人也是。

收完之後，泰迪回到講桌，把選票攪和一下，再把缽放下。

「我們大家一起數。」他說，笑望著學生。

他們一臉詫異，活像是他們斷定他會私下裡算。有時讓人捉摸不定是很有好處的。

「第一張，」他說，打開選票。「《白鯨記》。」

他一張一張打開，把結果寫在黑板上讓每個人都看見。票數越接近，學生就會越認真。他從他們的眼神中看得出來，現在既不是兩眼無神，也不是半睡半醒。他們興致勃勃，專心警醒。開票繼續，教室中的張力也越緊繃。

一起數可能是泰迪最高明的點子。

「還有三張，」他說。把下一張拈出來，眼裡有火花。「《荒涼山莊》。」

一些學生呻吟。

泰迪在書名下作了記號，再拿出下一張選票。

「倒數第二張選的是……《荒涼山莊》。」

要是前一分鐘還有人在神遊，現在也都收心了。

「最後一張。」他說，慢悠悠地打開來。學生很驚訝得票數是這麼接近，這也是應該的。因為他們上當了。

事實上，全班一面倒選《白鯨記》。意料之中的結果，卻一點也不好玩。要讓全班參與就得要要點小心機。為了要更好玩，泰迪一點也不介意篡改結果。

他不像坐在他面前的學生，他並沒有得到最好的教育。其實，根本就談不上教育。沒有人告訴他是非對錯不見得就是乍看之下的是非對錯，他得要自己摸索。他也得自己學會說謊不是選項，而是必需。

他走向黑板，極誇張地劃下最後一筆——就在《白鯨記》的旁邊。

全班學生集體鬆了一口氣。

「你們已經做了決定了，」他說，「週末愉快。」

學生們抓起手機就要走，泰迪又說了一句：「柴克，你可以留個一分鐘嗎？」

柴克點頭，等著同學都離開時一直看著手機。泰迪等到教室空了才開口。

「你上一份的作業我又看了一遍。」

柴克沒吭聲。算他識相，沒有微笑或傻笑。

「我決定給你一份額外的作業來提升你的成績。」泰迪說。

「謝謝。我真的很感激。」

「我要你讀那本同學們沒選的書，寫份報告。」泰迪往後靠著椅背，雙手交握，放在腦後。

「你要我讀《荒涼山莊》？」柴克說。

「沒錯。而且下個星期交上來。」

柴克的下巴往下掉，一時間，他像是要爭辯的樣子。但是他做了聰明的決定。「嗯，好。好，我可以。」

「我就知道你可以。」

柴克走出去時有點頭重腳輕的樣子。他不寫也不行，因為他沒得選擇。

說不定這個教訓能教會他，犯了錯別讓爸媽幫他出頭。

6

索妮雅．班哲明走在走廊上，對每個經過的學生微笑，而那些沒盯著手機的人會回以笑容或是揮手。

「早安，班老師！」

「早安，」她說，笑容溫暖真摯。每個學生都叫她班老師。「你好嗎，康諾？」

「很好，非常好。」他笑著說。

康諾的後面是瑟蕾絲特、諾亞、派崔克、李、席芳……全校學生的名字她差不多都叫得出來。十年了。她在貝爾蒙教書十年了。認真算起來是九年又十一個月十八天，再過不到兩個禮拜就會是她的第十年。

她知道教職員在計畫什麼，一向如此。晚會吧。她喜歡這個字眼，從舌尖唸出來有如流水。索妮雅已經節食了一個月，希望能穿得下她的紅洋裝，她有好幾年都穿不下了。在貝爾蒙這種學校教書就得付出這個代價，這裡的供餐不但豐盛，而且還美味可口。就連校長都在餐廳吃午餐，而且還不是義務，是他自願的。

再十一天。她可以吃十一天的胡蘿蔔和生菜。

今天是星期一，學校在鳴動。週末對學生就有這種奇怪的影響。一半的人會寧可仍留在家裡，另一半的人則只要不是在家裡就好。索妮雅十分警覺，隨時在留意是否有人有強烈的情緒，或是即將情緒爆發。

預備鈴響起，讓學生知道還有四分鐘就上課了。為了計算出這個鈴聲實際需要提前的時間，校方還成立了一個特別委員會，而計算出的結果就是四分鐘。索妮雅不在委員會裡，所以沒有多嘴，不過她卻覺得根本是在耍白痴。原本的五分鐘前預備鈴就很好了。

「班老師！」

她一踅身就看見柴克．沃爾德小跑步過來。「喔，早安。」

「嘿，我很高興遇到妳。我今天本來要去找妳的。」

「喔？什麼事？」

「那篇文章。」

「交稿日是星期五。」她說。

「我知道。問題就在這裡。」

索妮雅的笑容消失了。

《貝爾蒙號角》是每月的第二個星期三在網上出刊的。身為校刊的顧問，索妮雅得確保校刊每一次都能準時發行，沒有例外。而在她的督導之下，也從來沒開過天窗。

「柴克，」她說，「要是你沒在星期五之前交上來，我們就沒有足夠的時間編輯。」

「我知道。」

她靜待下文。

「問題是，」他說，「我沒辦法在那個時候交出來。」

索妮雅搖頭，假裝沒聽見。

「我真的很抱歉，」他說，「可是我星期五要交一份作業給克拉徹老師，我沒辦法兩篇都寫。」

「這不像你，」她說，抿起了嘴唇。「聽起來你的時間管理不夠好。」

「不是的，我發誓。他兩天前才給我指定作業的，是……是額外加分用的。我為了成績一定得寫。」

儘管她對泰迪．克拉徹很有意見——還有他的教學方法——她卻管住了嘴巴。

她只是瞄了瞄手錶。柴克的下一堂課就快遲到了，她也是。「下課後來找我，我們到時再商量。」

柴克點頭，拔腿跑掉了。一路上還向走廊上的半數學生揮手，他們也都揮手招呼。要不喜歡柴克很難，他是那種你會想要幫忙的學生。

她走進教室，學生都坐好了，在等她。她關上門，上課鐘也應聲響起。沒有手機可玩，他們全都瞪著她，像一窩迷失的小狗，不知道下一步是什麼。

幸好有索妮雅來指引他們。

索妮雅一抓到機會就發簡訊給《號角》的學生編輯，讓她知道柴克的文章可能無法準時交稿，他們可能需要另一篇文章來遞補。

珂特妮慌了手腳，她實在太容易緊張了。

可我們沒時間找另一篇！

放心。我們會解決的，索妮雅回道。哪次不是！

！！！！！！！！！！！！！！！！！！！！

珂特妮那一長串的驚嘆號填滿了整則簡訊。她是三年級，就是人人口中的「最後機會」年。把總成績提高的最後機會，參加各大專院校都愛的那些課外活動的最後機會。三年級是個上大學的壓力鍋，而且不僅僅是對學生而言，家長也是。

他們花了大把的鈔票把孩子送進貝爾蒙，因此，他們也有所期待。不是上好大學，而是頂尖大學。常春藤聯盟是目標，最不濟也得是西岸大學中的翹楚——柏克萊、史丹佛、洛杉磯大學。必須是赫赫有名的，而且人脈網絡更得深廣。一所可以確保孩子將來的大學。

很累人。而自從學院的入學醜聞發生之後，情形變得更壞。所以索妮雅才會對泰迪偏偏挑中這種時候指定額外作業特別火大。

通常涉及其他老師和他們的教學方法時，她的原則是不去干涉。各人有各人的做法，她總這麼說。可是這一次，她決定她必須介入，說點什麼，即使對方是泰迪。這是她的責任，因為這些孩子的壓力太大了。

每一年，索妮雅都會格外留意有沒有學生就快情緒潰堤。有的，不止一次。有時，崩潰的是老師。

有一次，甚至是校長。

7

索妮雅很討厭泰迪的教室，白茫茫的牆壁會害她發瘋。還有他不肯用電子白板也是莫名其妙，一整個莫名其妙。她最看不起的就是希望仍活在一百年前的人了。

但是大多數人卻覺得他很會教書。有些人甚至對他讚譽有加。

午餐時間，她發現他坐在講桌後，吃蠟紙包裝的三明治，還有一顆蘋果。感覺上他的年紀應該要更老一點才對。泰迪四十歲，她會知道是因為學校為他舉辦了一個盛大的生日派對。太盛大了。

「索妮雅，」他說，站起來招呼她。「哈囉。」

「嗨，泰迪，你好嗎？」

「很好，妳呢？」

「非常好。」

她這時才第一次看到那塊獎牌。在貝爾蒙教了這麼多年的書之後，泰迪終於拿到一個可以掛在牆上的東西了，還真像是他為了掛他的「年度傑出教師獎」特地保留這塊地方的。

真不敢相信校董會選了他，而不是她。

「有什麼事嗎？」他說。

「我知道你給了柴克．沃爾德一份額外的作業。」

泰迪瞪著她，一言不發。也不解釋。

「是這樣的，」她說，「柴克有一篇幫《號角》寫的文章，星期五要交稿。你一定知道他是我們最好的一個記者。」

泰迪簡潔地點了個頭。「我會看《號角》。」

他當然會，只要裡頭有寫他的文章。「柴克說他可能沒辦法在這個週末同時完成你的作業和《號角》的文章。」

「真不幸。」

「我在想是不是能有什麼辦法讓他能夠兩者兼顧。」

泰迪歪著頭。「我不確定妳是有什麼要求。」

索妮雅做個深呼吸，把沮喪吸進去。泰迪很清楚她的要求是什麼，他只是要她自己說出來。

「柴克能不能晚一點交作業？」

「不行。」

他的口氣之唐突嚇了她一跳。「我不懂。」她說。

「除非是我誤會了什麼，不然我們是沒有必要在作業上和彼此商量，讓繳交日期錯開的。」

「我們當然沒有必要那麼做，我只是想請你幫個忙，讓我們都能得到我們想要的東西。」她不懂這種要求有什麼過分的地方。

她好不要臉。

這個女人竟然有臉跑到泰迪的教室來，要他更改交作業的時間。臉皮真厚。居然不要臉到敢跟另一位老師提出這種要求。泰迪豈止是震驚而已，他簡直覺得反胃。

索妮雅站在他的面前，身體繃得像尊雕像，一副她並沒有錯的樣子。

他第一次見到她是在十年前，那時她一點也不起眼，年輕得不像是老師。現在她更大隻了，頭髮是紅色而不是褐色的，化妝更濃，珠寶更多，呼吸有咖啡味。

不過還是一樣讓人惱火。這一點完全沒變。

「不行，」他說，「我沒辦法。」

「讓他星期一交你的作業呢？這樣也不行嗎？」她說。

「聽著，我給柴克的作業是一樣禮物。讓他有機會能提高成績。我不會更改日期，再送他另一份大禮。」

「可是柴克怎麼會需要禮物呢？他是各科都拿A的學生啊。」

「學生並不是每一次都完美無瑕的。」他說。

索妮雅吸口氣。「對，確實是。」

「那妳幹嘛不把妳的日期挪到星期一？」他說。

索妮雅仍然毫不動搖，說：「耽誤你的時間了，謝謝你，泰迪。」

她二話不說轉身就走出了教室。

泰迪覺得有一點不好意思害校刊的編輯珂特妮必須面對這樣的困局，但還不到答應索妮雅的要求的程度。客氣是有限度的。

他關上了門，還上了鎖。運氣好的話，說不定可以在吃完午餐之前都不會再有人來向他要求什麼。

8

索妮雅直接回到自己的教室，拿出她的紓壓球，這是她先生某一年的聖誕節送給她的，說可以讓她不嘔氣。她心情不好時他總說她在嘔氣。

妳又在嘔氣了。

這個禮物原本是他的一個玩笑，但她卻覺得不怎麼有趣。她恨透了「嘔氣」這個說法，恨透了他說的口氣。雖然這個白痴小球上畫的笑臉確實是有幫助的。

她用兩手捧住，用力揉捏，想把怒氣和挫敗都宣洩在球上。

她會心情這麼壞都要怪泰迪，倒不是說每次都是他害的，但是今天就是他害的。她只不過是在為柴克著想。泰迪也許能了解，也許不能了解，不過他就是要做對他自己最好的選擇。

她更用力捏球，想著是否有人會把這種球捏破。要是捏得破，裡頭的物質不知是什麼。絕對是黏乎乎的東西。說不定等她的壓力釋放了，她會上網查一下。在那之前，她得繼續揉捏。

柴克在最後一堂課下課後立刻就來了，那時索妮雅覺得好了一些。幸好，畢竟泰迪會那麼混蛋又不是柴克的錯。

「坐，坐。」她說，指著一張課桌。她也在他旁邊坐下。

「我真的很抱歉，」他說，把背包放在地上。「我為那篇文章做了很多筆記，我知道紀念版馬上就要出刊。妳覺得能不能叫別人——」

「不用說了。」索妮雅舉起一隻手打斷了他。「我想我找到解決之道了。」

柴克的眼睛亮了起來。他是個好看的孩子，還有一種能吸引人的個人魅力。這也是他人緣好的一個因素。「真的嗎？」他說。

「你覺得下星期一你能把文章寫好嗎？」

他想了一毫秒。「對。我是說可以，我應該可以。可是編輯怎麼辦？」

索妮雅指著自己。「我來。」

「妳？可是我不能要求妳——」

「喔，拜託，我不介意。我只在意《號角》的紀念刊上沒有你的文章。你也知道那一天有多重要。」

柴克點頭，褐髮在一邊眼睛上方搖晃。「我知道。」

大家都知道。

「那，就這麼說定了。」她說。

「謝謝妳。真的，太感謝妳了，班老師。」

「我的榮幸。」

他微笑。

她發簡訊給珂特妮，讓她知道一切順利。

我跟柴克談過。他會交稿。

妳太神了！珂特妮回道。

索妮雅微笑，把紓壓球放回第一個抽屜裡。事情都解決了，她不再需要它了。

多虧了她自己。

9

柴克走出班老師的教室，心裡輕鬆多了。通常，柴克是不會要求延期交作業的，就連《號角》這樣的課外活動也一樣，但是這一次他實在是逼不得已。他無論如何是沒辦法在星期五之前完成兩樣功課的。

克拉徹是他應該要拿來作文章的主題，那個王八蛋可以寫出好幾冊來，而且還不僅僅是柴克一個人寫。他在上克拉徹的課之前就聽說過他，而別人說的果然沒錯，有的甚至還太輕描淡寫了。

他走出學校，步入清爽的秋天空氣中，坐進汽車。這是德國車，又貴又囂張，也是在貝爾蒙必須要開的車子，至少他爸是這麼說的。

絕不要低估了第一印象的重要。

又一條沃爾德語錄。

柴克加速駛出了停車場，直接回家。運氣好的話，家裡不會有人，他就能完成一些閱讀作業。運氣不好的話，他連停車都免了。也真是可笑，像他們家那麼大的房子他居然找不到隱私，不過真的是這樣的。他爸媽好像時時刻刻都知道他在做什麼。

半途中珂特妮打電話來。他連開口的機會都還沒有她就說個不停。

「嘿，魯蛇，」她說，「你的文章為什麼會遲交？」

「妳已經知道了？」

「廢話，我是編輯。而且我很識相的跟班老師抓狂過了。」

柴克翻白眼。「妳幹嘛要那樣？」

「因為她會覺得我比實際上要在乎。那，你的文章為什麼會拖延？」

「克拉徹。額外作業。」他說。

「爛透了。」

「對。」

「你的上一篇作業砸鍋了，對吧？」她說。

「我沒砸鍋。我會拿B-是因為他是混蛋。」

「B-？唉唷喂。」

「你的學業總成績就是你的一切。」柴克說，搬出他父親的一句沃爾德語錄。

「你好像我媽。」

「噢。」

「誰叫你要遲交，」珂特妮說，「魯蛇。」

她掛斷了。

他並不生氣，不生氣她叫他魯蛇。這是珂特妮給他的綽號，從小四就開始了。是她的玩笑話。柴克不是魯蛇，只不過珂特妮就是珂特妮。

小學四年級時他父親剛升遷，他們家從羅德島搬過來，柴克是轉學生，四周的同學都是從一出生就認識的。上學第一天誰也不理他，第二天他們注意到他了，尤其是一個叫班尼特的壞蛋。他跟他的朋友在餐廳圍住了他，連珠砲似的問題向他發射，他是誰，從哪裡來，同時把他餐盤裡的午餐一掃而光。他既害怕又招架不住，只能閉著嘴巴。

珂特妮救了他。她直接走到餐桌前，站在班尼特的面前。珂特妮是個小不點，頭髮綁成緊緊的馬尾，制服筆挺，跟她說的話一樣乾脆俐落。

「走開，班尼特，」她說，「你顯然不知道他爸爸是誰。」

她也不知道，但是柴克可不會拆穿她。他只知道她一定是很重要的人，因為班尼特真的撤退了。

「我們只是在鬧他。」他跟珂特妮說。

「到別的地方去鬧。」她說。

他們走了。班尼特跟他的朋友站起來，二話不說就離開了。

他們走了之後，珂特妮在柴克旁邊坐下來，自我介紹。「那些傢伙以為欺負人很酷。」她做個鬼臉。「其實他們是混蛋。」

他從來沒有被拯救過——沒那個需要——而且他也沒見過像珂特妮這麼大膽的女生。

「我爸只是搞金融的。」他說。

「他們又不知道。」

她微笑，他也微笑。

「謝了，」他說，「我都快要覺得自己是魯蛇了。」

「沒關係。我是書呆。」

她確實是。珂特妮是學校裡最受歡迎的「書呆」之一。

而這個綽號從此就貼上了，直到今天。兩人的友誼也是。

柴克駛入家裡的車道，停住了車子，但只是怠速，引擎沒關。他腦子裡只有一個畫面，就是到那個灰灰的房間裡去讀《荒涼山莊》。聽起來像是自殺和很爛的電視影集的劇本。

不，今天不行。到圖書館會比坐在自己房間裡要強。

他又開車走了，在腦海中想像著那個畫面。圖書館有又大又舒服的椅子，使人放鬆，是好好讀本書的好地方。不受打擾的閱讀。唯一的缺點是不能帶飲食。加份點心就十全十美了，不過什麼事十全十美過？

他的心思散亂，好像他是想要把克拉徹的額外作業推銷給自己。最後推銷不動了。

他在等紅燈時發簡訊給盧卡斯。

你在哪裡？

家裡，盧卡斯說。幹嘛？

有大麻嗎？

還用問。

馬上來，柴克說。

要看書晚上有的是時間。他爸媽又不是讓他有社交生活的人，至少在週間是免談的。九點門禁，從週日到週四，沒有例外，除非是學校有活動。再怎麼吵鬧也改變不了他父親的心意，或是他母親的。在這件事上，她甚至更可怕。

不過還沒有珂特妮的母親可怕。他至少可以覺得安慰。

10

週一晚上，泰迪一個人在家，在社群網站上消磨了幾個小時。他的使用者名稱是娜塔莎，十七歲，照片是盜用一個瑞典女生的。娜塔莎是柴克的一個線上朋友，也是許多貝爾蒙學生的朋友，因為誰不想跟漂亮女孩交朋友呢？

每個人都想，男生女生都一樣。還有變態的老男人。

多年來泰迪封鎖過幾十個這樣的老變態。他也用過幾個化名，萊瑞莎、茉莉、莫麗和凱莉。假裝青少年的一個問題是最後她們會長大，然後他就得再創造一次自己。

他第一次想到要創造假身分時，他不知道應不應該。一個年紀大的男人假裝是高中生？萬一被揭穿，光是新聞頭條就能毀了他。

他抗拒了很長一段時間，告訴自己那麼做太愚蠢。是在踩自我毀滅的紅線，而泰迪可不是那種人。

但是有一天他還是做了。好奇心壓過了恐懼。

不用說，他的第一次嘗試很拙劣。他對於捏造假身分一無所知，也不知該捏造什麼，他也不知道十七歲的女生會喜歡哪種音樂、哪種電影、哪個樂團。

第二次就進步一些了，不過第三次才是他真正邁出一大步的關鍵。

泰迪捲動著這一天的信息——許多是在上課時間發的——他盡量跟上那些交談。倒不是他喜歡看。他才不在乎什麼電玩、體育、週末計畫、大麻、喝酒或是異性，但是社群網站是讓他能知道他的學生在做什麼的唯一途逕。

對，他知道誰跟誰在上床，哪個男生喜歡哪個女生，哪個討厭哪個。並不十分有趣，不過偶爾會有用。

不過他要看的不是八卦，不盡然。他要找的是有關他的作業的消息。可能還太早，因為他們還有幾個星期可以讀《白鯨記》，但遲早是會出現在網路上的。泰迪太了解他的學生了，他敢打賭。

他繼續捲動，一封電郵出現在螢幕上。

親愛的克拉徹老師，

我想感謝你給了柴克另一份作業，讓他有提升成績的機會。我很感激你在這件事上付出的時間與思考，我知道柴克也一樣感激。

敬祝

教安

潘蜜拉・沃爾德上

話說得漂亮，甚至算得上客氣，可是想到出處，總覺得像是威脅。

✣

索妮雅站在紀念會委員會面前，盡量保持樂觀卻同情的笑容。正式的委員會是由家長、教職員以及學生組成的，六個月來每個月至少集會一次。現在日期越來越近了，他們每週都會集會一次。

「各位都知道，」索妮雅說，「紀念會是在回顧過去以及對前景保持樂觀之間的一個平衡。」

「不像去年。」有人說。

室內一片安靜。大家都記得去年發生的事。全部的白蝴蝶都應該要釋放到空中，牠們被關在箱子裡太久了，還能活下來的振翅而出，一隻接一隻，其他的則掉落在舞台上，屍骸狼藉。

那次的活動並不是由索妮雅主導的。

「今年不會有蝴蝶，」索妮雅說，「也不會有鴿子。不會有活的生物，當然，除了人之外。」

「大多數的人。」

這句話是委員會中意見最多的一個說的。英格麗．羅斯是聯誼會主席，就是貝爾蒙版的家長教師聯誼會。她也是珂特妮的母親。

「對，謝謝。」索妮雅轉向行政人員。「好，餐飲的部分怎麼樣？」

「午餐在中午，十二點整。自助餐會設立在四方院，天氣許可的話。否則就得改在餐廳。咖啡、茶、水全天供應。」

「沒有早餐？」索妮雅說。

英格麗代為發言。「沒有早餐。」

「好。講演人呢？」

「我負責。」英格麗清喉嚨，站了起來。她高高瘦瘦的，總是像剛做過皮拉提斯的樣子。她的金色直髮向後綁了一個很緊的馬尾。「首先，校長會主持開幕，接著是一位獨立教會的神父、一位拉比和一位東方哲學家，他們會在性靈靜默的時刻同台。」

「不是還邀請了一個和尚？」有人說。

英格麗抿緊了唇。「我們在演講人小組委員會上投票反對了。」

「喔。」

「繼續。在靜默之後，我們會有幾位家長說話。包括我。」

索妮雅為自己沒有翻白眼而相當自豪。

「下午時，」英格麗說，「我們分成小組，各組都有諮詢師和治療師，然後再回來點蠟燭儀式。幾位老師會發言，再由校長說些未來的展望，為大會閉幕。」

「老師？」索妮雅說，「哪些老師會發言？」

「確切的名單還沒有出爐。」

「那名單上有誰？」

英格麗嘆口氣，捲動她的平板電腦。「丹尼爾斯、賈維奇、帕爾克、傑克森、亭柏格都在考慮之列。當然還有克拉徹，他是年度傑出教師。」

沒錯，他是。得到這個獎的其中一項榮譽就是在每一場學校活動和募款會上演說，也就是說索妮雅得聽他囉嗦個沒完。

太好了。

「裝飾呢？」她說。

這部分總是有點敏感，因為是紀念會。誰都不想有參加葬禮的感覺，不過呢，也不能辦得像狂歡派對。

裝飾小組的組長列出了他們所有的考量，從紙卷似的簽到簿到桌上的擺飾以學校的吉祥物山貓形狀呈現。至於最重要的裝飾則是卡通造型的穿燕尾服的山貓。

「我投反對票，」英格麗說，「如果一定要有山貓，就應該要穿校服之類的。」

難得一次索妮雅和她意見相同。「這次的活動並不是正式的，我覺得不需要穿燕尾服。」

「不要燕尾服，」小組組長說，動作誇張地劃掉。「還需要什麼嗎？」

「低調一點就對了，」英格麗說，「別讓我們自己下不了台。」

「或是學校。」索妮雅說。

「對，當然。」

會議結束，沒什麼爭執，就跟每一次的會議一樣。索妮雅直接回教室，用她的紓壓球。她知道負責這次活動會很困難。這幾年來紀念會變成了學校裡的大事——也是募款的重頭戲。

誰也沒料到是這樣的結果。之所以會有第一次的紀念會是因為前任校長自殺。是校工在半夜發現他的。索妮雅每次一想到可憐的喬就會打冷顫，他不過是在做自己的差事卻撞見校長在校長室裡吊死在天花板的風扇上。

11

泰迪的紀念會演講稿寫了幾個月。他在夏天就動筆了，就在他得知被選上年度傑出教師之後。打從那之後，他每天早晨都會再看一遍，稍做調整。到目前為止他已經重寫三遍了。

去年，蓋布瑞爾．思坦是年度傑出教師，他的演說卻糟透了。太冗長，太傷感，雜七雜八的。他甚至還哭了，天啊。

泰迪可不會犯同樣的錯。

今天早晨他覺得演講稿寫得很不錯。文詞優美，卻不囉嗦。富有同情心卻不會令人沮喪。最重要的是，聽起來很重要。也應該如此，因為他對學校及學生有責任。他的話有分量，有意義，而且他是以非常認真的心態來面對的。

他走到戶外，深吸一口新鮮的空氣。天氣再適合秋天不過了——晴朗，還有清風徐來。他發動汽車，他最愛的談話節目充滿了車內。

今天是好日子。

第二堂課時更好了。這是他最愛的一班。

「好，」他說，讓大家都安靜下來。「該讀下一本書了。」

「要投票嗎？」有人問。

「先舉手。」泰迪說。

那個學生舉起了手，泰迪朝他點頭。

「我們要投票嗎？」

「不用。」

「可是第四堂就是用投票的。」

「這是第三堂課。」

並沒有規定每一班的做法都相同，只要學期末各班的作業都相等就可以了。泰迪的班不會在同一時間讀同一本書，部分原因是如此一來他們就不能作弊了。

另外也因為他討厭讓學生知道下一步是什麼。

「不過呢，」泰迪說，「我很樂意問問你們的意見。你們下一本想讀什麼？」

五隻手舉了起來，兩個在意料之中。他不理睬他們，反而指著第二排的一個女生。「安珀？」

「《蒼蠅王》。」她說。

泰迪點頭，指著另一隻手。「諾亞。」

「《第五號屠宰場》。」

「梅德琳？」

「《我知道籠中鳥為何歌唱》。」

更多手舉了起來，因為他們搞清楚了狀況。

他點了每一個學生，連那兩個過於熱心的也叫到了。

「《麥田捕手》。」

「《安妮日記》。」

「《屠場》。」

全都是篇幅短、輕鬆易讀的經典小說，沒有沉重的、艱難的文字，而且當然沒有俄語小說的譯本。八成是他們早就讀過的書。

泰迪瞧了瞧珂特妮．羅斯，設法評估她的反應。他仍覺得攪亂了校刊文章的交稿日而有些不好意思。柴克．沃爾德的罪過不該連累了珂特妮。她跟他不一樣，不會傲慢自大，也不難搞。她從沒要求過作業遲交——從來不需要——而且她一直都是成績優等的學生。即便是以泰迪的標準。

也許下一本書她會需要喘口氣。也許稍微有趣一點的書。珂特妮可以多點玩樂。

「《邊緣小子》怎麼樣？」泰迪說。

一片沉默。學生們一臉懷疑，好像覺得老師是在惡整他們。

「真的假的？」有人說。

泰迪微笑。《邊緣小子》是高中班的讀物聖杯，讀來輕鬆有趣，但是它仍有社經方面的重要信息，也教導讀者隨意評判不一樣的人有什麼後果。再者，它還改編成電影，由各路明星出演。

「我是說真的。」泰迪說。

學生們鼓掌，這個行為打破了規矩，不過泰迪沒制止。他的學生們知道指定這本書是送他們的一份大禮。

他們只是不知道這是送給珂特妮的禮物。

他可以為她這麼做。而他可不是個常送禮的人。

如果要他百分之百誠實的話，他這麼做並不僅是因為柴克的文章，而是因為珂特妮的母親英格麗。她是家長教師聯誼會的會長，在貝爾蒙學院的董事會也佔有一席之地。

而年度傑出教師也是由這個董事會甄選的。

✣

柴克覺得胳臂上有東西在爬，不對，是在戳他的胳臂。

然後是耳朵邊有人說話。

「醒一醒，魯蛇。」

他倏地睜開眼睛。珂特妮站在他面前，滿臉笑容。

他在圖書館裡，已經放學了，而他趴在《荒涼山莊》上睡著了。他幾乎讀了一整晚，還沒讀完。

「嘿，書呆，」他說，抬起了頭。「我睡著了。」

「我看見了。」她坐下來，背包砰地一聲落地。四周的桌子都沒有人。柴克查看手機，快五點了。

「妳跑來幹嘛？」他說。

「不想回家。」

他點頭，懂了。「妳媽？」

「還用說。」

「現在又怎樣？」他問，一面揉眼睛。

「她又想出了提前申請大學的點子。我發誓，她每天都會找到新玩意來折磨我。」珂特妮搖著頭，一面看手機。「放學以後她已經傳了七通簡訊了，三通裡有『耶魯』這兩個字。」

他又點頭。珂特妮的媽把耶魯掛在嘴邊好幾年了，活像她的人生就建立在女兒去念耶魯的這件事上。

「你們兩個好像是在計畫什麼。」

他們的數學老師麥斯威爾先生走過來，含笑看著他們。他的樣子與其說是老師更像是私人健身教練，因為他老是在伸展肌肉。就像現在。

柴克指著他的書。「只是在用功。」

「沒錯。」珂特妮說。

麥斯威爾老師點頭，笑容不減。眼看沒有人再說話，他總算走開了。

「真奇怪。」柴克低聲說。

「他是滿讓人覺得毛毛的，」珂特妮說，「我是說，不是變態那種毛毛的，可是他好像都覺得你在做什麼壞事。」

「很愛批評。」

「對。我敢說他就是個壞孩子，所以才覺得我們也一樣。」

柴克嘆氣，伸展胳臂。「包袱太多了。老師們不知道他們有多難應付。」

「對吧？」

12

柴克遲到了。他應該要在晚上七點去參加紀念會的小組會議，可是他卻因為跟他爸為了他要去哪裡而吵架耽誤了。

對，跟學校有關。

對，他發誓是跟學校有關的。他是紀念會委員會的學生代表，記得嗎？

不，他不會錯過門禁。大概吧。除非是開會開得太晚，或是他決定要逃離這種生活，開車跑到加拿大之類的。

最後，爸讓他去了。等柴克抵達，別人都已經到了。

「抱歉。」他說，衝過去坐下。幾個人抬頭瞧了瞧，但至少沒有人給他臉色看。有些家長對於拖沓是很不高興的。

會議是在貝爾蒙的一間教室召開的。英格麗．羅斯站在前面，就在電子白板邊。羅斯太太，柴克是這麼叫她的。他認識她的時間跟認識珂特妮的一樣長。

「我正在說，你們都知道這個過程要花多久的時間。紀念雕像已經討論了有幾年了，但是我覺得我們終於達到目標了。」她停下來對每個人微笑。「在多次的嘗試，考慮又刪除了多次版本之後，我要呈現給各位最後的版本。暫時是照片。」

羅斯太太按了鍵盤。

一塊青銅色石頭出現了。

就這樣：一塊大石頭。這就是最後的結果。大多數的看法被否決，因為不適當或是令人不悅。天使排除在外。校長的半身像可能會被誤解是在讚揚自殺。任何像牆的東西都太缺少獨創性。諸如此類的東西列了一長串，最後有人說應該是一塊青銅（鍍銅）大石頭。

象徵力量與永恆。象徵貝爾蒙。

石頭底部有塊小牌匾寫著「永遠的貝爾蒙」，牌匾下是自殺的校長的姓名，以及過世的年份。

「不錯。」有人說。

柴克點頭。他很怕開口，因為他可能會笑出來。貝爾蒙竟然花了幾年的時間想出這麼一塊石頭。

羅斯太太等待著別的評語，一個也沒有。「雕像會在儀式最後由校長揭開，緊接著是展示正式的照片。」她對小組微笑，露出了滿口的牙齒。「看來我們終於完成了。感謝大家的辛苦，我知道這是一條很漫長的路。」

稀稀落落的掌聲在教室中傳開來。

接著是石頭的基座，關於這個的爭議比起雕像本身也不遑多讓。最後的設計非常樸實，誰也不應該有意見。柴克當然不會有。

會議結束後，他幻想要在任何人拉住他說話之前離開，當然沒能如願。他從來都不會不說再見就走人，這是禮儀的一部分。

而此刻，英格麗．羅斯就站在他的面前。

「哈囉，羅斯太太。」他說。

「晚安，柴克。我沒記錯吧，還是你上次開會真的沒來？」

「對，我真的很抱歉。我有作業要寫。」他打住，等著她說話。但是她沒開口，所以他又接著說下去，填補空檔。「這次的活動一定會很成功，我很榮幸也參與了。」

她微笑，眼角的皮膚皺縮。「在你申請大學的時候一定也很有幫助。」

聽起來像指控。他點頭，不確定適當的反應是什麼。

「還是計畫要念普林斯頓嗎？」她問道。

「希望是。那是我的第一志願。」

「珂特妮在提前申請耶魯。我相信你知道她一直都想要念耶魯。」

這句話完全不是真的。珂特妮想去西岸念書，離她的母親遠遠的。史丹佛、柏克萊，甚至是聖塔克魯茲的加州大學都無所謂，只要跟她母親拉開一個大陸的距離就好。「她說過幾次。」柴克說。

「那是一定的。」

「見到妳真好，羅斯太太。下次開會是一星期後嗎？」

「沒錯。」

柴克微笑著走開了，強迫自己一路向每個人微笑再見。等他終於走出了教室，他覺得快崩潰了。要假裝你喜歡那些討厭的人實在很難，嗯，也許不是討厭，但也很接近了。

他到家之後就看見珂特妮的簡訊。

我媽說看到你。普林斯頓？

有何不可，他說。常春藤聯盟啊。

上週你說康乃爾。

管他的，隨便都可以。

她又說到耶魯了吧？珂特妮問道。

是啊，是妳夢想的學校。

我發誓，她快把我逼瘋了。

哪個爸媽不是，柴克說。一定有寫在家長手冊裡。

還有手冊？

肯定有。

13

星期五一大早，索妮雅都還沒到校就開始收到珂特妮的簡訊。《號角》的交稿日一向壓力很大，特別是編輯。

恐怕圖書館擴建的文章太長了！

還是擔心體育綜合報導，要到週末才有東西。

我覺得我們可能要重新排版。

索妮雅回覆了最後一則：我們不必重新排版。我們只需要讓這些文章排進已有的版面。

珂特妮在截稿日總是慌慌張張的，但今天卻格外嚴重。紀念刊是她想用來明年申請大學的成績，她的焦慮飆到了十分，也就是說索妮雅的壓力升到五十七分。尤其是昨晚考試成績的電郵流水般湧入。去年學校的成績極為傑出，所以當然今年得破紀錄。

「妳還好嗎？」

索妮雅的先生晃進廚房，剛剛跑完跑步機。馬克是個可愛又體貼的男人，兩人從高中就交往了，而且她完全無法想像交往的對象是別人。即使是他說她會嘔氣。

「沒事，」她說，「怎麼了？」

「因為妳把手機握得好緊，可能會破掉。」

沒錯。索妮雅把咖啡杯放到洗碗槽裡，做個深呼吸。「是截稿日。」她說。

「啊。那妳會晚回來？」

「還用說。」

馬克彎腰吻了她的額頭。「我會幫妳把晚餐放在冰箱裡。」

他跑去沖澡，她則往車庫走。開車到學校的途中她的手機又響了幾次。

她在下車之前先閉上眼睛，重複她每天的咒語。

今天會一帆風順。

今天會一帆風順。

今天會一帆風順。

十遍，然後她才睜開眼睛，臉上掛著笑容，下了車。才走了三步就看到珂特妮。外觀上，她完美無瑕，一如往常。衣服熨燙得整齊，皮鞋晶亮，褐色頭髮綁成了俐落的馬尾，就是綁得太緊了。跟她媽一樣。

她的眼中盡是驚惶。「圖書館文章絕對太長了。」

「沒事，沒事。」索妮雅說，拍拍她的胳臂。

「可是長出很多呢。」

「那我們就來看看可以刪除多少，好嗎？」

她和珂特妮設法在第一堂課開始之前匆匆編輯了一遍，課鐘響起了，索妮雅很開心能離開她，同時心裡也有一點點愧疚。

這是沒有人跟她說過的當老師的事。愧疚。這麼多的愧疚。

索妮雅對她做的事，她沒做的事，她幫助的人跟她沒幫的人感到愧疚。她對工作花費的時間以及沒工作的時間感到愧疚。學生沒有達到他們想要的目標，或是進入第一志願也讓她愧疚。

這種愧疚足夠把人逼進酒缸裡了，但是索妮雅沒有——她不碰酒精。但是她知道有很多教師飲酒過量，家長也是。

但是也有家長是真正應該喝一杯的。珂特妮的母親就是個好例子。要是說有哪個人需要放鬆下來的話，一定是英格麗・羅斯。

當然不關她的事，只要不涉及珂特妮。說起來也真是絕了，這麼多的壓力，這個孩子居然還沒爆炸。

下課時，索妮雅照舊到休息室去喝咖啡——加代糖，而不是糖——跟珂特妮聯繫。下課後會湧入一堆簡訊，因為那時珂特妮可以再用手機。索妮雅逐一回覆。她有耐心，她很親切。今天會一帆風順。

過得是順利，可是約莫一個小時後，她開始覺得有點噁心。

拜託今天不要。

除了截稿日隨便哪天都行。索妮雅盡量命令自己好起來，說服身體沒事，什麼事也沒有。可能是截稿日也害她緊張。

她趁下課去販賣機買罐健怡雪碧來安撫她的胃，咖啡完全不像是好主意了。一想到那種苦味就害她覺得更不舒服。

索妮雅在上課之前喝了幾小口雪碧，卻毫無幫助。

上課時，噁心感更嚴重了。她開始覺得有點發燒，幾乎像是感染了流感。或是食物中毒。沒事，她告訴自己。我會沒事的，沒事。索妮雅指定每個人再讀現在的這本《華氏四五一度》幾頁，讓他們在課堂上討論。

她又喝了一小口雪碧，靠著講桌呼吸，穩住自己。用手背擦額頭，希望學生沒看到她出汗。

她不願意在上課時走出教室，無論她有多不舒服。有很多老師會這樣，她可不會。她是來工作的，而且是竭盡全力工作。

幾分鐘後，她控制不了了。索妮雅想趕到垃圾桶那裡，卻來不及。她吐在講桌上。

14

柴克的第三節課下課後，手機塞爆了班老師的事情。從擔心到生動描述嘔吐物噴射到整間教室，無所不包。有人還貼了一張後果圖。

可能是新冠病毒，盧卡斯說。還是她懷孕了。

你白痴啊，可能是腸胃炎，柴克回傳道。

他也記下要送班老師一張早日康復卡片。這也是老師們這麼喜歡他的原因——他總是記得他們的生日，送他們聖誕禮物，而萬一他們生病了，他就送卡片。簡單，輕鬆，並且好處多多。

嗯，除了克拉徹。柴克今天一大早就把他的《荒涼山莊》報告傳了給他，比預定時間還早，卻還沒收到回音。當然不可能是一句謝謝。不過柴克也沒指望這種奢求。

打從第一天起，克拉徹就看他不順眼。柴克完全不懂是為什麼，也不知道是他做了什麼，不過他就是知道。他只是走進教室，把手機放到架上，坐下。就這樣。

「不好意思，」克拉徹老師那時就說，「你叫什麼名字？」

「柴克．沃爾德，老師。」

「喔，柴克．沃爾德，在你坐得太舒服之前，也許你會想去看一下座位表。我把影印本放在教室前面，不過你好像沒看到，因為應該坐那個位子的是舒蓊．椎克斯勒。」

柴克抬頭看著前方，一張椅子上放了一摞紙。「對不起。」他說，站了起來。

後來才知道座位表只是開學第一週用的，讓克拉徹認識他們。之後，他們就可以隨便坐了。柴克坐回他的老位子，教室的中央。

從那次之後，克拉徹就很討厭他。好嘛，大概是因為開學第一天的事，是柴克不對，不應該坐老位子，可是他就是喜歡坐在中間。不太近，也不太遠，可以看到窗子和門。很完美，所以他才坐在那裡。克拉徹也犯不著為了這種事懲罰他吧。

絕不要低估了第一印象的力量。

說不定沃爾德語錄是對的。說不定柴克是從一開始就搞砸了。

✣

泰迪直到午餐時間才聽說了索妮雅的事。他的學生也許在他的最後一堂課之後有談論，也許沒有，反正他沒在聽。他太忙著讀柴克的作業了。那是今天一大早的第一通電郵。

為了準備，泰迪看完了全部的《荒涼山莊》電視影集。一晚看兩集，一週來每天都看。只是預防柴克的報告是根據影集寫的，而不是書。小說中的人物比影集要多很多，他覺得看看柴克是否會提到影集中沒出現的人會很有趣。

就因為心有旁鶩，他走進教師休息室吃午餐時才會不了解狀況。交談很熱絡，音量很大，諸如「嘔吐」的字眼到處可聞，好像在某人進食時說這種事一點關係也沒有。

法蘭克是那個最終說明經過的人，他從索妮雅的教室說起，到一樓的女廁結束。

「不，不是新冠，」他跟泰迪說，「謠傳的完全不對。」

「新冠？天啊。」

法蘭克抿著唇，但至少他並沒有妄呼神的名。「也別相信他們說什麼救護車的事，」他說，

「是她先生來接她的。」對，絕對沒有救護車。否則的話，泰迪就會聽到校園裡有咿喔聲。

「所以她在上課時生病了。」他說。

「對，」法蘭克說，「吐得滿桌子都是。」

「好可怕。」

「喬才慘呢，」法蘭克說，「他得清理。」

泰迪點頭，但是他想的不是校工，而是生病的索妮雅。「會不會是食物中毒？」他說。

「不然就是腸胃炎，我敢打賭。」

泰迪並沒有去煮咖啡，反而下樓去經過索妮雅的教室。門關著，但是他往裡看。全都清理乾淨了，另一頭的窗戶打開來通風，他能聞到漂白水的味道。

他回到自己的教室去吃平常的午餐：白麵包夾波隆那香腸和一個蘋果。他一面吃一面回頭看

柴克的報告。柴克選擇的主題是司法體制，不讓人意外。他母親潘蜜拉是律師，泰迪上網搜尋時發現的。

不過他拿到的不只是一篇讀書報告，柴克還發了一封信，不斷地感謝他給他提升成績的機會。換作別的老師可能就心軟了。

泰迪可不會。拍馬屁等於走投無路，而他對拍馬屁的學生是一點好感也沒有的。

他一直看到午餐結束。索妮雅和早晨的事情早已遺忘，他連想都不去想。放學時法蘭克探頭進來。

「索妮雅的先生打電話來了，」他說，「她好像是感染病毒了，可能是病毒型腸胃炎。」

「那就好。」泰迪說。

✣

晚上，一個人在家，他走向地下室。他的工作檯上有三支試管，每一支都半滿，蓋著蓋子。他拿起第一支，上頭有貼紙寫著一個「S」，指的是索妮雅。

他加進索妮雅的咖啡中的物質是新配方，是他研究調和了一陣子的。從來沒有實測過，他不確定多少劑量是正確的，後果是什麼，但是他總得找時間查出來。他用一支綠筆在試管上寫了一個加號。

寫完之後，他上樓去給自己倒了杯冰冰涼涼的牛奶。

15

索妮雅包著毯子，頭陷在枕頭裡，覺得好想死。而在不想死的時候，她氣炸了。生病是一回事，臥床卻是另一回事。而且偏偏挑在這個節骨眼上。

這一天她一動就覺得噁心，看珂特妮的簡訊時覺得噁心，看電腦或電視時覺得噁心。她只能躺在床上，窗帘遮著光，每小時就喝一小口的水。週五深夜，她終於飄入夢鄉，一面詛咒著她的身體、這一天，以及她的人生。

她醒來時渾身是汗，床單纏著她的腿，毛毯踢到了床底下。外頭有光，所以她熬過了這一晚沒死。她躺著不動幾分鐘，這才伸手去拿手機。她一看到珂特妮傳來二十四則簡訊，胃就開始翻滾。

索妮雅緊緊縮成一個球，忽而看出了生病有一個好處。只要看得夠仔細，不管什麼都鑲著一圈銀邊。這是她母親愛說的話。結果她說對了。又一次。

這個病再生個一兩天，索妮雅就穿得下她的紅洋裝了。剛好可以讓她穿去參加她在貝爾蒙任教的十週年晚會。

泰迪讀了柴克的作業三遍。第一遍，整體的品質。第二遍，檢查人物和故事細節。第三遍，文法。

✣

他媽的好文章。

說不定是太好了。泰迪忍不住猜想柴克有沒有讀那本書，親手寫作業——加上一點他母親在法律上的協助——還是他付錢找了槍手。

考慮到一週的繳交作業期限，泰迪敢打賭是後者。

週末時他花了很多時間上網，查看柴克以及他說了什麼。

泰迪確實找到了一段電影夜的對話，好像是他班上的學生計畫要一起看《白鯨記》。不意外。而參加的學生中沒有柴克也一樣不意外。要是他想看《白鯨記》，他會在他自己的家庭電影院裡。

泰迪看著谷歌上柴克家的空拍畫面：那麼大的一棟屋子一定有家庭電影院。

到週日晚上，泰迪很肯定柴克是付錢找槍手寫的。他在社群媒體上太活躍、太閒，不可能有時間讀完那麼一本厚厚的書，又在一週內寫出文章來。可是泰迪沒有辦法證明。

要是他太太還在，泰迪就可以跟她討論。愛莉森是他見過最有倫理道德的人，她會了解他對柴克的厭惡。

結果，他到地下室去了。

✣

有一次愛莉森計畫要把地下室改建成孩子們的遊戲室。不過他們沒有孩子。

現在地下室則用作儲藏，只有一個角落例外。泰迪架起了一個工作站，樣子有點像實驗室。燒杯、試管，甚至還有一盞本生燈排列在桌上。後面的架上則放著咖啡膠囊。

泰迪嘗試他的第一台膠囊咖啡機是幾年前的事了。起初很糟糕，他寧可用他的法式濾壓壺。

但是後來膠囊越來越暢銷，他就決定要再試一次。好多了，可是他還是不滿意——直到他發現了精品深焙。現在，他不能想像一天沒有它。過一陣子，他就把法式濾壓壺丟了。

他太太倒是滿不開心的。

愛莉森直接就出門去又買了一台，放在廚房流理台上，在他的新單杯咖啡機旁邊。每天早晨，泰迪聽著她的濾壓壺咕嚕叫，而他則享用著第一杯咖啡。她還得等。不過他一句話也沒說。她的身體，她的選擇，就這樣。

有天早晨，他一個人在家裡，一個膠囊出了問題，漏出來了。他想知道是怎麼回事，就把它抽出來，仔細查看了膠囊的每一處，終於看到多出了一個小孔，咖啡粉就是從那裡漏出來的。

他就是在這個時候想到膠囊不但可以煮出咖啡來，也可以摻進別的東西。

所以他就試驗了。

他用針管在膠囊包覆膜的下方插入，第一次他注射了一丁點酒精到濾紙裡，只為了知道是否能成功，是否喝得出來。

喝得出來。

之後，各種可能隨君選取。

你需要一點點的觀察力。誰在休息室喝哪一種咖啡？誰自己帶膠囊來？他們都喝哪種口味？

他又做了一次實驗。他把一個黃金烘焙膠囊塞進口袋裡，帶回家，注射了稀釋後的半顆煩寧。針管插出的小孔乍看之下無法辨識，除非是有人在放進咖啡機之前仔細檢查過。

敏蒂就沒檢查。她喝了那杯恐怖的咖啡，幾小時後，她就沒有那麼緊張兮兮了。她算不上開心，但至少沒有為了一點芝麻小事就抱怨個沒完。

所以他食髓知味，又來一次，再一次，又一次。

他摻合了各種東西——煩寧、安眠藥，甚至是各種非處方藥。他做的是好事：老是吸鼻子和咳嗽的人喝了感冒藥，就不會把細菌傳播給別人。那些睡眠不足的人可以稍微提振精神。而高度緊繃的人則可以放鬆。他們需要放鬆，不然的話他們會得心臟病。就像目前的這位校長，去年就心臟病發作過一次。

泰迪只是在幫助大家。為他們著想。

嗯，除了索妮雅之外。

16

週一早晨，索妮雅覺得沒事了，昨天她的胃就好多了，她還能審查珂特妮的編輯。索妮雅真不知道自己為什麼會操那些閒心，珂特妮沒有她也繳出了出色的成果，完成了大部分的編輯以及排版。看過幾遍之後，她只有一個想法：

我對自己應該要更有信心的。

索妮雅是個好老師，以前是，現在也是。縱然她不像先生是大學教授，但她是個好老師。珂特妮完全知道應該做什麼，因為索妮雅把她教得很好。

這是她罹患了小小腸胃炎的第二個好處，提醒了索妮雅她很擅長教書。

她臉上掛著微笑，往學校裡走，直接走進《號角》的辦公室。珂特妮已經來了，表情就跟每個星期五一樣緊繃。

「班老師！妳好嗎？」她說，站了起來。「妳感覺怎麼樣？」

「喔，我沒事，沒事。只是個小病毒。嗯，可能不只是一個小病毒，不過我戰勝它了。」

珂特妮微笑。「好。」

「好，我們來看看進度吧。」索妮雅從她面前走過，走向電腦，彎下腰。又恢復平常了。

「珂特妮，這樣編排看起來比昨晚的還要好。」

「真的嗎？」

「當然。妳真不得了。」

珂特妮的笑容燦爛得讓人睜不開眼睛。「謝謝妳，班老師。」

「我一拿到柴克的文章就會通知妳。」索妮雅說。

現在時間還早，所以索妮雅就往學校最遠的那一頭走。校工的房間深藏在南側的一個角落裡，遠離教室。喬在學校服務的時間比索妮雅要久，至少有二十年了。

星期五必須清理善後的人當然是他，而索妮雅製造出來的髒亂可是災難等級的。他的門關著，所以她就敲門，卻沒有回應。索妮雅有點鬆了口氣，同時也覺得難為情，所以她就寫了一張感謝的字條，從門縫下塞進去。

進教室前的下一站：教員休息室。房間裡擠滿了人——人人都在第一堂課之前過來喝咖啡，而且大家都問候她的身體。

「喔，我沒事了，沒事。」她微笑。「至少還沒死。」

「好，好，」他們都說，「幸好妳康復了。」

「是啊。」

她煮了咖啡，轉身離開，感覺在她走進休息室之前他們是在談論她。他們不可能還在說星期五的事吧，現在都是舊聞了。在這裡沒有一件事能持續一天。

所以說不定他們是在籌備她的十週年派對，只剩四天了。

泰迪厭惡給學生額外作業的一個原因是他沒有追索權。打從一開始條件就說好了。寫這份作業你的成績就會提高。除非額外作業極其可厭，學生一向都會乖乖照辦，也就是說泰迪非得把柴克目前的成績提高到A不可。

A-。

誰叫他給他額外添麻煩。

柴克也知道。課堂上他滿臉笑意，一派輕鬆，跟朋友說笑，跟女生打情罵俏，活像無憂無慮的樣子。

真可惜學生不能到休息室去喝咖啡。

所有的點點滴滴都讓泰迪很不爽，而他看到索妮雅心情就更差了。她回來上班了，獲得許多關注，由於她在週五的戲劇性狂吐。他早料到了，他只是沒料到她比平常更妄自尊大。

他們在教員休息室外遇到。今天她的衣服是綠色的，嘔吐物的那種綠。

「真高興看到妳回來了，」他說，「我們都很擔心妳。」

「喔，你們太客氣了。我真的很感激大家的好意，不過我沒事了，沒事。」

「那就好。」

「而且，」她說，「《號角》星期三會出刊，按照計畫，還會有柴克的文章。」

泰迪有些驚訝，卻沒有表現出來。「太好了。」他說。

「我也是這麼覺得的。」

她露出最後一個自滿的笑容，走進了休息室。泰迪沒有，反而向樓梯而去。路上他經過了名人堂，這是他們的叫法，這一區存放了貝爾蒙創建人、包括現任的歷任校長，以及董事會成員的肖像。

再過去是教職員的肖像，但不是全部的人。能夠「掛到牆上」——這是一般的說法——的老師不僅是在貝爾蒙教書，也是在這裡念書的人。畢業後的學生回到母校來奉獻是被視為特殊的人，甚至是更傑出的人。他們說貝爾蒙是他們的家。

泰迪並不是其中之一。

索妮雅是。

17

把索妮雅這個讓人分心的東西甩到一邊去，泰迪就能回頭去做他該做的事了：教書。

雖然他的第二班在不到一週之前才指定了《邊緣小子》，他們已經念得如火如荼了。他是從網上的談話知道的。許多學生之前讀過，他早就猜到了，但是有些人則是第一次讀。

「我知道你們都才剛開始看這本書，」他對全班說，「所以我只是想討論一下你們的第一印象。」

丹妮兒是第一個舉手的。一向都是。

「說吧。」泰迪說。

「總體來說，這本書說的是油頭小子和公子哥兒的社經地位差異，以及他們的差別待遇。油頭小子因為貧窮而處處吃虧，而且每個人都認為他們一定是罪犯。」

「現在也像是這樣。」艾力克斯說。他不是個拿獎學金的學生——事實上，他的家庭非常富有——但是在網上艾力克斯卻說他相當「覺醒」。

「你們覺不覺得，」泰迪說，「如果你們活在《邊緣小子》的世界裡，你們絕大多數的人會被歸入公子哥兒派？」

「會。」

「會。」

「會。」

「大概會，」丹妮兒說，「只不過他們沒有網路。現在不一樣了。」

「不對，沒有不一樣。」艾力克斯說。

「當然不一樣。」丹妮兒說。

泰迪看著珂特妮，她只瞪著課桌，沒有舉手發言。不尋常。一定是被《號角》累壞了，兩天後就要出刊了，絕對不是因為這本書。

「我知道你們有些人已經讀過這本書了，」泰迪說，「所以，在不洩露內容的前提下，你們對這本書還有什麼看法？」

「那些綽號，」有人說，「馬尾男、索達帕普、兩塊。好奇怪。」

「是嗎？你們有些人不是也有綽號？」

一些學生點頭。

「所以奇怪的可能是綽號本身，而不是有綽號這種事，」泰迪說，「還有呢？」

「階級劃分得好清楚，即使是在第一章，」丹妮兒說，「公子哥兒和油頭小子，好像在馬尾男的眼裡並沒有中產階級存在。」

「因為它本來就不存在。」

珂特妮說。

終於。

「妳說這話是什麼意思？」泰迪說。

「中產階級並不會找油頭小子的麻煩，公子哥兒會——他們修理他們。所以才重要。」

「說得好，」泰迪說，「那你們覺得為什麼公子哥兒要修理油頭小子？」

「他們覺得比較優越，」艾力克斯說，「因為他們有錢。」

「可是霸凌也跟從前不一樣了，不是像我們欺負沒錢的孩子那樣。」丹妮兒說。

大多數的學生都點頭，珂特妮也是。

沒錯，貝爾蒙的學生不暴戾，學校也很少發生打架的事情。不過，泰迪要他們明白他們對待那些較弱勢的人有多麼的虛偽，比方說靠獎學金求學的孩子，他們始終是賤民。

他的班上就有一個這樣的學生。凱薩琳，隱形人之一，坐在後面。她在這段討論中始終一言不發。泰迪想叫她，卻又不想害這個可憐的孩子難堪。

他想起了當這種孩子的滋味，被瞧不起的滋味。現在長大成人了，卻並沒有多少不同。他的肖像並沒掛在牆上，因為他讀不起貝爾蒙。

總是邊緣人。就跟書裡寫的一樣。

也是他遇見愛莉森時她正在讀的書。

✣

她坐在一間超市的前面，泰迪走過時幾乎錯過她。總是有人在為某某團體募款，通常桌子都是由兒童和家長坐鎮。他沒有一次駐足過。

直到他看見了愛莉森。

她坐在一張折疊桌後，一手拿書，一手纏著一綹深色頭髮。桌上手寫的告示說：

紀念醫院募款

兒童部需要玩具！

你能幫忙讓病童微笑嗎？

告示牌上裝飾著一些火柴人，象徵臉上掛著大大笑容的孩子。泰迪停下來，瞪著看了太久。

「你不喜歡我的畫？」她說。

「喔，不是，我覺得畫得很好。妳是畫家嗎？」

她微笑，真心的笑容。不像他以後看到的，在她生氣時的那樣。「真幽默，」她說，「我是護士。」

「我不知道護士會這樣子募款。」

「我也不知道。不過這是我的第一年，而顯然第一年的人都必須做這種事。嗯，不是必須啦，只是建議。」

「像學校的課外活動。」他說。

「沒錯。」

「我是老師。」

「我是愛莉森。」

他笑了。泰迪不常笑，當然不會在上課時笑，但是這個女人不用一分鐘就突破了那道高牆。

「不過我倒不介意，」愛莉森說，「孩子們確實是需要新玩具，他們現在有的都太破舊了。」

他伸手去拿皮夾，抽出僅有的幾張鈔票。「我有一張二十。買得到玩具嗎？」

她一把就把鈔票搶了過去。「當然買得到。我會開收據給你，報稅時應該可以幫你省下整整二十五分錢。」

他又笑了。可能是笑得過於大聲了，誰叫她那麼可愛。他開始想也許她就是他需要的人。可以逗他笑的人。他想不起約會過的人有誰能逗他笑。

泰迪朝她的書點頭。「我在班上教那本書。」他說。

「真的？我還是第一次讀呢。」

「妳覺得怎麼樣？」

她聳聳肩，撕下收據，遞給他。「還不賴。不過公子哥兒真的是混蛋。」

他就是在這時確定的。她正是他需要的人。

18

放學的鐘聲響起，泰迪離開了學校，準備回家。他並不經常這樣。通常他得開會，或是有人得見，但今天他的行事曆上是空的，所以他就以盡快離開來犒勞自己。

到家時房屋還是一樣。同樣的過長雜草、荒蕪的花園，同樣年久失修的門廊，同樣需要油漆的斑駁牆板。完全沒有不尋常的地方。

直到他走進屋裡。

是那種氣味。新鮮乾淨，像剛從烘衣機裡拿出的衣服。那麼熟悉，那麼美妙。

「愛莉森？」他出聲喚。

沒人回應。

「愛莉森，妳在家嗎？」

還是沒有回應，他就跑上樓到臥室去。

空的。床鋪沒整理，就是他出門前的狀態，他的睡衣褲也仍扔在椅子上。床頭几上是一摞書，幾只空杯，一個閃爍的鬧鐘（有一次停電之後他就沒再重設）。

這裡的味道更強。

「甜心？」他說。

無人回答，沒有動靜。除了他自己之外，沒有別人。

但是她回來過。

他走向衣櫃——她的衣櫃。房子太老舊了，儲存的空間不足。他們也始終沒時間去做個步入式衣櫃。所以他們的臥室裡只有兩個小衣櫃，一人一個，而其他的東西就放在別的房間裡。每一季衣服就會輪替一次。

她的衣櫃門是關著的，就跟今天早晨一樣。他在打開之前躊躇了一下。

空的。

衣架上沒有衣服，架子上沒有鞋子。就連愛莉森放毛衣和皮包的高處都空空如也。昨天還在。衣櫃至少是半滿的，可能比半滿還多一點。她離開時並沒有把什麼都帶走。

四個月前，盛夏時節，泰迪和愛莉森在平常差不多的時間就寢，兩人在關燈前都看了一會兒書，只是要入睡並不容易。雖然有空調，卻不夠強。熱氣從老舊門窗的縫隙滲入，甚至從地板縫裡也冒出來，愛莉森討厭死那樣了。

他一覺醒來她已經走了。連同她的一些衣服，她的盥洗用具，她的筆電。十三年的婚姻，她就這麼撒手不管了。只留下一張收費單放在廚房桌上，沒有字條，連張便利貼都沒有。只有一張收費單，收件人誤寫為她，而不是他。

就是那天泰迪又開始挑指甲皮。每次他想著要聯絡她，他就會改而挑指甲皮。

再一天《號角》就要出刊，而珂特妮也終於漸漸冷靜下來了。

「看吧？」索妮雅說，指著電腦螢幕。「看起來好極了。」

珂特妮點頭，可能聽進去了，也可能沒有。她如果不盯著螢幕看，就一定是在發簡訊給她母親。但是她的手機又亮起時，她只是把它關掉。

「家裡沒事吧？」索妮雅問。

「就跟平常一樣。」

索妮雅沒說話，但是她知道英格麗的德性。她如果不是在催促董事會或家長教師聯誼會行動，就是在催促女兒要出類拔萃。其實珂特妮不需要這種耳提面命。她不是個任性的孩子。

珂特妮翻回到第一頁，開始審查。又一次。

「看起來很棒。」索妮雅說。

「我要把這一期附在我的申請資料裡，必須百分之百完美。」

「好吧。」索妮雅歎口氣，讓張力稍微消減。「妳何不去吃點東西，我來看。換一個視野，知道吧？」

珂特妮想爭辯，但還是點了頭。「對，新的視野很好。」

「去呼吸點新鮮空氣。大概一個小時後再回來，那時我大概就看完了。」

「我半小時後回來。」

珂特妮一走，索妮雅就審查起了《號角》，跟她說的一樣，但是她先看的是有關她的文章。她捲動著螢幕上的頁面，跳到第三頁。排在柴克的文章之後，在長曲棍球的報導之後，但是在新圖書館擴建報導之前。位置相當不錯。

班哲明老師本週慶祝任教十週年

英文老師索妮雅·班哲明本週五要慶祝她的十週年。班哲明在貝爾蒙學院求學（二〇〇一年班），再進布朗大學讀書。她拿到聖約翰大學的碩士學位之後就到海外加入「無國界教師」志工。回國之後，她回到貝爾蒙，她說這是她「遠離家園的家」。

她在任教期間在貝爾蒙十分活躍，一直擔任委員會的一員。她目前是家長教師聯誼會的聯絡人，以及《貝爾蒙號角》的指導老師。

週五學校會在史丹佛室（餐廳旁）為她舉行一整天的慶祝活動。中午時週年儀式會展開，歡迎各界人士參加。

整體而言，索妮雅對這篇文章覺得滿意，雖然她確實是希望文章能介紹她是「親愛的英文老師索妮雅·班哲明」。這樣會更貼切。

19

週三傍晚泰迪繞到屋子的後院。現在是黃昏，每樣東西都灰濛濛的，他不知道這樣子是讓花園好看些還是更難看些。

他拿手機拍下了每一株植物、野草、灌木和樹。回到屋裡，他用電腦搜尋每一張照片，辨別名稱，再看書複查一遍。誰也不會比他更清楚網路上的東西有多虛假。

說來也真是走運，他從不整理花園，那裡竟長滿了那麼多的好東西。

他盯著照片和分類學名稱，看到最後頭都痛了。就痛在他的右眼上方，眉毛之下，感覺像是他的神經要炸開了。

他閉上眼睛，向後靠著椅背。不是他的椅子，是愛莉森的。他搬進了她的書房工作，直到最近才發覺她佔了較好的房間，以及較舒服的椅子。現在屬於他了。

不過他沒有想著愛莉森多久。在他的心裡，他看見的是《號角》。

這一期在今天中午出刊，一如既往，所以人人都能在午餐時間看到。泰迪也是。他坐在教室裡，先讀柴克那篇紀念會的文章，讀了三遍，搜尋著和柴克交上來的作業的相似之處。

如果他百分之百誠實，他就得承認兩篇的風格是相似的。不過呢，老天有眼，沒有人要他摸著良心發誓，所以他不必誠實，連對自己都不必。

而且柴克確實提到了泰迪的名字，因為他會在紀念會上演講。又在阿諛諂媚了。

他一直都是個馬屁精——所以他才會這麼狂妄自大。就像他送每位老師聖誕禮物。泰迪一個也沒收到，因為這是他教柴克的第一個學期，但是等十二月就會有。去年，柴克送給他的每一位老師一支萬寶龍鋼筆，筆身上刻著他們的姓名。

泰迪在休息室看見的。他尤其記得索妮雅說這是學生送她的禮物中最精美、最貼心的一件。而這句話的言外之意就是貝爾蒙的學生都不是清寒子弟。

泰迪就不像索妮雅會被這種事感動。無論柴克今年送什麼禮物都改變不了泰迪對他的看法。

《號角》上還有一篇有關索妮雅的文章。她的十週年派對變得那麼鄭重其事，還設立了一個特別委員會來統籌其事。

泰迪眼睛都沒睜開就大聲冷笑。

他自己在貝爾蒙的十週年就在不久之前，他們只在教員休息室為他開了一個派對，某人掛了一幅廉價的布條，寫著「恭喜」，分發了超市買來的塑膠容器裝的杯子蛋糕。泰迪的十週年別針則放在他的郵箱裡。

可是索妮雅卻不同。她以前是貝爾蒙的學生，所以是一家人。

而且她也很有錢。她甚至不必工作，但她還是來教書，所以讓他更覺得窩囊。

泰迪睜開眼睛，按摩太陽穴，想要擺脫頭痛。他又回去辨認他院子裡的植物。這週剛開始時，他採了爬地柏的樹汁，就是害索妮雅生病的東西。

不過可能的選項實在是太多了。

✣

洋裝穿下了。

索妮雅一直到星期五才試穿，就是怕多一天會讓她的體型改變。但是今天一大早她就把衣服套上，非常合身，差不多就像她剛買的那時候。是啦，臀部有點緊，裙襬也稍微拉高了一點，但還是合身。

「妳真漂亮。」

馬克剛從浴室出來，沒穿襯衫，只穿著睡褲。褲腰比較低，因為他的鮪魚肚。這些年來可不是只有她變胖了。

「謝謝。」她說，穿上一雙尖頭高跟鞋，不是她一般會穿去學校的鞋子，但今天並不是一般的日子。

「為盛大派對準備好了嗎？」他說。

「當然。」

「妳確定不要我去？」

不，不，她不要。今天是屬於她的，她一個人的。而不是馬克・班哲明醫學博士，斯坦厄普大學教授的。這一位班哲明醫師每年都會有一篇學術論文發表。對，她愛他，對，她以他為榮，可是在一屋子的教育者中，他總是萬眾矚目的焦點。

今天不行。

「喔，這類活動通常都沒有配偶參加，」她說，「這是學校的活動。」

「好吧。」他靠過來親吻她，但是她挪開了，不想讓他弄糊了她的口紅。他吻了她的頭頂。「恭喜。妳辛苦了那麼久，這個派對是妳應得的。」

對，對，沒錯。

她下了樓，不慌不忙，以免高跟鞋害她扭了腳踝，然後她直接去開車。今天的早餐就免了——派對上的食物多的是。不對，是宴會。

到校途中，索妮雅微笑著想著這個字眼。是啦，派對的時間是在白天而不是晚上，但仍然是場宴會。而且她是貴賓。

她把車停好，下了車，連每天的咒語都免了。今天當然會是美好的一天。

20

時間還很早，比索妮雅平常的上班時間早了半小時。數學老師法蘭克走向大門。他總是比誰都要早到，因為這時很安靜，他可以完成他的工作。他家裡有個學步的孩子，她能理解。

英格麗・羅斯的休旅車停在後門，後車廂仍開著。英格麗一身平常的瑜伽褲從大樓出來，索妮雅頓時一陣嫉妒。英格麗生過一個孩子，身材卻還是比索妮雅要好多了。

她做個深呼吸，提醒自己英格麗是在為她辦派對。

她的計畫是直接到教室去。正式的授徽儀式要到中午。她順著走廊前進，只在餐廳外暫停。史丹佛室在另一邊。

不。她不會去查看。那不是她該做的事。

索妮雅繼續往教室走，把東西放下就去教員休息室喝咖啡。

誰知走著走著她竟停在了餐廳的門口。也許看個一眼沒關係，畢竟時間這麼早。

她一走進史丹佛室就被英格麗看到了。

「索妮雅！恭喜妳的大日子。」她走過來，擁抱了索妮雅一下，兩人的身體幾乎沒碰到。

「我們還在準備。」

索妮雅點頭，笑著環顧四周。一張長桌鋪上了亞麻巾，擺了一排玻璃碗，碗裡插著小朵玫瑰。另外兩位家長在掛一幅巨大的「恭喜」布條。雖然裝飾只做了一半，已經很漂亮了。索妮雅應該知道會這樣的，英格麗做事從來就不是半吊子。「好漂亮，真的，太感謝妳們了。」她說。

「喔，這是我們的榮幸。」

「我只是想過來說聲謝謝，」她說，「那我就不打擾妳們了，我要去準備上課了。」

「好啊，待會兒見。」

索妮雅又看了一眼才轉身走向門口，一打開門就看見有個女人兩手都拎著東西站在那裡。她起先一臉驚嚇，但隨即說：「索妮雅！恭喜恭喜！」

索妮雅認出是康諾的母親。「太謝謝妳了。待會兒見。」她幫她扶著門。她一手拎著一台咖啡機，另一手則拿著一盒咖啡膠囊。

✣

柴克在第四節課後不急著行動。他沒有急沖沖去放東西或是抓起手機，而且他還花了點時間停在走廊上查看簡訊。等人人都往餐廳去吃飯，他留在後面，等著走廊淨空。

通常老師們仍在，在教室裡忙碌或是到休息室去。而今天，他們全都去參加班老師的週年派對了。柴克只需要等待每個人都離開。

一等他們離開後，他就直接往克拉徹的教室走。

講桌收拾乾淨了，不見他的筆電。柴克知道不會在這裡，因為克拉徹是那種什麼都鎖起來的人。好像誰還會偷走那台老骨董電腦似的。

他比較感興趣的是克拉徹放在講桌裡的東西。

在他傳送《荒涼山莊》報告和那封信之後，他應該就能從克拉徹的黑名單上剔除了。別的老師都會這樣，但是這一個卻例外。柴克連一封謝謝的電郵都沒收到。什麼也沒有，完全是零。

這讓柴克火大。既然他沒辦法靠努力讓克拉徹喜歡他，那就得找出另一個法子。

即使是要稍微打探一下。有人可能會說是侵犯隱私，不過他爸不會。

要比敵人更了解他自己。

柴克關上了教室的門，在克拉徹的講桌上坐下，拉開了正中間的抽屜。第一印象：比他預期中凌亂。鋼筆、便利貼、紙條，全都混在一起。他蒐集了一堆奇怪的橡皮擦，其中還有一個粉紅色蝴蝶和一個熊蜂造型的，可能是學生落下的。柴克到處翻，找到兩台計算機、三個削鉛筆機、各種顏色的螢光筆。沒什麼特別的。

他去拉右邊的抽屜。這一個裝滿了書——《白鯨記》、《邊緣小子》、《紅字》。柴克拿起來翻閱，尋找筆記，卻一無所獲。在書底下是克拉徹教的班級的課表影本。也沒什麼有用的。

柴克其實也沒有特別要找什麼。他只是想找到他能夠用來討好克拉徹的線索。

他再查看左邊的抽屜。一疊外帶菜單——主要是中國菜和熟食。底下，他找到了另一本書。

《本地花草：野外指南》

園藝。

柴克沒想到克拉徹居然是個養花蒔草的人，不過至少是條線索。是他對克拉徹的私生活知道的第一件事。

書裡插了一張名片，可能是當書籤用。柴克看了上頭的名字：

里歐・托賓醫師

生育專家

而這是他對克拉徹的第二個了解。他跟他太太想要生孩子。

21

史丹佛室簡直是浮誇透了。

泰迪一整天都沒過來，故意的，因為他已經聽厭了索妮雅的名字。可是他打死也不會錯過午餐的儀式。

他就站在門口邊，把一切收入眼簾。

房間的每個角落都裝飾了，巨幅的「恭喜」布條和桌上的玫瑰。更別提還有玩具山貓了，到處都是。

大多數的老師都已經來了，還有一些聯誼會的家長。英格麗・羅斯站在正前方，她理所當然會站的位置。

一些學生也來了，主要是校刊的工作團隊，珂特妮也在內。她跟她母親站在房間的兩端。

「好盛大喔。」法蘭克說，走過來站在泰迪旁邊。這個數學老師既焦慮又興奮，活像剛在走廊上做過伏地挺身。

「對，一切都很不錯。」泰迪說。

「吃吃看三明治。」他舉起一個。「是鮭魚吧。」

「鮭魚？真的？」

「味道像是。」

鮭魚。泰迪想冷哼，卻忍住了。他的派對上可沒有鮭魚。

從他所站之處他能看到巨型蛋糕，有三層，幾乎像結婚蛋糕，而且是為索妮雅特別製作的。蛋糕也像房間裡的所有裝飾一樣浮誇，泰迪有一股強烈的衝動想要用一根手指戳穿糖霜。

瑪莎女士走了進來，她是守門人，主控誰能——或是不能——見到校長。她一來就表示校長也快到了。

校長走進門時就連泰迪都挺直了腰。其他幾人也一樣。校長不是高個子，卻很有威儀。絕對是因為他的姿態。他從過軍。

跟索妮雅打過招呼之後，校長面對人群。「首先，讓我感謝聯誼會籌辦了這麼隆重的儀式。」校長的聲音低沉，威風凜凜。他一開口就會讓人知道他是當家作主的人。

或是他自己這麼覺得。泰迪微笑。今天可能真的是他在貝爾蒙最開心的一天。

「好，回到我們今天的正題，」校長說。轉向索妮雅，她一副激動的模樣，搞不好會興奮得飛上天去。「大家都知道，索妮雅．班哲明念過貝爾蒙——」

砰！食物桌搖晃，大家都急忙去扶住。人人都轉頭看是怎麼回事。

英格麗。

她站在一張桌子的末端，稍顯尷尬，滿臉通紅，兩眼大張。她彎腰去撿起一個裝著綠色東西的塑膠瓶。可能是茶。所有的瑜伽媽媽都喝綠茶。

「抱歉，」她低聲說，「不小心掉了。」

珂特妮在房間的另一頭，一臉想死掉的樣子。

泰迪不確定他是比較同情誰，珂特妮或她母親，反正絕對不會是索妮雅。她有點生氣的模樣。校長從頭開始。「我剛才說，索妮雅．班哲明念過貝爾蒙學院，之後又上了……」

他嘮嘮叨叨說個沒完，列舉了她的完整學經歷，泰迪全都當耳邊風。他只是盯著索妮雅，尋找他最新實驗的徵兆。到目前為止，她一副開心健康的模樣——完全沒生病。

真令人失望，太令人失望了。也許他不應該偏偏挑今天試驗新品的，也許藥效發作得很慢，也可能他用的劑量不夠多。

他嘆口氣，改而看向英格麗。她的臉孔仍因難堪而粉紅，這讓泰迪不由得微笑。他低頭看她的手，她正緊緊抓著桌子。

桌子。

他這還是第一次注意到咖啡杯。不對，是那些咖啡杯。

到處都有。

有一只就拿在英格麗的手裡，而且幾乎喝完了。

其他的則四散：桌上、別人的手裡、流理台上。而旁邊就是一台單杯咖啡機。再旁邊是一盒咖啡膠囊。

一定是另一盒。這些母親不可能會去拿樓上的，她們當然自己買得起。

泰迪轉而去注意校長，他仍說個沒完。

「在得到碩士學位之後，她去加入了……」

他忍不住又回頭去看流理台。那盒咖啡膠囊一直在呼喚他，因為不對勁。盒子都是塞滿膠囊的，為了節省空間而一個挨著一個。這一盒卻不一樣。

膠囊像是扔進去的，混雜凌亂，彷彿是有人在抓了一把之後隨手丟進去的，從……別處抓來來的。

不，不，不可能。泰迪搖頭，告訴自己別杞人憂天，是他自己在編故事，因為校長的演說太枯燥乏味了。

可是他甩不掉胃裡的噁心感，而且還不是喝了咖啡的緣故。

「我非常驕傲、非常榮幸，恭喜索妮雅教書生涯的十週年。這是了不起的成就。」校長轉向瑪莎女士，她遞給他一個小小的天鵝絨盒子。是別針。那枚意義重大的別針。

泰迪就戴著。

校長打開了盒子，露出了別針。泰迪查看手錶。*太耗時了——*

一聲尖叫打斷了他的思路。

是右側傳來的，英格麗所站之處。*曾站之處。*

她摔倒在地上。

22

泰迪動不了。他面前的一切都仍在動，他卻僵在原地。幾乎就像是他在一幅同人大小的螢幕前觀看恐怖片。

英格麗完全喪失了意識，額頭撞出了一條血流，被一堆人包圍，卻沒有人知道該怎麼辦。

瑪莎女士在撥打一一九。

索妮雅，穿著那件過緊的紅洋裝，有如五雷轟頂。

一切都因為泰迪。他不確定是該哭或該笑，所以他就只是怔怔地在那裡看戲。

「救護車出動了。」瑪莎女士說。她向聯誼會的會員揮手，要他們清除桌上的食物。「可能污染了。」

並沒有，泰迪知道。可是他現在看出了一個移動的理由，因為他要去處理掉那杯咖啡。

他朝英格麗走，圍著她的人全都嚇慌了。他抓起英格麗的杯子和別的杯子，擠過人群往水槽走去，誰也沒注意。

一位母親已經在水槽前了，伸出手來接咖啡杯。「我來。」她說。

泰迪沒辦法，只能交給她。他一直盯著英格麗的杯子，看著她把杯子放到流理台上。

室外有消防車接近，連同一輛警車。這是個小城，犯罪事件不多，所以就算整個警局都出動了他也不會驚訝。

消防員、警察和急救人員轉移了接走英格麗的咖啡杯的家長的注意。她像隻貓一樣動作，幾乎是跳向他們，然後在人群中殺出一條路來，讓急救人員能夠趕到英格麗的身邊。泰迪趁此機會走到流理台去把英格麗的咖啡倒光。

只是以防萬一。

「出了什麼事？」

柴克，眼珠子都快凸出來了。他才剛走進門。

「羅斯太太昏倒了。」泰迪說。

「我的天啊。」柴克衝了出去，對準了混亂的核心。

泰迪跨了一步，險些撞上索妮雅，她就跟幾分鐘前的他一樣呆立不動。

「我不……懂。」她說。

「沒有人懂。」

她搖頭。他退開。

「泰迪，讓開。」

是瑪莎女士，在清開一條路讓他們把英格麗抬出去。她躺在擔架上，戴著氧氣罩。他們匆匆把她抬過他面前，抬出了門，瑪莎女士在前方帶路。

泰迪尾隨上去，但不是要去醫院，而是穿過餐廳，上樓到教員休息室。

說不定他不需要倒掉英格麗的咖啡，說不定咖啡是別人家裡拿來的，不是休息室。說不定是他自己太多心了。

一定是這樣的。良心是個很可怕的東西。英格麗喝掉了特別為索妮雅炮製的咖啡的機率是……

百分之百。

休息室裡只有一台咖啡機，也就是說樓下的是從這裡拿去的。那些咖啡膠囊也是。

糟糕了。

✣

等泰迪回到史丹佛室，人差不多都走光了。兩名警察仍留著，正在詢問幾位母親。他掃瞄房間，尋找垃圾桶。

膠囊。他得拿回膠囊。

一個垃圾桶就在桌旁，桌上的食物都已經清除了。只剩下裝飾。迷你玫瑰都走了樣，至少有一個花瓶翻倒了。

第二個垃圾桶在流理台那邊，靠近咖啡機。以及警察。他不知道他要如何繞過警察，不過他還是得試一試。他向前邁了一步，就感覺有隻手按著他的胳臂。

「泰迪。」

瑪莎女士青筋暴突的手攔住了他。

「喔，瑪莎女士，」他說，「有羅斯太太的消息嗎？」

「還沒有。不過我們得清空這個房間。」她把他帶出門，遠離垃圾桶。「校長決定今天下午停課，怕這件事對學生會留下陰影。」

「對，對，這是好主意。」

瑪莎女士正準備把門關上。還在附近逗留的學生想打聽是怎麼回事，一聽說停課馬上就作鳥獸散。

「謝謝你，」她說，「一有消息校長就會通知大家。」

她關上了門，留下泰迪一個人站在那裡。

✣

毀了。徹底毀了。

索妮雅在空蕩的教室裡用力踱步，手裡捏著減壓球，卻沒有用。她用力把球甩在牆上，回傳的聲音卻無法讓人消氣，不是響亮的一聲砰，而是悶悶的一聲。

她並不是不擔心英格麗，她當然擔心。她當然替英格麗難過，被救護車送走，即使只是因為吃得太少。大概吧。因為那個女人簡直是皮包骨。

毀了。

索妮雅是拿到了別針，就別在她的紅洋裝上。她還得從地板上撿起來，因為在一團混亂中被校長掉到地上了。她的受獎儀式就是這樣子結束的，慌慌張張在地上撿她的十年別針。

她拾起減壓球，幾乎又把球甩到牆上。

但是她沒有。深呼吸，提醒自己結果可能還更糟。很可能是她在她自己的受獎儀式上昏倒。說真的，那樣子的話至少人人的注意力還在她的身上。

她又把球丟了出去。

23

出錯了。出了一個太糟糕的錯。

泰迪一個人在教室裡，坐在講桌後，挑著指甲皮有助於他思索。他在心裡重播每一刻，一步一步，直接看到幾小時前發生的事。

他也思索著可能的後果。

有個女人昏倒了。就這樣。她沒有痙攣，沒有抽搐，就只是……昏倒了。

單單這樣可能就足以讓他們檢驗房間裡的所有飲食，也可能不會。保險起見，他假設是會。他假設瑪莎女士會要求檢驗。畢竟，英格麗·羅斯不僅僅是董事會的成員，也是付學費的一位家長。校長一定會想查個水落石出，董事會也會如此要求。

也就是說警方會檢驗每一樣東西，包括垃圾桶裡的膠囊。但是他們會檢驗出泰迪使用的那種植物嗎？他們有本事找出白果類葉生麻中的心源性毒素嗎？

還是一樣，保險起見，他假定他們找得出來。警方發現有一個膠囊被動了手腳。不是英格麗被下毒了，拜託，泰迪沒打算毒害誰。他只是……操弄了一個膠囊。一點點。

可他們會知道是他嗎？也許。他很可能在膠囊上留下了指紋。

泰迪用力挑著指甲皮，都挑出血來了。

荒唐。他的臆測太荒唐了，因為英格麗是不會怎麼樣的。她會醒過來，大家會以為她只是昏倒了，然後這件事就到此結束。警察局不會花那麼多的時間金錢來排查派對上所有可以入口的東西，而他們也絕對不會去檢查垃圾桶裡的膠囊。不可能。

再說他也不是蓄意的，他並不是想要傷害誰。當然更不會是英格麗．羅斯，他個人是喜歡她的。誰叫她是董事會的人呢。

他只是想……他只是想讓索妮雅不要再那麼高高在上。不要來告訴他應該怎麼做，尤其是有關他自己的學生。也許他是故意要毀了她的派對，只有一點點那個意思。

總之，這是他的目的。讓她在自己的派對上昏倒，殺殺她的威風。他只有這個打算。完全無傷大雅。

可是突然之間卻好像原子彈爆發，驚動了警察和急救人員，而且事情變得……匪夷所思，就是匪夷所思。

不過，從好的方面來看，是成功了。他之前沒用過這種植物，但是它發揮了應有的效果。這可是件了不起的事，尤其是他又不是科學家。他只是年度傑出教師。

再說，是另一個人喝掉的也不能怪他啊。要是那些媽媽不把膠囊拿下樓，就根本不會出事。所以他可以說是成功了。

他看著窗戶，最後一輛警車正要離開。他就是在等這一刻。他離開了教室，手裡提著公事包。就算有人看見他，也會以為他是要回家了。正常，完全正常。

餐廳空蕩蕩的，連廚工都離開了。史丹佛室的門是關著的，卻沒有上鎖。他直接走進去，理直氣壯。

房間裡有人。可惡。

數學老師法蘭克蹲在地板上看著一張桌子底下。「哎唷，嚇了我一跳。」他站起來，拂了拂卡其褲。「我不知道還有人。」

「我也不知道。」

「唉，我剛才把鋼筆弄掉了。我那支好鋼筆。」法蘭克東張西望，攤開雙臂。「還是找不到。」

「真可惜。」

「誰知道呢，說不定是哪個學生拿走了。」他說，「你呢？你來幹嘛？」

泰迪硬是忍著沒去看流理台，垃圾桶所在的地方。真不幸，房間像是清理過了。裝飾品都收走了，沒有食物的蹤跡，咖啡機也不見了。「我只是來看看是不是還有人沒走，想問問消息。」

法蘭克聳肩，強健的肌肉抽動。「還沒聽說。」他走向門，準備要離開。

泰迪沒辦法，也只能跟著離開，找不到合情合理的藉口留下來。兩人走在空空的餐廳裡，法蘭克說：「真是奇怪的一天。」

「還用說。」

「星期一大概就會請輔導師來了。」

「對，我想也是。」

「可能應該也請位神職人員，」法蘭克說，「可能會有人需要。」

泰迪沒回答。

到了外頭，停車場上只有兩三輛車，現在沒有人想要留在貝爾蒙，特別是發生了那種事。泰迪轉向法蘭克要道別，這時法蘭克的手機響了。法蘭克從腰帶上抽出手機。

泰迪的手機也在震動。簡訊是校長發來的。

同仁和朋友們，

我極其難過地宣布英格麗・羅斯太太不幸過世了。她今天下午在醫院離世。

我們與她的家人同悲，也為他們祈禱。

24

法蘭克・麥斯威爾不敢相信他看到的訊息。英格麗・羅斯死了。死了。

「我的天啊。」泰迪說。

「難以置信。」法蘭克說。

他們站在那兒一會兒，瞪著手機，最後還是泰迪先把手機放回口袋裡。「嗯，」他說，「我突然覺得想衝回家去看看我太太。」

「我也是。」法蘭克說。

泰迪走向他可笑的老紳寶；法蘭克去開他的吉普，他的步子很正常，至少是他覺得很正常，但是他不能確定，因為他的腎上腺素在狂飆。

他一隻手撫著胸口，抓緊了襯衫下的十字架。

家。他應該回家。他的太太在那裡，還有他的兒子。

他們住在一棟樸實卻舒適的房子裡，草皮剛割過，正面還有一棵很漂亮的老橡樹。法蘭克賺的錢不是很多，可他太太很有巧思。在他眼裡，家就像是雜誌上剪下來的，不過很舒服。家是個美好、安全的地方。

他只是不想回家。

他反而開著車亂繞。他需要思索時就喜歡開著車亂走，是他拿到駕照之後就養成的老習慣——如果十一年算久的話。他覺得是。他自己一個人第一次駕車感覺像是一百萬年前的事情了。這輛車也很破爛，可能比泰迪的車子還要老舊，但是無所謂。有響亮的音樂，又可以到他想去的地方，法蘭克從這輛車子上嘗到了他的第一口自由。他愛它。

所以他一直開。可是現在感覺不一樣了——可能是因為他不是自由身了。有太太，有孩子，有貸款，有工作，他目前的生活沒有一樣是自由的。他甚至不買日常用品，因為他太太很挑剔。

那還是平常日子。今天卻一點也不平常。

法蘭克駛離了學校，上了州際公路，遠離他的家，他的家人，他的太太。音樂很大聲，車窗搖下了，吉普在路上彈跳，好似他無處可去。

一點幫助也沒有。他甚至覺得更糟，被困在束縛衣裡，還有一條鐵鍊一直把他往他應該在的地方拉。

可以的話，他會去健身房，可是他的肩膀傷還沒痊癒。他硬是忍住健身的渴望，掉頭回家。

蜜西的車子停在車道上，就在它該在的地方。進屋之前，他先做幾次深呼吸，快速地禱告了一遍，對鏡查看他的表情是否正常。

然後蜜西就來了。他連門都還沒開她就出現了。

「我剛剛聽說學校發生的事，」她說，「你沒事吧？」

「喔，我沒事。」

「我發誓，我才剛拿起電話要打給你。你確定你沒事嗎？」

法蘭克摟住太太，默默命令她閉嘴。「我沒事。我幾乎什麼也沒看到。」他感覺她貼著他放鬆下來。

「好。喔，可憐的女人，英格麗什麼？茹斯？」她退開來，陪他走進廚房。他能聞到正在烹煮雞肉的味道，他們常常吃雞肉。

「差不多。」他說，在高腳凳上坐下。食物的味道讓他放鬆。「法蘭基呢？」

蜜西指著家庭室。「在看卡通。」

法蘭克在晚飯前先洗澡。等他洗好後，他的兩歲大兒子已經在廚房就坐。法蘭基餓了，卻不願意坐好，蜜西向他說明他們都必須在餐桌上吃飯。這段對話幾乎每晚都要上演，而總是由蜜西賄賂兒子坐好收場。

法蘭克歡迎這種熟悉感。家裡的一切感覺都正常——晚餐，整理餐桌，幫法蘭基洗澡。法蘭克走進兒子的房間，給他讀睡前讀物，今天感覺就像是一場夢。一個醒著作的惡夢。

但是稍後，在法蘭基和蜜西入睡後，全都又湧回來了。法蘭克打開了貝爾蒙的網站，消息就在那裡，提醒他確實是發生了這件事，不是惡夢。

校長之前發的簡訊就貼在首頁。底下是幾十位家長、老師、學生表達他們的哀悼。法蘭克加上了自己的。

致上我對羅斯家最深刻的同情。

他刪除了。重寫一遍。又刪除。說不定什麼都不說最好。說不定什麼都不說最糟糕。英格麗。

殺千刀的英格麗。

這個想法立刻就讓他愧疚。

他的手又撫上了胸口，抓著十字架。他天天戴，戴一整天。從不摘下。晚上剩下來的時間他都一直摸著十字架。而且他在猜誰會先出現：英格麗的先生或是警察。

✣

泰迪沒回家。他甚至沒離開貝爾蒙停車場。在看著法蘭克離開之後，他下了車，直接回到史丹佛室。因為他必須確認。

垃圾不見了。兩個垃圾桶都裝了全新的垃圾袋，一個咖啡膠囊也沒有。流理台上沒有，櫥櫃裡沒有。他不曉得垃圾是不是警方拿走的。在瑪莎女士把他趕出去之後，他就不知道發生了什麼事。

他嘆口氣，往學校的後方前進。去找垃圾子母車。

25

今天會一帆風順。

今天會一帆風順。

今天會一帆風順。

週一早晨，索妮雅坐在車子裡，反覆唸誦咒語，讓自己為這一天做好準備。週末差勁透了，有關年度紀念會的訊息傳來傳去。他們應該怎麼說英格麗？焦點要更動嗎？

萬一是英格麗吃的東西呢？

會是有什麼腐壞了嗎？

那些糕點是哪裡來的？

咖啡裡的牛奶呢？她加牛奶嗎？有人知道嗎？

沒完沒了，徹底的沒完沒了。而沒有一個人在說她的十週年，連一聲恭喜都沒有。

索妮雅不得不提醒自己有個女人死了。跟她競爭的是這個：一個死掉的女人。不可能贏的。她又不能跑過來跑過去，嚷嚷著「那我呢？」還指望會有人同情。或是有人賀喜。

所以她換上了一副擔憂卻愉悅的表情，下了車。學生需要她。有人死在校園裡了，拜託。他們比以前都需要她。

讓這一天開始吧。

✣

法蘭克開車到學校，仍然緊張兮兮的。整個週末他都這樣，一聽到敲門聲、一聽到電話響就嚇一跳。活像他是站在大樓的頂樓，等著有人把他推下去。

知道自己的人生就要內爆了實在是很恐怖的事情。

不過還沒有。說不定是因為他一直在禱告。他希望是。

他下了車，走進學校。沒有警察，沒有憤怒的丈夫，沒有乾草叉。很吉利的一個開始。

他一走進大樓，英格麗．羅斯就瞪著他的臉。

已經立起了悼念遺照了，無疑是聯誼會的手筆，而且還是她的一張很大的加框照片。高據在桌上，底下圍繞著鮮花，讓法蘭克覺得慚愧，空著手來。他連想都沒想到。

她的這張照片他沒見過。頭髮比較長，也沒有化妝。她在戶外，後面是一棵大樹，而她笑得像是真的很快樂。他認識的那個英格麗不快樂。果斷，沒錯。專注，絕對是。可是快樂？不，他不會說她快樂。不過，話說回來，他也不快樂。至少不是百分之百快樂。

她也知道。從他身上看了出來，鎖定不放，然後主動出擊。就像個……希臘神話裡的那個。

他想不起那個名字——他是數學老師，不是神話老師——不過他最終還是想起來了。

女海妖。

是這個嗎？不對、不對。是女淫妖。英格麗．羅斯是個女淫妖。

光想到她就害他又火冒三丈。

他抓住十字架，透過襯衫以手指摩挲。有時候他覺得他會因為心裡的那些事而自燃。其實，他應該為了他做的事而自燃。

也不知道是為什麼，自燃沒有發生，反而是讓他抱著罪惡感而活著，這樣可能還更糟。

他走開，不想被英格麗的照片盯住。他在走廊上右轉，不去他的教室，反而往波特室走。這個週末學校發出通知，說在第一堂課之前教職員要開會。

他進去時房間已經半滿了。不像史丹佛室，這個房間是不對學生開放的。進來需要鑰匙卡，而且是在南走廊的盡頭——太遠了，不會有學生過來打探消息。

瑪莎女士站在前面，七點四十分一到就開始會議。她的粗花呢套裝就跟她的聲音一樣俐落。

「我就長話短說，我知道各位都需要去上第一節課。」她說。拿著一個寫字板，跟許多老警衛一樣，她迴避科技，即使有些東西可以讓她的工作輕鬆一點。「各位都聽說英格麗．羅斯過世了。不用說，我們和警方及家屬一直在聯絡。我們正在等待解剖報告確認死因。」

聽到解剖並沒有讓法蘭克覺得好一點。一點也沒有。

「各位也想像得到，家屬哀痛逾恆，」瑪莎女士說，「我們在學校的入口處佈置了一個區域，讓想要表達哀思的人可以獻花或寫信。所有的東西都會交給家屬。此外，今天我們還特別請了輔導師供學生和教職員諮商，如果有人需要幫助，請不要猶豫，主動開口。輔導師就是來提供協助的。」她停下來，從寫字板抬起頭來。「有問題嗎？」

有人問去看輔導師的話是否不算缺課。另一個人問英格麗的葬禮。

葬禮。法蘭克連想都沒想過。

上帝啊，千萬不要在教堂裡。他絕對沒辦法坐著熬過整場喪禮。

「我們收到消息之後就會通知各位，」瑪莎女士說，「目前就這樣。」

八分鐘。會議只開了八分鐘，可是法蘭克的血壓卻感覺更高了。瑪莎女士走向索妮雅時，他就站在旁邊。

「泰迪．克拉徹今天請病假。我們請了代課老師，不過妳能不能……」

索妮雅點頭，法蘭克就走開了，沒聽到餘下的話。他太忙著想解剖的事了。

他應該別去碰她的那瓶綠茶的。

他就是在史丹佛室找那個，不是他的鋼筆。

26

也不曉得是多少年了，泰迪第一次站在後門廊上——仍然破舊，仍然年久失修——看著後院。每一株植物、每一棵灌木、每一叢草都拔光了。唯一留下的是樹，太大了，砍不倒。

現在是週二的黃昏時分，泰迪從星期五開始就沒去上班。他不是生病，他也想不起上一次生病是何時。他是分身乏術。

不過起初並不是。雖然他嘴上不承認，他卻幾乎放棄了。事實上，有一陣子他是自暴自棄。星期五晚上，在翻完了學校的垃圾子母車，什麼也沒找到之後，他回家後就躺到床上，不吃不喝，當然沒喝牛奶——他還不至於要吃那種苦頭。他什麼也不配，特別是在他做了那種事之後。

太可怕了。

一個起先是那麼無害的念頭誰知道卻迅速失控，送掉了一條性命。

他是個可怕的人，老是在跟同仁的小小分歧上鑽牛角尖，竟為了同事討人厭就想懲罰他們，竟然在他們的咖啡裡下毒。

嗯，說下毒可能太重了點。是胡搞。他胡搞他們的咖啡。只是輕輕弄了一下。

他應該要做的事是專心教學生，這是他的工作，他的目標，他的使命。

他全都搞砸了。

他心裡的感覺浮現得很慢。像一陣輕顫，好像有蚊子在爬。不對，是蠕蟲，蠕蟲才對。會自我複製的。

他躺在床上越久，蠕蟲就越多。感覺很恐怖，彷彿五臟六腑都被這些滑膩蠕動的生物取代了。到星期六晚上，他就被蟲子吞沒了。

這種感覺並不新鮮。

泰迪之前也有過，在愛莉森離開之後。在她把那張收費單留在桌上之時。

這種感覺比遺憾要糟糕多了，遺憾只不過是腦子裡一種不放過你的想法。懊悔卻是器官全部被蠕蟲取代。

要是她還在，這些事就一件也不會發生。她總有辦法讓事情變好。

每次他的心情特別差，他們就會一起看電影。她總是挑最無厘頭的喜劇。愛莉森討厭劇情片，討厭所有嚴肅或是叫人喪氣的東西。剛開始他覺得她的電影很蠢，不值得他浪費時間。

「只要你笑就不是浪費時間，」她說，「就算只笑一次。」

她說得對。那些白痴電影真的讓他笑，有時候還不止一次，因為他是跟她一起看的。愛莉森有最具感染力的笑聲——很美麗的聲音。有一次，他跟她說聽她笑就像聽詩歌朗誦。這句話也把她逗笑了。

現在他不看那些電影了。因為少了她。

他幾乎都不笑了，而那也是導致今天的起因：他不再笑之後就開始注意到他的同事有多討人厭。他開始惡整他們的咖啡，因為他們的討厭毫無尺度。

想到這件事，想到愛莉森，讓他覺得心情更壞。

✣

他一直躺在床上，躺到那些蟲子累了，睡著了。痛苦漸漸消退，自己把自己消磨殆盡了。星期日早晨，他終於爬出了他的窩，他的目標感回來了。他必須回去教書，必須努力教導他們不要當一個自私、耍特權的小王八蛋。

不過，首先他必須抹除一切的偏差行為，就從地下室開始。泰迪把所有的膠囊、試管，一切實驗設備都丟了。藥錠、研究資料，每一樣東西。這些只是恐怖的不務正業，害他偏離了真正重要的事情。

接下來是整理院子，從那些白果類葉生麻開始。

這種植物只需要一眼就吸引了他的注意，那些莓果想看不見也難——白色的果實上有個黑點，所以它才會被稱為娃娃眼。這些小莓果的樣子就像小眼球，而且充滿了可降血壓的毒素。攝取過量會引發心臟病，只吃一點就會讓人失去意識。

他只想要讓索妮雅暈倒，最好是在她自己的頒獎典禮上。他非常小心，沒有把太多的果汁注射到咖啡膠囊裡。他並不想殺人，無論是誰。

他戴著手套，第一個就先拔這種植物，緊緊纏成一團，再繼續拔別的。有沒有毒都無所謂——全部得拔掉。他花了兩天，揮汗如雨，筋疲力盡。回去上班是不可能的事，除非他把院子都清理乾淨了。

接下來他得把所有東西都丟棄，這是很棘手的事。儘管他很想花錢雇人來運走，卻不能讓別人知道他在做什麼。沒法子了，只能裝進袋子裡，親自載到一間處理庭院廢棄物的機構。總共跑了五趟，五個不同的鄉鎮，不同的機構。全都使用假名。

而現在，週二晚上站在自家門廊上，他的身體因為勞動而腰痠背痛，但心裡卻覺得舒坦，像是得到了全新的開始。不，是他給了自己一個全新的開始。

用一杯牛奶來結束這一天。它象徵懺悔結束了。

他滌淨了他所做過的一切惡事，一切的邪門歪道，害他忽略了真正的使命：學生。

他準備好要重新開始了。再一次。

27

早晨燦爛亮麗。陽光普照，小鳥啁啾，泰迪走去開車，如果有蝴蝶落在他的肩上❷，他也不會驚訝。誰也不會。他查看了一下。

他提早到校，比大多數人還早。他認出了一輛車，是法蘭克的，不意外。法蘭克總是早到。泰迪經過了他的教室，很想停下來打招呼，卻直接就去了教員休息室。

景物依舊，就連咖啡膠囊都沒變。他微笑著給自己煮咖啡。

咖啡膠囊。怎麼有這麼白痴的想法！

垃圾子母車裡沒找到膠囊，什麼可疑的東西都沒找到，倒是害自己出糗。校工喬看到他從子母車裡爬出來。他們兩人都沒說什麼，反而更糟。喬是不太可能會忘記的。

泰迪走到教室，打開了筆電，查看電郵，這是週五來的第一次。他迅速掃瞄，先讀焦點郵件。英格麗死了，還沒下葬。驗屍兩字害他僵了一秒，但是他往下看。今天沒時間管那些蟲子。

菲倫引起了他的注意。他之前的學生繼續抱怨她有多生氣。

❷ 蝴蝶落在肩上是好兆頭。

嘿，混蛋，又是我。

只是讓你知道，你阻止不了我成功的。我提早畢業，已經通過碩士學程的審核了。不用多久我就會賺得比你多。

再聯絡。

泰迪微笑，就像每次讀菲倫的信一樣。她到現在還不懂。

他不是敵人。從來都不是。他對她的目標，對所有學生的目標，是讓他們從自私自利的小混蛋蛻變成更好的人。

菲倫現在或許不懂，但是他沒有喪失希望，還沒有。對所有的學生都沒有。他還沒放棄她，就像他也還沒放棄柴克。將來有一天，他們也許會懂的。

而如果他們懂了，那也是因為他。

✣

死亡。貝爾蒙被死亡籠罩。

索妮雅走過川堂，心裡想著死亡，因為到處可見。英格麗的葬禮定在星期五，而不久之後就是紀念會。

「早安，早安。」她說，向學生點頭，看著對方的眼睛。讓他們放心，一切安好，即使事實並非如此。昨天，就在一切稍微平靜下來之後，本地的報紙刊出了一篇報導。

貝爾蒙學院死了人？

頭條是這麼下的，還加了問號。沒錯，貝爾蒙是有人死亡。太多死亡了。

不過呢，索妮雅還活著，而且仍然是《號角》的指導老師，她需要找一個新編輯。珂特妮短期之內不會回校上課，也不能怪她，畢竟她的母親死在這裡。

又是那宗死亡。總是在最意想不到的時間竄出來。

索妮雅甩掉它，在主通道上尋找，找到了她要找的人。

「柴克。」她說。

他露出笑容，跟平常一樣。「嘿，班老師。」

「你跟珂特妮說過話嗎？她還好嗎？」

「我還沒跟她說過話，從……從星期五之後。」他說。

「她在傷心。給她一點時間。」

「對。」他說。

「等她準備好就會打電話給你。」索妮雅拍拍他的手，給出她最撫慰人心的表情。「我想問你一件事，跟《號角》有關的。」

「另一篇文章？這麼快？」

「不算是。」

柴克瞪著她，表情是那麼的坦然信任。「什麼事？」

她示意他跟上來，帶他繞過轉角，來到走廊人較少的地方。現在是下課時間，正好是十六分鐘。

「是編輯這個職位。」

「喔，」他說，眼睛瞪得更大了。「喔。」

「對，」她說，加入適量的嚴肅。「目前我們沒有編輯。」

「可是珂特妮會回來。」柴克說。

「當然，當然，只是暫時的，在她不在時。我相信她需要時間陪家人。」

柴克點頭，而且點個不停。索妮雅幾乎能看見他在衡量各種選項。

「你今天晚上何不仔細想想？」她說，「這個決定很顯然並不輕鬆。」

「好主意。我會仔細想一想。」

「無論你的決定是什麼都沒關係，接或不接，你在《號角》上的參與在申請大學時都會很有幫助，」她說，「即使只是當記者。」

她走開了，留下他一個人思索，他的頭仍點個不停。

學生們看著法蘭克，但是他並沒有真正看見他們。他們只是一堆惺忪的睡眼，兩手托著腮，眼神空洞瞪著前方。對他來說，他們這個樣子是反常的。大多數時候，他關切地盯著他們，等著其中一人行動。做什麼錯事。

魔鬼以及他的小小兵時時刻刻都會出現，總是想把這些孩子誘惑到黑暗的一邊。法蘭克通常都十分警惕，設法幫助他們抗拒誘惑。

今天卻不太一樣。

現在是第四堂的微積分，卻沒有人想要在教室裡。學生不想，法蘭克也不想。要是能讓他作主，他會去健身房，把他的緊張全都用運動來發洩掉，這個時候緊繃已經是恆常的狀態了。

或是去教堂，為他所有的罪惡禱告。他昨晚去了，前晚也是，卻沒有作用。他沒聽到有人說什麼——警察沒有，英格麗的先生也沒有——而他快發瘋了。

班級正中央伸出一隻手來。

「有什麼問題，史黛拉？」

「如果a加b是f的反函數，那交點不就是a等於a加b減一分之一？」

法蘭克看著問題，解析她說的話，花的時間比平時要長。「對，」他終於說，「妳說得對。」

他擦掉了電子白板，讓整個問題消失。數學可以這麼簡單。

白板上出現了另一個問題，他要全班解題，而他則利用時間來打開講桌抽屜，查看手機。

他太太發了一則簡訊，叫他去換汽車的機油。

起初是鬆了口氣，但焦慮很快就又回來了。兩個字可以表達他的感覺：只恨。

只恨他在募款會上和英格麗見面。

只恨蜜西沒陪他去，卻在家裡陪法蘭基。

只恨他喝了那麼多酒。喝酒總是害他惹麻煩。

只恨他跟著英格麗離開，而不是一個人回家去。

28

這一天超讚，超讚。泰迪愛死這個字眼了，可能是他的前十名最愛的字眼，雖然排行榜常常更動。有時，他遇到一個一陣子沒見過的字詞，然後那個字詞就進了他心裡的名單。但是超讚卻是他一年到頭的最愛。

他第二堂課的學生差不多把《邊緣小子》看完了，所以現在得寫讀書心得了。第四堂進度較慢，讀的是《白鯨記》，不過這也是意料中的事。

放學時泰迪想著要喝一大杯牛奶，雖然昨晚喝過了。通常他不會連著兩天喝牛奶，但如果他不能慶祝生命中的成功，那活著還有什麼滋味？

回家途中他拐到街角商店。當老師有許多壞處，其中一個就是不能到高級一點的超市去。關於這一點，泰迪早就釋懷了。他甚至跟海克特成了朋友，他是「第四大道名酒」店的老闆兼全職收銀員。

兩人是在幾年前認識的，那時他發現海克特賣的牛奶比折價商店還便宜。海克特對於特殊的要求也樂於供應。他是個會做生意的老闆，願意迎合顧客的需要。泰迪從那之後就是忠實的回頭客。

「今天還要牛奶？」海克特說。

泰迪微笑，走到後面，一面點頭。

「可得小心啊你，」海克特說，「喝那麼多牛奶對身體可不會有好處。」他自己開的玩笑自己哈哈笑，連收銀台上方的電視聲都掩蓋了。

泰迪從冰箱裡抓起牛奶。海克特販賣的品牌正好適合他，泰迪只喝玻璃瓶裝的牛奶，而不是塑膠或是硬紙盒那類亂七八糟的東西。

「喂，」海克特說，「你們學校裡到底是出了什麼事？」

泰迪還得想個一分鐘。「喔，對，只是一件不幸的意外。那個可憐的女人。」

「可不是。」

「誰也不知道究竟是怎麼回事。她就……昏倒了。」

「你沒聽說嗎？」海克特說。

「聽說什麼？」

「哇嗚，我還以為你們會先知道呢。」海克特拿起遙控器，換了頻道。螢幕從足球賽變成本地新聞。「我剛剛才看到。」他拿遙控器當教鞭，比著電視。「你們都教那些學生什麼啊？」

螢幕下方的跑馬燈一點道理也沒有。泰迪看了又看，努力想理解。

十七歲貝爾蒙學生被捕，罪名是弒母。

第二部

29

第一場雪總是最魔幻的。今年下得晚——一直到一月。貝爾蒙學院一片銀白，就像狄更斯小說中的一景。

只可惜多了周邊的鐵網籬笆。

珂特妮被捕已經是兩個半月前的事了，還要幾週才開庭，媒體已經在學校外紮營了。他們的設備有帳篷保護，迷你電熱器給人員保暖，還有一輛餐車賣熱咖啡，同時當地商家還在發傳單。

這才是剛開始，索妮雅明白。

保全揮手讓她通過，她經過時強忍著向記者比中指的衝動。她一停好車就下車，懶得唸她的咒語了，縱使她唸上一千遍，今天也不會一帆風順。

一進大門就是輔導室，索妮雅走過去，直接到教員休息室。只有法蘭克一個人，倒是令人意外。停車場已經半滿了。

「喔，」法蘭克說，「嘿。」

「早安。」她說。

他坐在角落裡，盯著她把午餐放進冰箱，煮了杯咖啡。也真怪，他的模樣比上週更差。皮膚蒼白，黑眼圈，就連他的肌肉都好像萎縮了。

「大家都在波特室。」法蘭克說。

「要開會嗎？我沒收到通知——」

「不是開會。他們在裡面擺了一台電視。」

索妮雅抿緊了唇。她還以為只有學校能夠躲開那些喧嚣，顯然不是。她嘆口氣，在咖啡裡加糖，走出了休息室，一心一意只想回她的教室去。結果，她卻進了波特室。

教職員站滿了每一面牆，每個都瞪著巨大的螢幕。電視上的記者是女的，白金色頭髮，一臉大濃妝。

「……正在等助理檢察官以及辯護律師抵達。今天是第一場審前動議，珂特妮．羅斯不會出庭，挑選陪審員時也不會。我們要等到庭審展開之後才會見到她。」

一換上廣告，大家就議論紛紛。

「那些記者會一直守在外面嗎？」

「他們不是應該去法院嗎？」

「是啊，他們簡直無孔不入。」

「耶穌基督。」

索妮雅有同感。收假之後，大家正開始步上軌道迎接新的學期，卻來了個天雷炸裂。命案，審判，媒體。比珂特妮被捕的時候還糟糕。

真的，耶穌基督！

正播放家具廣告時電視變成靜音。瑪莎女士走到螢幕前，她的粗呢裙沙沙響，聲音在室內迴盪。

「麻煩注意這邊，」她說，「這段時間對我們的學生來說會很不容易。學校會是眾人的焦點，一直到這個……事件結束，很多記者想要採訪你們和學生。我們建議大家不要跟他們說話，不過當然是由各位自己做決定。」她停下來環顧眾人，以眼神威脅。「樓下，輔導室仍然開放，平日會開放到晚上六點，以及週六的早上。」

有人咳嗽。瑪莎女士的身後記者又回到了螢幕上，但是誰也聽不見。

「最後一點，拜託不要在班上討論審判。學生們會一整天看手機，而且絕對會討論。讓我們把上課時間都專注在大家的課程進度上。」瑪莎女士深吸一口氣。索妮雅注意到她的模樣有多疲憊。每個在貝爾蒙工作的人這兩個月來都像是老了十歲。「有人有問題嗎？」瑪莎女士說。

沒有。

第一堂課的鐘聲響了。至少有一件事沒有變，就是瑪莎女士對時間的掌握。

索妮雅的第一堂課上得跟預計中一樣。貝爾蒙的註冊率至少掉了百分之十——沒有人知道確切的數據，註冊處的人也都閉口不談，但是所有的班級感覺都變小了。

她遵照指示，在班上不談審判，或珂特妮。只是學生照談，無論是在課中或課後。一整天她都聽到學生在竊竊私語新聞報導了什麼，專家的預測是什麼，學生們怎麼看。

「是她殺的。」

「一定是。」

「才怪。珂特妮才不會。」

「你見過她媽媽嗎？」

這一天結束後，索妮雅覺得好沉重。而且她是沉重。她的衣服都不合身，有些甚至穿不下。壓力下暴食。這是她先生說的，一面把另一個減壓球送給她。她現在有三個了：一個在學校裡，一個在家裡，另一個放在車上。

卻沒有多少幫助。

再者，她寧可吃東西。

在家裡她連電視都不開。她一點也沒有胃口聽——又一遍——今天在法院發生了什麼。她不想聽珂特妮的罪名，或是他們為何懷疑是她殺死了母親。可能是故意的，可能不是，端視報導的是哪一個記者。有的說她給英格麗．羅斯下藥，有的說她給她下毒，還有些人描述珂特妮被控「篡改證詞」。

而且人人都看了簡訊——至少是洩漏出來的那些。珂特妮再三說她母親快把她逼瘋了，這讓許多人相信她有罪。

索妮雅一個字也不信。一、個、字、也、不、信。

晚餐在烤箱裡，她切了起司，拿出一些蘇打餅乾當作飯前點心。才剛要咬第一口，手機就響了。她認出了號碼，卻不接。

在聽語音信箱之前，她吃了兩片餅乾配起司。充填了燃料之後，她才聽留言。

「班哲明太太，我是代傑佛瑞．布魯斯特打的電話。布魯斯特先生確定了證人名單，而妳是其中一位。審判開始後，我們會通知妳哪天需要作證。我會很快打電話給妳來審核妳的證詞。有什麼問題請讓我知道。」

索妮雅按了刪除。

貝爾蒙的老師有一半都被列入預備證人名單。這很正常，他們是這麼告訴他們的。名單上的人總是比實際需要的多。每個人都會預先訪談，預做準備，只是以防萬一。可是現在，索妮雅確定得站到證人席上，按著聖經發誓，然後作證。

為檢方。

30

法蘭克不想看新聞、聽新聞，甚至討論新聞，但是他下班回家他的老婆就在看新聞。

「那個可憐的女孩子。」她說。

「對。」他丟下皮包往浴室走，關上了門，打開水。這是唯一聽不到電視的地方。

一分鐘後，蜜西來敲門。「甜心？」

「嗯？」

「我們今晚吃義大利麵，大概半個小時開飯。」

他已經聞到醬汁的味道了。洋蔥、番茄、大蒜，害他一進門胃就翻觔斗。「好，馬上就來。」

他回到客廳，小法蘭基正在地板上玩塑膠汽車，拿著車子互撞，一遍又一遍。噪音讓人抓狂。

「不要玩了。」他跟法蘭基說。

法蘭基乖乖聽話，只聽了一分鐘。

新聞繼續，珂特妮的照片回瞪著他。所有電視台都是同一張照片，是從她的社群媒體帳戶上截取下來的，照片中她和朋友在戶外，但是他們被剪掉了，只剩下珂特妮，對著鏡頭擺姿勢，臀部歪向一邊，裙子短得剛好會讓人挑眉。

可怕，太可怕了。

晚上的其他時間，他磕磕絆絆地撐過。吃義大利麵，幫法蘭基洗澡，送他上床，回到客廳去跟蜜西消磨一會兒。今晚是一集「絕命警探」，接著是更多新聞。

「要睡了嗎？」蜜西說。

「等一下。」

「好。」

「嘿，」他說，「我想我要開車出去兜個風。」

「兜風？現在？」

「都是這些玩意。」他對著電視揮手。「簡直是……我只是需要出去透透氣。」

蜜西傷感地看了他一眼，而這幾乎超出了他的忍受範圍。「好吧，我了解。」

她總是能了解。才會讓事情更糟糕。

法蘭克坐進了車子裡，發動汽車，直接開到教堂。

「和睦生命」教會是他去找尋答案的所在。在他考慮是否該向蜜西求婚時，他來這裡禱告，祈求指引。她懷孕時，他來這裡禱告，祈求她順產，母子平安。最近肩膀受傷時，他來這裡祈求能很快恢復。

禱告總是讓他覺得比較舒坦，總是讓他覺得來對了地方。

現在卻不然。

他不應該來這裡，不應該跟上帝說話。他該找的人是警察，先從英格麗對他做的事說起。

或者至少是他記得的事。並不多。

在募款會上，他見到英格麗，她穿著柔滑的黑色小禮服，曲線畢露。兩人的交談一開始很正常，就是教師和董事會成員會有的談話內容。接著是吧檯，然後是喝酒。

「我很想跟你更詳盡討論數學課的課表。」她說。她的嘴唇是很深的紅色，像漆上去的，不會在杯沿留下口紅印。

「我很樂意。」他說。

「我說的不是應酬話，我是真心的。」

「我也是啊。」

「那我們就走吧，」她說，「現在就走。我們繞過街角到夢娜去。我們可以邊喝邊談。」

他去了，因為聯誼會的主席要求你作陪，你就得作陪。

而她不斷地點調酒，你就喝。

他們討論數學，討論貝爾蒙，可能還說了一點八卦。沒什麼下流不堪的，沒什麼見不得人的。不過在那個時候，四周都有些朦朧了。

她又要了兩杯酒。

他作夢也沒想到她可能沒有喝，她可能是把酒倒進了後面的盆栽裡。他一直到後來才想到。

他記得，隱約記得，他們是幾時起身離開的。她挽著他的手臂，把他帶出門。一股冷風吹來，不過他沒發抖，也不覺得太冷。

然後他就什麼也記不得了。

他是在飯店房間裡單獨醒來的。

31

商場，或該說是餘下的商場，景況淒涼。索妮雅走過了空空洞洞的零售店，直接往僅存的一家體面的商店前進。她沒有出庭的衣服，反正是沒有能穿得下的。那可不行，因為她會上電視。躲不掉了，至少據她所知是如此。審判本身是不會由電視轉播的，但是進出法庭的人都會被拍攝。她也會被認出來，一切都會有紀錄，公諸於眾。

她，索妮雅．班哲明，貝爾蒙學院的一名代表，被迫作證指控他們自己的一個學生，害她一想到就噁心，她好想尖叫。

但是她只是從皮包裡抓出一顆硬糖，塞進嘴裡。

她已經知道他們會問什麼了。他們在一開始的訪談中就問過一遍了，然後是今天下午，檢察官的一個助理打電話來。那個女人的聲音就跟索妮雅的學生一樣年輕。

她的問題跟上次一樣。儘管索妮雅很想說謊，她卻沒有。她沒辦法。而且她也沒辦法不去想她的說詞在法庭中會有什麼影響。

妳見過珂特妮跟她母親在一起嗎？

見過。

一次？不止一次？

有幾次。

妳見過她們吵架嗎？

有。

不止一次？

對。

她們吵什麼？

我沒有偷聽，我走開了，給她們隱私。

珂特妮有沒有跟妳說過她母親？

有。

她說什麼？

說她母親的要求相當高。

她母親的要求是什麼？

她的成績，她的活動。她經常發簡訊給珂特妮，問她在哪裡，在做什麼。珂特妮說她不喜歡那樣子，讓她覺得像個小孩子。

她有沒有說過她愛她母親？

沒有。

她有沒有說過她恨她母親？

有。

不止一次？

對。

妳當老師十多年了，妳看過許多學生以及家長。以妳之見，英格麗・羅斯的行為超乎常理嗎？

有時候。

妳能說明嗎？

她很堅持要珂特妮念耶魯，只有耶魯。

妳見過英格麗體罰女兒嗎？

沒有，她不用體罰的。

妳看過她對珂特妮動手嗎？

我看過英格麗甩她耳光。

✣

那是發生在秋天的事，在第一學期開始之後的幾週。《號角》的第一期二十四小時後就要出刊，索妮雅在學校裡，跟珂特妮一起加班。

英格麗出現時就氣呼呼的了。珂特妮看見她時很害怕。

「妳為什麼不回我的簡訊？」英格麗說。

「因為我在忙。」

「妳是幾時開始忙學校的事情的時候不接電話的？」

「我沒有不接，我只是沒有整天坐著沒事幹，像某人一樣。」

如果惡毒有聲音，就會是珂特妮的聲音。

英格麗甩了她一耳光，動作之快，索妮雅都不敢相信是真的。珂特妮的整張臉都紅了，有一秒鐘，索妮雅以為她會還手。但是她只是跑出了房間。

「英格麗。」索妮雅說。

「對不起，對不起。」英格麗兩手向上拋，手心朝上。「她實在是太不尊重我了。」

索妮雅想跟她說不尊重的人是她，但是她沒多嘴。雖然她們在學校事務上有關係，在管教孩子方面卻不是她能置喙的。索妮雅很清楚有關兒童與家長體罰方面的法律，單手的掌摑在每個州都是合法的。在法律層面上，是沒有什麼需要舉報的。

下一次索妮雅單獨和珂特妮在一起，她想讓她談這件事，但是珂特妮不肯，一個問題也不答。現在她不得不在法庭上說出這件事，而且對珂特妮一點幫助也沒有，只會雪上加霜。她知道檢方要什麼，也知道他們預備要說什麼故事。珂特妮有個咄咄逼人、霸道專橫的母親把她逼到了崩潰的邊緣。

這是動機。

也情有可原。他們不會把珂特妮塑造成一個躲在校服下的魔鬼，她只是一個受夠了的孩子。但也不是自衛。英格麗並不是在吵架或是爭鬥中死掉的。珂特妮毒死了她的母親，至少他們是這麼說的。

在試衣室裡索妮雅一想到最後一個問題就打哆嗦。最糟糕的一個問題。

妳告訴過別人英格麗掌摑珂特妮嗎？

沒有。

索妮雅什麼也沒做。

沒對任何人提起，沒向校方報告。

因為英格麗．羅斯是學生家長。而沒有家長付賬單，貝爾蒙就不存在。

32

柴克的父親說的話常常是對的，這已經越來越讓人惱恨了，然而這一次他的語錄又是真的。

有錢能使鬼開門。

他說對了：確實能開門，即使是牢房的門。

現在是半夜，早過了柴克的宵禁時間。無所謂。他只有這個時候能見珂特妮，所以就算必須偷溜出來也沒關係。

他來到側門時就傳簡訊給夜間警衛。來開門的女人將近六十歲了，白色短髮，眼神緊張，但是她也有付不起的貸款，因為她那個遊手好閒的前夫不付贍養費，也不向法院報到。

網路有時也是很美好的工具。

柴克想都不想就聯絡了這位獄警，她的名字叫凱依。對，是不合法；對，她是可以舉報他。他知道，還是照幹不誤。

因為她是珂特妮。她在沒有人理他的時候支持他，她救了他免受多年霸凌之苦，他當然會為了她這麼做。毫不猶豫。

「進來，進來。」凱依說，幾乎是把他拽進去的。她用力關上門，上了鎖。

「我真的很感激，」柴克說，從口袋裡掏出一只信封。「再次謝謝妳。」

她先看了信封裡的東西才回答。「根本就沒有這檔子事。」

「哪檔子事？」他對她微笑。還眨眨眼。

凱依微笑，帶他沿著走廊前進。整個地方黑漆漆的，水泥地板，深綠色牆壁，跟柴克去過或是想要去的地方截然不同。可是珂特妮就連聖誕節都被關在這裡。

檢察官說的——對著鏡頭，聲音嘹亮——被控謀殺的犯人不能保釋，無論他們有多少錢。他今年要選舉。

凱依帶柴克到了一個小房間，只有一扇門，沒有窗戶，一張塑膠桌和兩張椅子。她叫他兩手按著桌面，接著拍打他的身體，連他的鼠蹊也沒放過，讓他感覺不只一點怪怪的。

在沒收了他的手機和鑰匙之後，她把他帶出房間，又轉進一條走廊。他們經過了兩間空牢房才走到珂特妮的。

她比柴克想像中還要悽慘。蒼白、疲倦，而且那麼瘦。她就像是幾個月都沒好好吃過一頓飯。可能真的是。

珂特妮一看到柴克就倒抽口氣。「怎麼——」

「不用管是怎麼可能，」凱依說，打開了牢房門，示意柴克進去。「你們有十五分鐘。」

進了牢房，柴克給了珂特妮一個擁抱。「嘿，書呆。」

「不可以再碰觸了。」凱依說。

「抱歉。」柴克說。

凱依朝他們兩個點頭，關上了門。金屬碰撞金屬的聲音好恐怖，那麼的決絕。

柴克等著凱依走遠，這才比著珂特妮的衣服，樣子像是手術衣，只不過是灰色的。「我還滿失望沒看到妳穿橘色的連身衣呢。」

「我也是。我還滿期待的說。」

她微笑，他也微笑。

「坐，」她說，指著拴在地上的金屬椅子。她坐在小床上。「我不敢相信你進得來。」

「我有心的話是很有說服力的。」

珂特妮手指互相摩挲，做出現金的國際手勢。柴克點頭。

「我早該想到才對。」他說。

「是啊，魯蛇。」

他微笑。「問妳好嗎是不是很笨？」

「我就跟你想像中一樣不好。」

「他們對妳還好嗎？」

「其實他們還滿好的。有時候獄警會跟我打牌，我是說隔著鐵欄杆。」她停下來，清清喉嚨。「只有他們可以跟我說話，除了我的律師和我爸之外。」

「那還不錯吧。」柴克說，其實他一點也不覺得。這裡沒有一丁點好的地方。

「可是在這裡我不想說話，」珂特妮說，「跟我說學校的事。分散一下我的心神。」

學校裡最熱門的話題就是她，全都是珂特妮，無時無刻，特別是現在開庭日越來越近，對於即將發生的事，應該發生的事，大家的意見都分歧。

「康諾跟席芳分手了。」他最後說。

「真的？」

「真的。」

「說清楚。」

柴克告訴她詳情，盡可能誇大，只要不必談審判或是珂特妮的母親就好。

「我就知道他們不會成功的，」她說，「還有呢？」

他把能想得起來的八卦通通都告訴了她，就連芝麻小事都沒放過。她又是微笑又是哈哈笑，甚至還尖叫了幾次，聽來卻很勉強。好像她是在努力享受這些從前會逗笑她的事情。

凱依出現在牢門前，往裡看，隨即消失。

最後，珂特妮終於問起了柴克知道躲不掉的問題：「有人認為是我嗎？」

「沒有。」

「可是有些就會。」

他聳肩。

「說真話。」她說。

「對，有些人，他們是混蛋。」

她在床上欠身，靠向柴克。「電視上怎麼說的？」

他猶豫不決。

「說啊。誰也不肯告訴我。」她說。

他深吸一口氣，說了實話。「他們說妳扛不住必須上好大學的壓力。」

珂特妮往後坐，瞪著他，一面搖頭。「哇。」

「對。」

「亂七八糟的。」

「可是從好的方面說，」柴克說，「妳是家長需要退一步的典型代表。」

她瞪大眼睛。「我是典型代表？」

凱依出現在門口。「漢克的休息時間快結束了，他馬上會回來，有話快說。」

柴克點頭。珂特妮瞪著牢房的那扇窗。窗子又小又窄，還有鐵條。她現在的樣子老很多，雖然柴克也不知道是為什麼。

「不會有事的，」他說，「這件事很快就會結束了。」

她轉向他。「我不恨她，」她說，「我是說，對，我說過這種話，可是我不是真的恨她。她是我媽。」

「我知道。」

「你懂的，對吧？」

「當然。」

珂特妮嘆氣，拱肩縮背，像是被打敗了。「你記不記得我們大概是十一歲的時候，我們兩家人去湖邊？我們全都住在一棟房子裡？」

他點頭。「記得。」

「我們有那種充氣艇，有透明窗戶，可以看到水底下。我們面朝下躺在上面看魚。」

柴克微笑。「結果漂得太遠，我們得輪流划回來。」

「記不記得我們第一次抬頭？」她說，「看到碼頭有多遠？」

「記得。」

「大家都進去了，所以沒有人聽到我們大叫。」

「我記得。」

「在這裡感覺就像那樣，」她說，以空洞的眼睛看著他。「跟在充氣艇上的感覺一樣。」

33

法蘭克只想要每個人都閉嘴。他們就是不肯。

上課前、上課中、下課後、休息時、午餐時、放學後、在家裡。昨天，他下班後去了連鎖藥店，有個記者想要訪問他。那個混蛋從貝爾蒙開始尾隨他，然後就直接站在他後面排隊，問他珂特妮的事。

「不予置評。」法蘭克說。

「嘿，我懂，」記者說，滿口的菸味。「外面那一大堆記者只想要腥膻的故事，想出名。我要的卻是真相。」

「不予置評。」

「我不會說出你的名字。」

「不予置評。」

記者又試了三、四次才罷休，走了開去。

今天早晨，法蘭克開車進學校，又看到那個記者站在籬笆外。現在沒有下雪，但是氣溫是零下，法蘭克希望那個記者凍得發抖。

一秒之後他又斥責自己那麼壞心眼。

如果那個記者知道法蘭克的真相，他能想像他會怎麼說。

要是他看到那張照片。

法蘭克第一次看到是他跟英格麗一起喝醉的一週之後。她打電話來，說她想繼續上次的討論。他說好，部分是因為他很尷尬，但也因為他不能說不。不能向董事會成員說不。

酒吧的地點偏僻，昏黑安靜。英格麗的氣色很好，不過話說回來，她一向就氣色很好。可是那晚又特別好。起先，談話很一般——工作、學校、天氣變化。然後她談起了珂特妮。

「我聽說她在你的班上有些麻煩。」

法蘭克聳聳肩，不想在這時談論英格麗的女兒。「這是微積分的大學先修班，大多數的學生都會有問題。」而且珂特妮也沒有她說的那麼差，她雖然是拿A的學生，在他的班上她平均是B+，不過這個學期還有很多時間。

但是他沒有對她母親這麼說。

「你有什麼辦法可以幫幫她嗎？」英格麗說。

「請家教嗎？」他說，「我可以推薦一些人，如果妳是這個意思的話。貝爾蒙有幾位很好的數學家教人選。」

「我不是這個意思。」

法蘭克的手停在半空中，酒杯懸吊在桌子和他的嘴唇之間。她的語氣不一樣，不再那麼嬌媚輕佻了。事實上是一點也不輕佻了。「我不太明白妳的意思。」他說。

「我覺得你懂。」

他淡淡一笑，想要讓氣氛再變得輕鬆。「是嗎？」

「別裝傻，法蘭克。」英格麗拿出手機，打開來，按了幾下，就把手機滑過桌面。

照片顯然是一張自拍，她拍的，被拍的是他。還有英格麗，雖然她的臉部不清楚，被頭髮遮住。他的臉卻清晰可見。他閉著眼睛，兩人在床上，而且腰部以上全裸。

他壓根就不記得，他甚至不記得脫掉了襯衫。

「這是——」

「我想你是不會想要讓別人看到的。」英格麗說。

「不，我——」

英格麗把手機搶回去。「那麼我的女兒最好是拿A。」

他瞪著她，起初一頭霧水。恍然大悟來得很慢，隨之而來的感覺是痛心疾首、左右不是人。

「可是我們什麼也沒做啊，」他說，「我不可能有做什麼。」

英格麗微笑。「去跟你老婆說啊。」

✣

報復根本就不在法蘭克的選項裡。他受的教育是打不還手、罵不還口，他也一向奉行。

直到他在索妮雅的派對上看到英格麗。

法蘭克提早到校，一如平常，因為學校比較安靜，他可以工作。

結果就看到了她。

英格麗。在停車場，抱了滿懷的箱子，裡面都是派對的物品，她正要搬進學校裡。她穿著瑜伽褲和她的聯誼會外套，頭髮挽了個緊緊的髮髻。英格麗的模樣超級正常，就跟別的家長一樣。一點也不像女淫妖。

法蘭克停在另一輛車子後面，以免被她看到，但是他能從側面的後照鏡看見她的汽車。他按兵不動。

等待著。

她的休旅車後車廂開著，也就是說她還會回來。

他坐在車子裡，等著她，想像著她手機裡的照片。她做的事簡直是低級，簡直是……沒有良心。

而法蘭克很難堪，更難堪的是今天在派對上得看到她。

他想像她瞪著他，眼裡有默默的威脅。

他不再覺得難堪，反而覺得憤怒。而就在這時他有了點子。

那瓶水。

她總是隨手攜帶，而且總是裝著綠茶。她愛死那玩意了，一起喝酒時還跟他這麼說過。

她的車子開著，車門沒鎖，附近一個人也沒有。水瓶就放在她座位旁的杯架上。那麼簡單，動起手來會非常簡單。

他只想要她消失個一陣子，有半天坐在廁所裡，錯過派對就行了。他就不必看到她了。他沒想要她死。他從來就沒有過這種想法。

他的健身袋就在車子裡，跟平常一樣，即使最近他並沒有去健身。而他的袋子裡總是會帶的一樣東西是利尿劑。如果他水腫，他是要怎麼知道自己真正的體重？不可能。所以每次想要量體重和體脂肪，他就會在幾小時前先吞一顆利尿劑。多跑幾趟廁所又不是什麼大事。

所以他逮著了機會就往英格麗的綠茶裡加了幾顆。

但是他太晚了才去上網搜尋利尿劑的副作用。其中之一就是心臟衰竭。

34

午餐時法蘭克去了休息室，大錯特錯。他以為不會有人，大家應該都在波特室看電視，結果休息室卻滿滿的。大家都從冰箱拿出自己的午餐，或是用微波爐加熱。而且人人都在談論誰會去作證。說得更明確一點，是為誰作證。

「我真不敢相信他們打給我，」索妮雅說，「我們有人必須要作證指控我們的學生，簡直就……可惡透頂。」她一身黑，又是，打從珂特妮被捕起就這樣。有人說是因為她在哀悼，有人說是因為她胖了太多。

法蘭克不在乎。他只想要她閉嘴。

「我聽說他們也要找娜莉。」有人說。娜莉是歷史老師，跟索妮雅一樣也是聯誼會的聯絡人。

「我敢說有很多家長也會去作證。」別的老師說。

「那學生呢？」索妮雅說，「一定有些會為辯方作證的。」

「我當然希望是如此，」露艾拉．梅森說。她是美術老師，自詡有個老靈魂。露艾拉不止一次在談到珂特妮時公然哭泣，這一次也一樣。

人人都有話說。事實上是一大篚的話。

只有上帝靜默。祂不再對法蘭克說話了。

「我要回教室去了，」法蘭克跟泰迪說，「還有事沒做完。」

「不怪你。」

法蘭克回到講桌去查看手機。他太太傳了一則簡訊，要他下班後帶個乾酪刨絲器回家。這個要求是這麼的世俗、這麼的平常，讓他覺得舒服了一點。

他用手機讀聖經，一直讀到第五節課開始。

約翰一書一：九：我們若認自己的罪，神是信實的，是公義的，必要赦免我們的罪，洗淨我們一切的不義。

法蘭克沒感覺到赦免。他讀了一遍又一遍，卻什麼也感覺不到。

微積分大學先修班。珂特妮上過的同一班。她的課桌仍空著。他曾想要搬走，但是有個學生請他不要。她說珂特妮很快就會回來上課，他應該放著不要動，而他也聽了。

空課桌很揪心。他站在教室前，總能用眼角看到。

今天，他看到珂特妮坐在那裡，就在她應該坐的地方。

等他直接看過去，課桌又空空如也。

幾分鐘後，他又從眼角看到她。她坐得筆直，頭髮緊緊綁成馬尾，襯衫筆挺。等他直接看著課桌，她又消失了。

他在下課之前又看見她三次。有一次，法蘭克幾乎在她消失之前跟她說話。

學生離開後，他頹然坐在椅子上，心力交瘁。是他的眼睛騙了他——如此而已。不是幻覺。

打死他他也不會說是幻覺。

✣

索妮雅買了十四件可以穿著出庭的衣服。她試穿每一件，自拍，把照片下載到電腦裡。一張一張檢查，想決定哪一件讓她嚴謹卻不肅穆、知性卻不落伍。還有顯瘦，至少要比實際上瘦。真可惜真實生活是沒有濾鏡的。

「我覺得我得再去買衣服。」她說。

「還要去？」她先生說。

她抬起頭，很訝異他回話。很訝異馬克就坐在沙發上，她旁邊。她都不知道他在這兒。吃著冰淇淋。

「你可以去廚房做嗎？」她說。

「做什麼？吃東西？」

「對。」

他聳聳肩。「我不會滴出來的。」

她咬牙，閉緊嘴巴。

「我看看。」他說，俯身看螢幕。

索妮雅闔上筆電，不想讓他看到她在搜尋「一週可以減掉多少體重？」。

「我沒事。」她說，站了起來。

「怎麼會沒事。回來坐下，我們好好談一談。」

她遲疑不決。能談一談是會非常好。

馬克伸出手，把她哄回來坐下。「我知道妳對作證有多緊張。所以跟我說說。」

她嘆口氣，坐了下來，依偎著他。他給了她一匙冰淇淋，她吃了。「我就是不敢相信會發生這種事，」她說，「這可能是貝爾蒙發生過最壞的事情了。」

「比校長自殺還壞嗎？」

「對，壞多了，太壞了。」她坐直看著他。「你知道我們有學生作證嗎？」

「不意外。」

「我擔心自己還不到擔心他們的一半。想想看，青少年，還得在命案上作證。」她又吃了一匙冰淇淋，這才從沙發上站起來。「我夠了。我得準備明天的午餐。」

她走開了，對自己相當自豪，沒有賴在沙發上，幫她先生吃完那一品脫的冰淇淋。在把胡蘿蔔和芹菜切成小塊時，她也發現自己對瞞著他的那些事感到自豪。像是在商店試衣間裡吃糖果。她最不需要聽他說的話就是她在嘔氣。

她沒有。她只是對作證非常憂心。

今天是目前為止最惱人的一天。人人都在說誰會作證，誰不會，教職員都避而不提珂特妮，尤其是不談她有罪沒罪。學生會討論，對，但教職員可不會。直到今天。

真是她我也不意外。英格麗有時就像大惡夢。

說什麼吶？你真覺得那個女孩子會殺人？

我覺得有可能。

不可能。

你想想她的壓力有多大。她母親可是很嚴厲的。

很多家長都很嚴厲，可不代表珂特妮就會殺死她。

總之我們得為有罪的判決做好準備。

索妮雅盡量不到波特室，大家都在下課時間去那兒看新聞，可是她沒辦法。她能做的事就是至少表明她的態度：珂特妮就是不可能會殺害她的母親。索妮雅非常大聲清楚地表達了她的這個看法。

儘管珂特妮發給朋友的簡訊，希望她母親死掉。儘管毒藥——無論是哪種——是在他們家找到的。儘管英格麗給珂特妮施加了多少的壓力。

無論如何，索妮雅是死也不肯相信的。別人卻持不同的看法，光是想到這裡就足以讓她回到沙發上去再吃一匙冰淇淋了。

35

早晨法蘭克跌跌撞撞走進學校，他的頭好像快炸開了，部分是因為他沒睡覺。因為他看到珂特妮站在他的床腳。

他才剛飄入夢鄉就驟然驚醒。她就在那裡，居高臨下看著他，穿著她的校服。一手拿著筆記本，一手握著筆，準備就緒，要做筆記了。就是她平時在班上的樣子。

法蘭克一下子坐了起來，也吵醒了蜜西。

然後，珂特妮不見了。

他知道不是真的，她不在他家裡，也從沒來過，但是他再也睡不著了。接下來的時間，他一直在自問有沒有可能是她的魂魄在糾纏他。他雖然沒聽說過活著的人會用靈魂糾纏別人，但他開始覺得是有可能的了。

應該要糾纏他的人是英格麗，但是他還沒看到她。

一星期之前，他根本就不相信有鬼。或是惡靈纏身。

但現在，他可能信了。

他在下課時間避開波特室和教員休息室，待在教室裡。睡意照舊不來，就算他把雙腳都架在講桌上也一樣。他用眼角看到了珂特妮。盯著他，等著做筆記。

他束手無策，只能上網搜尋「被活人的鬼魂糾纏」。結果只查到了一大堆和跟蹤有關的網址。有這麼簡單就好了。

最後一堂課時，他要學生解開白板上的題目，就離開了教室。理論上是去上洗手間，實際上是逃離珂特妮。他的一些學生也漸漸變得像她了。

睡覺。他真的需要睡覺。

他在空蕩的走廊上漫步，其實是在來回踱步。考慮著要去自首。

這個幻想被索妮雅打斷了。

她在走廊盡頭，站得直挺挺的，文風不動。他揮揮手，朝她走過去。

她沒有回應。

法蘭克接近後就發現她好蒼白。索妮雅一隻手按著牆，像是在穩住自己。

「嘿，」他說，腳步稍微加快。「妳還好吧？」

索妮雅抬頭看他，眼睛無神，搖了搖頭。

這時，他能看到她的臉和脖子上都是汗。他伸手要去扶她，因為她一副快暈倒的樣子，整個身體都開始抽搐——手臂、軀幹、頭。幾乎像是她在跳一種奇怪的舞蹈。

他正設法抓住她的胳臂，她的身體就猛烈地抖了一下，摔到地上了。

痙攣。她一定是什麼病發作了。她的身體仍抽搐個不停，法蘭克一隻手扶住了她的頭，以免她撞到地板。

他的第一個想法是：她中邪了。

尤其是在她的眼珠滾進腦袋裡時。

但是緊接著她的呼吸就停止了。

36

依泰迪看來，世界上有兩種人，一種是那些會說「為孩子們著想」的。他們說得很大聲，說得很頻繁，同時還在社群媒體上傳播。

另一種是那些真正會為孩子們著想，並且還採取行動來幫助他們的。並沒有很多人會再多花一點力氣來確保孩子們受到了保護。

而他就會。

特別是他坐在一間充滿了教育孩子的人的房間裡，像他的人太少了，實在是令人失望。

現在是晚上了，入夜了，學校召開緊急會議，為了索妮雅．班哲明。

已故的索妮雅．班哲明。

「她的猝然而逝對大家都是極大的震驚。特別是學生，」校長說，每一句話都加上搖頭。「因為她的年紀，法醫已經說要驗屍了。」

太好了，等的就是這個。泰迪就是希望會這樣。

校長又喋喋不休說著心理輔導的事，泰迪關上了耳朵。他瞄了瞄同事，數幾個人在哭，想看出有幾個是假裝的。

沒那麼困難。他很確定他老婆以前也會裝哭。

應該說是前妻。如果他簽了離婚協議書的話。協議書是在聖誕節過後的第一天送達的，顯然她是刻意的。只為造成最大的痛苦。愛莉森什麼也不要，不要一半的房子，不要一半的退休基金，不要一半的銀行存款。她只要離婚。將來有一天也許他會簽，但是眼前，協議書放在他的書桌上——先前是她的——而且會一直擺在那兒。

✣

經過更多握手以及那麼多的眼淚，假的和真的，會議總算結束了。幾位老師打算在回家前先去喝一杯，他們也邀請了泰迪。換作別的時候，他會拒絕。但今晚他接受了。

他們去了一家淒涼的小酒吧，燈光差，桌子磨損。泰迪點了一杯青檸通寧水，雖然苦澀得難以入喉，但是可以讓人家以為他在喝酒。

瑪莎女士或校長都沒來，所以娜莉・譚就自己當起領導來了。她並不是最年長的教員，也不是年資最久的，但是她以前在貝爾蒙讀書。她是一家人，也是少數的非白人。貝爾蒙是一間白人學校。

「敬索妮雅，」她說，站了起來，舉高酒杯。她穿著黑衣，深色眼睛有點淚汪汪的。「她是我們的同事，我們的朋友，願她安息。」

「敬索妮雅。」人人都跟著說，互相碰杯。

「我第一天認識她的時候，」有人說，開始了今晚的追念會。「她帶我參觀學校，我最記得的是她說來說去總是會回到學生身上，那是她最在意的事情。」

「她好愛學生。我覺得這就是她沒有孩子的原因，」娜莉說，「她把學生當作自己的孩子了。」

一堆人點頭。

「她說過一次，」另一個人說，「說她不需要孩子，因為她已經有夠多孩子了。」

一些人笑了出來，另一些人則哭了出來。

泰迪聽著他的同事重寫歷史，有人死了就會這樣。他甚至還以自己的故事附和。「我只要想到索妮雅，心裡就會浮起她端著咖啡杯，」他說，「那只紅色大咖啡杯的樣子。」

有人笑了。「對！上面寫著『教書是我的超能力』。」

「我想是學生送給她的。」娜莉說。

「一定是。」泰迪說，雖然他不相信。索妮雅是那種會自己去買那種杯子的人。

緬懷了一個小時之後，小組開始解散。直到現在他們才談起了她的死因，彷彿一開始就談會顯得冷血無情。

「一定是自然死亡的，對吧？」有人說。

「一定的，」娜莉說，「只爾蒙不可能會發生兩件命案。」

人人都點頭，但是表情都不是很肯定。

走出酒吧後，法蘭克在停車場攔下他。他整晚異常安靜，泰迪都忘了他也來了。很好。

「你還好吧？」泰迪問。人人都知道是法蘭克在走廊上發現索妮雅的。

「不。」法蘭克來回搖頭，反應似乎過激了些。「我不好。」

泰迪靜待下文。

「索妮雅有點不太對勁，」法蘭克最後說，「不是……不像心臟病。她在，怎麼說呢，抽搐，或是痙攣。」

「痙攣？像癲癇嗎？」

「我不知道。急救員也問了我同樣的問題，我跟他們說反正就是不對勁。我不知道該怎麼解釋。」

泰迪一手按著法蘭克的肩膀。「回家吧，好好休息。你今天過得很糟糕。」

「對，你說得對。」法蘭克說。他走開了，肩膀耷拉著，低垂著頭。

泰迪開車回家，有點替法蘭克難過。真不幸，發現索妮雅的人是他，尤其是珂特妮被捕一事已經讓他夠難過的了，可是泰迪也愛莫能助。總得有人發現她。

他也替索妮雅覺得有點難過，可不是懊悔，甚至不是遺憾。泰迪做了需要做的事，所以不能遺憾。他是在彌補他的錯誤，害珂特妮坐牢的那個錯。

而現在索妮雅不能出庭作證了。依泰迪看來，只有這個法子。再者，他第一次殺人就平安無事，再來一次又何妨呢？

37

餐桌上只有刀叉的聲響。柴克吃了一口杏仁片裹鮭魚，用氣泡水沖下喉。

他母親坐在他對面，他父親坐在他旁邊。這是幾個月來他們三個人第一次一起吃晚餐。餐點是他母親最愛的餐廳「阿倫岱爾」買來的。沃爾德一家是不下廚的。

「我覺得我們花點時間在一起滿好的，」媽說，「尤其是今天學校裡發生了那種事。」

「實在是太遺憾了，」爸說，「索妮雅．班哲明是個好女人。」

柴克點頭。他仍因為發生的事而有些茫然。他聽到警笛聲時是接近放學時間，他的第一個想法是警察來逮捕殺死英格麗的兇手了，珂特妮之外的某人。

誰知卻是又有人死了。誰也不知道原因，或是怎麼回事，但是一堆謠言已經在網路上流傳開了。

「她是位好老師。」柴克說。

「對。」爸停下來喝口水。沃爾德家不喝酒，除非是有客人。工作太忙，沒有時間玩樂。

「我跟她談過幾次話，一直覺得她是位有理性、有智慧的女性。」

柴克並沒有說出口，班老師總是會滿足爸的要求，所以他才會這麼喜歡她。

「這幾個月來發生太多痛苦的意外了，」媽說，「先是英格麗，然後是珂特妮，現在又，這個……」她伸手越過桌面，卻沒摸到柴克的手。餐桌太大了。「你覺得怎麼樣，柴克？真的，你還好嗎？」

即使柴克知道該如何回答，他也回答不了。特別是在他的父母親都瞪著他看的時候。

「我還在消化。」他說。他們喜歡這類說法，這是他們能理解的詞彙。

爸點頭。「是得要花一點時間。」

「如果你想要找個人談一談，我可以安排，」媽說，「我事務所裡的一位合夥人娶了本地一位最好的心理醫師。要我預約嗎？」

「我想不用。」

「那，需要就跟我說一聲。」她說。

「好。」他說。

銀刀叉又開始玎璫作響，三人又陷入沉默。柴克察覺到有事情，卻不確定是什麼。

他爸媽一直等到大家都吃完飯。那種做生意式的行事手法。沒有人會在開始用餐時談困難的事情，因為萬一出了什麼岔子，你們還是得一起吃飯。誰也不想在氣頭上討論。柴克的父親把他教得很好。

「有鑑於貝爾蒙發生的事，」爸說，「你母親跟我一直在考慮這裡對你來說是不是最理想的學校。」

「你們要我轉學？」柴克說，無法控制自己。「現在？」

他父母互看了一眼，由媽接手。「我們只是在討論。我在佛蒙特找到了一間非常好的學校。」

「佛蒙特？」

「柴克，」爸說，「貝爾蒙的聲譽遭到了重大的打擊，這次的審判已經變成馬戲團了。而現在，今天又發生這件不幸的事……」

「我們只是在為你著想。」媽說。

柴克瞪著盤子裡的炒菠菜。一個月前，一年以前，兩年以前，他聽到可以去佛蒙特念寄宿學校會高興得跳起來。只要能離開這棟房子，離開他灰濛濛的房間。

可是現在則否。特別是珂特妮還在牢裡，而且就要因殺人罪受審了。他不能丟下她。

「我有說不的權利嗎？」柴克說。

「唉，」爸說，「要是你上學期的英文課沒拿A-，那你也許有說不的權利。」

✣

柴克離開他的爸媽直接就上樓回房間了。他差一點就要說出讓他後悔的話來。在他爸的眼中，缺乏自制就是一個不成熟的表徵。

一個控制不了自己的人是絕對不會成功的。

一等到只有他一個人，他巴不得摔東西，什麼都好。但是他沒有，他只是蒙著枕頭尖叫。

那個A-。

無論柴克有多努力，無論他在最後一篇作業上花了多少功夫，克拉徹還是給他A-。而且以這個老師討厭他的程度來看，柴克接受了這個成績。至少不是B-。

再者，珂特妮被捕之後他的心裡有太多事情，手邊也有太多事要做。《號角》佔據了極其大量的時間。

爸卻完全不管，他對A-這個成績仍然耿耿於懷。

曾有一陣子柴克還計畫要討好克拉徹，但是這個想法被否決棄置了。他從沒想過它居然會幻化為佛蒙特，反過頭來咬他一口。

不理會所有的社群網站——尤其是關於班老師的謠言——柴克使用谷歌搜尋。

西奧多．克拉徹，貝爾蒙學院

不出幾分鐘，他就知道了克拉徹念的是哪所學校，教了幾年書，住在哪裡，房子是多少錢買的。他也知道了克拉徹的結婚紀念日是在八月十一日，他的太太叫愛莉森。

柴克想起了他在克拉徹的講桌找到的名片，那個不孕症醫生的。他不由得猜想愛莉森有沒有懷孕過。

愛莉森・克拉徹

一張照片出現在螢幕上，讓柴克大出意外。

他認識她。

38

房中的唯一光線來自泰迪的筆電。現在早已過了他的就寢時間，而且他在喝咖啡，不是牛奶。今晚所有的學生都在上網，在談論索妮雅的死。

他使用他的娜塔莎身分，四處遊走，查看每一則交談。通常他們的談話都很平庸，甚至是無聊，但是今晚他們百無禁忌。

班老師越來越胖了，難怪會心臟病發作。

毒品，一定是毒品。我敢說一半的老師吸毒。

我上個星期看到她吃起士堡。她都亂吃。

同意是心臟病。她一點也不健康。

我喜歡她。我很難過她走了。

OMG太糟糕了。是怎麼回事？

冷靜點，每天都有人死。

在我們學校是。

這些是以為索妮雅是自然死亡的學生。另一群則堅信不是。泰迪加入了這一群的討論。

有可能貝爾蒙發生**兩件**命案嗎？

我是說，如果是有人殺了她呢？

如果是毒藥，一定是砒霜或氰化物。

咳，世上的毒藥百百種，不是只有兩種。

為什麼會有人要毒死班老師呢？

對嘛，應該被毒死的老師至少有十個。輪不到她。

可如果是真的呢？我爸媽一定會發瘋。

很快就知道我們說得對不對了。

如果是謀殺，媒體就要炸鍋了。

我申請大學會受到影響嗎？

喔，靠，我都沒想到。

要是影響了我上大學的機會，我爸媽一定會提告的。

你又不能確定。

你又怎麼知道？

我爸是法官。

謀殺案又不是你犯的，不會影響你上大學的。

耶穌基督，大家都冷靜一點，等到確定再說。

泰迪瀏覽著留言，也湊上去說了幾句，慫恿他們繼續說。

喂，要是她被下毒呢？就跟珂特妮的媽媽一樣？

轟，炸彈爆開了。

咖啡膠囊是泰迪原始計畫中的致命傷。他在深刻反省，並且老老實實審視發生的事之後明白了這一點。都是膠囊惹的禍。

✣

教員都有自己偏愛的口味，所以平常日子幾乎可以保證哪個人會喝到哪個膠囊。不過，索妮雅的派對那天不是平常的日子，這才把事情給毀了。咖啡膠囊太無關個人了。

他在開始擬定計畫拯救珂特妮時，不得不重新考慮他的手法。在咖啡煮出來之後再添加什麼是不可能的，一定會失風被逮。他也不可能在甜味劑、糖或是牛奶裡動手腳而不殃及無辜。實在是個大難題，一個難解之謎，可是泰迪喜歡解謎，至少是高明的謎，而不是侮辱他智商的那種。

他讓這個問題在腦海裡浮沉了幾天，剔除一個接一個的點子，不是太冒進，就是太不縝密。沒有一個符合他的需求。

一天早晨，在準備午餐的三明治時，他想到了。午餐。

這麼明顯，他笑了出來。

老師會把午餐放在教師休息室的冰箱裡，這些年來發生過幾次吃錯了別人的午餐的事件，但是也有一陣子都沒有再發生了。

他一聽說索妮雅被檢方列為證人，他的計畫就成形了，彷彿水到渠成。她一直在嚷嚷著要減肥，開始午餐只吃沙拉。

完美極了。容易極了。

至少一開始是。然後他想起了他把院子整理乾淨了。泰迪沒有材料，沒有娃娃眼的植株或漿果，而且現在是冬天。

他也沒有時間種，所以他得靠創意。到處閒逛，尋找可用的植物是白費力氣，因為白雪覆蓋了大地。他開始造訪苗圃，詢問花草蔬菜的知識。雖然是冬天，不過他說他是在為春天準備。

「聰明，」一個苗圃的員工說，「大多數的人都等到春天，而且一點計畫也沒有。」

「喔，我做事情一向喜歡先計畫。」泰迪說。

他在苗圃裡到處逛，指出他已經知道的植物，測試員工懂多少。不過這一點只是為了好玩。讓他在搜尋他需要的植物時有事可做。

在那一堆言之無物的交談之中，他總算找出了他需要的東西，拗了幾枝娃娃眼的莖葉，而且立刻就消失在他的口袋裡，活像個魔術師。

他特意買了不少種子，彌補他的行為不檢。包括鬱金香，愛莉森的最愛。說不定他會種。等春天來了，整個後院都可能是一片鬱金香田，她會喜歡的。

但首先，娃娃眼。

回到家裡，泰迪從漿果中抽取了一針筒的果汁，比他放進咖啡裡的多多了。多出十倍，說得精確點，而且遠超過殺死一個成人的分量。不過他還留著漿果，還夠再來一兩回，只是預防第一次不成功。

要是被捕的是別人，他是不會費這個工夫的。可那是珂特妮。他不僅殺死了她的母親——是意外，儘管是恐怖的意外——而且英格麗．羅斯也是他獲得年度傑出教師的一個原因，至少是部分原因。他虧欠她。而現在她死了，他虧欠的是她女兒。

今天的第三堂課是泰迪的空堂，他上樓到休息室去。有人在裡面，不過沒關係。他打開冰箱，假裝是在找自己的午餐，同時跟別人聊著天氣。只不過一秒鐘的工夫他就把針筒插入了索妮雅的塑膠容器裡，注射到她的沙拉裡，搖晃均勻。

幾個小時後，她死了。

真可惜沒有人為這個頒獎給他。

39

貝爾蒙舉辦的追悼會十分盛大，在戶外舉行，足球場上，而且似乎全體師生都參加了。說不定還是全體鎮民。幸好今天天氣暖和，不像冬天，否則大家可能會凍死。

泰迪跟其他教職員站在看台上，忍不住猜想換作是他，這些人不知道會不會來。不過話說回來，索妮雅又看不到。死了之後就很難享受這麼多的到場人數了。

「真不錯，」露艾拉說。她從頭到腳一身黑，連脖子上掛的項鍊都是黑色珠子。「我真高興看到大家都來慶祝索妮雅的一生。」這位藝術老師覺得不管什麼都應該是慶祝。

「我還以為這是為了悼念她的離世的。」泰迪說。

露艾拉的酒紅色嘴唇向下撇。

法蘭克搖頭，什麼也沒說。他自從發現索妮雅暴斃之後就一直氣色不好，可是這也不能怪泰迪，只能怨法蘭克的運氣不好。

在底下的舞台上索妮雅的先生在致詞。這些年來在學校的活動中泰迪見過他幾次，他是那種能填滿整個房間的人——因為他高大挺拔，也因為他是著名的教授。索妮雅雖然是那個有錢的人，不過她絕對是攀了高枝了。

在他嘮嘮叨叨說完之後，就換成校長了。他在一片情緒之海中是一股平靜的力量，一個領導人該有的樣子。

不像前校長，那個自殺的。

一想到那個哭哭啼啼的小老鼠，泰迪就忍不住大聲嘆氣。他真的是隻小老鼠，否則的話他也沒辦法在天花板那麼低的房間裡上吊自殺。

「覺得無聊嗎？」

是娜莉。她戴著有面紗的帽子，活像這是一場喪禮，而且她把黑色直髮綁成了一個很緊的髮髻。她的眼睛被面紗遮住了，但是泰迪仍能感覺像兩把鋒利的刀子。

「沒有，我沒有覺得無聊。我只是被貝爾蒙的這麼多死亡弄得很沮喪。」他小心翼翼避開「命案」一詞，只說「死亡」。再過個一兩天，大家就會知道了。英格麗就花了這麼久，而索妮雅身體內的毒素要高多了。

「太可怕了，」法蘭克說，「實在是太可怕了。」

「死亡是生命的一部分。」露艾拉說。

「噓。」娜莉說。

「我們應該禱告。」法蘭克說，聲音顯得嘶啞，好像話是硬擠出來的。

沒有人回應他。

泰迪看著球場對面，停滿車輛的停車場方向。那麼多昂貴的汽車。今天是上班日，但是有一大堆家長也出席了，活像是沒地方可去。這裡的衣服、珠寶、皮包的價格加起來肯定有幾百萬，手錶還沒算進去呢。男人唯一能戴的珠寶是婚戒和腕錶，泰迪每次都會注意這兩樣東西。真可惜他沒有望遠鏡。他敢說今天一定有幾支獨特的名錶。

校長介紹了學校的樂隊，他們要演奏一首「索妮雅最愛的歌曲」。樂隊奏出了可憐兮兮的〈依靠我〉。

人群開始跟著唱，泰迪趁機開溜。

足球場後是學校十分先進的福利社，還可以下載應用程式讓你知道排隊的人有多少。今天，福利社沒開，附近是一些必須使用手機的家長。

其中之一是詹姆斯．沃爾德。

泰迪十呎外就能聞到他的味道。特權的臭味就有那麼濃。

詹姆斯看到了他，豎起一根手指，彷彿是在叫泰迪稍候。他等了，不是因為詹姆斯叫他等，而是因為他想要聽聽詹姆斯有什麼要說的。

「泰迪，」詹姆斯結束了電話後說，伸出手和他握手。「我本想說很高興能再見，不過今天的場合似乎不太恰當。」

泰迪點頭。

「實在是難以置信，」詹姆斯說，「短短幾個月內接連兩人過世。」

「對，太遺憾了。」

詹姆斯看著他，頭微微歪向一邊。「他們還是不知道索妮雅是出了什麼事，是嗎？」

「我是沒聽說。」

「真奇怪。」

泰迪沒回應。

「對了，我還沒感謝你，」詹姆斯說，「給柴克機會讓他提高成績。」

「沒事。」

「真可惜他的總成績沒有變好。」

泰迪幾乎笑了。柴克在他的班上是絕對拿不到比A-還高的成績的，除非是要他死。「對，非常可惜。」他說。

他們被潘蜜拉，柴克的母親，打斷了。她穿著暗色的套裝，可能馬上就要回去上班。

「我還在想你在哪裡呢，」她說，「我以為你還在講電話。」潘蜜拉轉向泰迪，她今天也是搽上次泰迪在學校停車場見過的李子色口紅。「克拉徹老師，又見面了。」

「幸會，即使是在這種場合。」

「是啊，」她說，「這所學校的悲劇也太多了吧？」

「我們才剛在談。」詹姆斯說，往下瞄了眼手機。

「嗯，」泰迪說，「至少不是校園槍擊，總算是不幸中的大幸。」

隨之而來的沉默漫長彆扭，而泰迪每一秒鐘都樂在其中。

「希望能在更愉快的場合再見。」潘蜜拉終於說。

泰迪看著他們離開。沃爾德夫婦的步伐一致，潘蜜拉的高跟鞋讓她幾乎和詹姆斯一樣高。這兩人真的是一對璧人，只可惜卻是兩個很差勁的人。

泰迪正抬腳要走開，卻瞥見了某人，匆匆掠過，是個女孩的側影。

不，不是女孩子，是女人。暗色頭髮，俏皮的鼻子，紅寶石般的嘴唇。

他搖搖頭，嘲笑自己。因為不可能是她。

✣

追念會進行了一半，柴克才驚覺。在班老師的先生開始講起她之前，他對於她的死並沒有多想，就像是他不相信是真的。

現在他相信了，而悲傷之沉重卻超過了他的預料。班老師是個好女人、好老師，而且她還年輕，四十歲都不到。這種事發生在她身上，一點也不公平。就像珂特妮眼下在牢裡一樣不公平。太過分了。太過分了。

所以柴克在追念會結束之前就離開了。什麼地方都好，醫院也行。

柴克直接開車到醫院去，穿過了急診室的門。味道一樣，甚至外觀也一樣。上次他來是兩年前他摔斷了胳臂。

急診室跟電視裡演的一點也不像。沒有人飛奔著把推床上流血的病人送去開刀。沒有人為了推車相撞而尖叫，也沒有一個人說「馬上」。候診室裡只有一名年紀較長的女性，一邊打毛衣一邊在看談話性節目。

柴克微笑，向接待員揮手，繼續往前走，一直走到病人所在的廳堂。接待員什麼也沒說，也沒攔下他。不意外。身為白人，又儀容整齊，柴克可以進入很多地方。有必要的話，也能出來。

他在廳堂裡漫步，經過了合攏的窗帘和雙開式彈簧門，東看西看。有個女人問他有什麼事。

「喔，」他說，臉上綻開笑容。「我的一個朋友發簡訊給我說他在這裡。我是想找到他。」

「到櫃檯去把姓名告訴他們，」她說。她是個一臉嚴肅的女人，當老師會很可怕的那種。「他們可以幫你。」

「謝謝。」又一抹笑。

她走開了，他折回去，又在急診室繞了一圈。這種規模的市鎮急診室沒有多大。這裡也沒有多少家急診室。

最後，他找到了她。

她的樣子跟他記憶中一樣，同樣的髮髮，胡亂綁成一束。同樣的玫瑰色臉頰，甚至是同樣的粉紅色嘴唇。一個甜美的女人。她在他家長抵達前把他照顧得很好。

而且她沒有懷孕，至少樣子不像。說不定那些不孕症治療並不見效。

「妳不就是……？」他說，朝她邁步。「我摔斷胳臂那次妳在這裡。我記得，是妳幫我包紮手臂的。」

她朝他眨眼。「喔，我……等等。對，我記得。戴克？」

「柴克，」他說，「柴克．沃爾德。」

「差不多了。」她對他微笑。他記得她很常笑。「我是愛莉森．克拉徹。」

好極了。「克拉徹？等等，妳不會是……？不好意思，我是說，我有位老師姓克拉徹。在貝爾蒙。」

她的表情立刻就變了。微笑消失，眼睛無神，像是他剛提起的是一個死人。「很遺憾。」她一手飛上來摀住嘴巴，好似這句話是自己溜出來的。「喔，這麼說很難聽對吧？」

「呃……有一點。」

「我道歉。你的老師是我的前夫。」

柴克太驚訝了，不知道該說什麼。「喔。」

「嗯，快要是前夫了。還差一點。」她說。

柴克點頭。「好。」

她輕輕笑了一聲。「對不起，我拿私生活煩你。你好嗎？你是生病了，還是……？」

「喔，不是的。不是我。我只是來探病的。」他話還沒說完腦袋就已經轉了起來。跟愛莉森談話一點也幫不上他的忙。

「再見到你真好，」愛莉森說，「希望你的朋友很快就康復。」

「謝謝，我也是。」

他走開了，繞了一圈，從另一道門出去。柴克不再想要討好克拉徹了。

他想著克拉徹仍戴著的婚戒。

而且他想到了昨天，他偷聽到克拉徹跟另一位老師在談索妮雅的追悼會。他說他太太不能出席，因為她得上班。

柴克也想到了他父親另一句口頭禪。

知識不僅僅是力量，也是無價之寶。要知道何時使用，何時閉嘴。

40

隔天早晨法蘭克到學校，有什麼不一樣了。大門外的記者更多，多很多。一點道理也沒有，因為審判尚未開始。他們連陪審員都還沒選定。可是他的車一進入大門，一切就清清楚楚了。警察，到處都是。停車場上停滿了警車。

法蘭克在警衛的面前停車。

「今天早上有點混亂，對吧？」警衛說。

「對，是有一點。」這麼多警察，一定是來逮捕他的。

能怪誰呢？只能怪他自己，而且是他活該。他活該受罰，包括眼睜睜看著索妮雅死掉。因為他殺了英格麗。每件事都有關聯，一向如此，是亙古不變的真理。是上帝之道。

「沒事吧，麥斯威爾老師？」警衛問道。

「沒，」法蘭克說，一面搖頭。無論眼前是什麼命運，他都還沒準備好。「我只是想起來忘了什麼在家裡了。」

他倒車到街上，離開了。

如果要泰迪以三個詞來形容刑警，那會是老邁、疲憊和飽經摧折。像一張舊沙發。他姓貝茲，不過名字不叫諾曼[3]，真可惜，不然的話就太完美了。

他們坐在溫莎室裡。通常這裡是校長召開會議的地方，但今天卻用以偵訊。貝茲有一本筆記和一小支鉛筆，筆頭滿是咬痕。他想要一個一個詢問貝爾蒙的全體教職員。

泰迪猜是每一個能夠接近休息室冰箱的人。現在他們絕對是找到了那個沙拉碗。泰迪根本就沒費力去藏那個碗，他有十足的好理由。他要他們找到。

「你記不記得在索妮雅．班哲明死亡的當天見過她？」貝茲說。

「我每天都會看到她，不是在休息室裡就是在走廊上。有時是在停車場。」

「我問的是那一天，」貝茲說。邊說話還邊嘆氣，活像是巴不得能在別的地方。「你記不記得見過她？跟她說過話？」

「我確定我最起碼有打招呼。最近很多老師會去波特室——那裡有台電視，因為即將開始的審判——可是我是在教室吃午餐的。我一直在躲避媒體報導，實在是有點過量了。」

貝茲點頭。他長了個蒜頭鼻，戴著鏡片很厚的老花眼鏡。「那麼你沒看到她吃午餐？」

---

[3] 諾曼．貝茲是電影《驚魂記》中一個變態殺人魔。

「喔，我當然看過她吃午餐很多次，可是那一天沒有。我一個人吃飯。」泰迪說。

刑警寫了下來。「你會說你和索妮雅的關係很親近嗎？」

「我們是同事，一起教書很久了。可如果你問的是在校外我們是否會來往，那答案是沒有。索妮雅跟我從來沒有那麼親近。」

「你是年度傑出教師，對吧？」

「我是。」

「我敢說大家會很嫉妒。我是說你的同事。」

泰迪做個深呼吸。「能在貝爾蒙教書是我的榮幸。這裡是東北岸最競爭的學校之一，不僅是學生，教師也是。我覺得能在這裡工作大家都很開心。」

貝茲咯咯笑，氣息中有咖啡味。「這倒有意思了。我就沒見過大家都很開心的工作場所。」

「嗯，我不能代替這裡的每個人發言，不過整體來說，是的，」泰迪說，「老師們都很開心能在這裡教書。」

「你能想出有誰不喜歡索妮雅的嗎？」

「慢著，」泰迪說，在椅子上探身。他一直在等這個問題。「你是說有人殺了索妮雅？就在學校裡？」

「我沒這麼說。」

「可是你問我有誰不喜歡她。」

「是啊。我只是在搜集資訊。」

當然是了。所以停車場才會擠滿了在找證據的警察。「我想你問的是教師群裡有誰不喜歡她？」

貝茲聳肩。「是啊。教師、職員、學生……任何不喜歡她的人。」

「沒有人討厭她，反正我是不知道。」泰迪頓了頓，假裝思索。「其實呢，我不覺得校工非常喜歡她。」

「校工？」

「他叫喬，喬瑟夫・艾波。他在學校起碼有二十年了……現在年紀大了，不過還是盡忠職守。」

貝茲把他的名字記了下來。「而他不喜歡索妮雅？」

「嗯，我不知道他對索妮雅有什麼感覺，不過我覺得索妮雅不怎麼喜歡他。」泰迪微微聳肩，好像是在決定該說多少。「索妮雅很富有，我相信你也知道。而像喬這樣的人只不過是……下人。我想她對待他不是非常好。」

「了解，」貝茲說，仍在書寫。「而你覺得喬對這一點很不高興。」

「我說過，我不能代他發言。」

不過因為喬看見他在翻找垃圾車，所以第一個跳進泰迪腦海的人就是他。總得找個人來揹黑鍋嘛。

41

第三堂下課後柴克查看手機，頓時覺得一陣暈眩。謠言滿天飛，壓根就不可能分辨真假，只有班老師是被謀殺的是真話。

到目前為止，他都沒往這方面想。是啦，大家都在猜，可是貝爾蒙兩起命案？不可能。尤其不可能是班老師，因為沒有人討厭她。她完全無害。

你還在嗎？

是盧卡斯，在課間傳給他的簡訊。

在，柴克說。不知道我爸媽聽說了沒。

放學後過來。

自從索妮雅的事情傳開來之後，某些家長就來接孩子，帶他們離開學校——現在網路上已經把這裡稱作「命案高中」了。貝爾蒙的綽號在社群網站上鋪天蓋地。

而且新聞也並沒有到此為止。現在又有謠傳說麥斯威爾老師的太太到學校來找她的先生，她在辦公室附近鬧了一場，被人錄在手機裡。

而柴克只看到一個歇斯底里的女人，不停地說：「法蘭克今天早晨出門上班，所以一定在這裡。」而且她不懂他們為什麼會打到家裡去找他。

有人見到麥斯威爾嗎？柴克問盧卡斯。

沒。

這下子警衛忙翻了天。跟今天早晨不同，因為大人不在附近，一支受雇的保全隊伍遍佈學校。柴克去上英文課時經過了一名又高又瘦的人，臂上別著塑膠臂章。他險些就直直撞上克拉徹。

他就站在門口，好像一直在等柴克。

「嗨，克拉徹老師。」

「你差點遲到了。」他說。

柴克才要回嘴，最後的鐘聲就響起了。這下子，他真的遲到了。完全是因為他的老師在他走進門的時候攔下了他，但是他乖乖閉著嘴巴，坐下來。

整堂課他都瞪著克拉徹手指上的婚戒。說不定他該問他他的太太好不好。

不，那會適得其反。

可是只是想想也滿好玩的。

不過，柴克又一次明白了他爸又說對了一件事。人生並不公平，差得遠了，他總是這麼說。

他說得對。如果人生公平，班老師就會還在，不在的會是克拉徹。

✣

法蘭克坐在教堂裡，不是他自己的。他離開了貝爾蒙，直接開車經過和諧生命教會，繼續開，尋找什麼。一種感覺。慰藉。寬恕。逃脫。

三十哩後，他停在「接觸點事工」，是一所大教會，這地區唯一的一個，建物龐大，像個運動場。法蘭克在看台一半高的位子坐下。底下的舞台空無一人，就和多數的位子一樣。舞台後方的牆上是一面落地的螢幕，陳列著聖經上的故事，每十五秒就變一次。

很有催眠的力量。

法蘭克知道每一則故事。自他記事以來，聖經就是他生活中的一部分。起先，圖畫帶著他進入了回憶的胡同。他想到了幼時的教堂，充滿了那麼多美好的回憶。社交聚會，販售糕點，教會戲劇表演。各種儀式只是歡樂的前奏曲。

有好長一段時間，他待在那個令人懷念的地方，人生比較簡單，他也沒殺人。

可是撒該改變了一切。

法蘭克一眼就認出了他來。撒該是個貪污的稅吏，作弊、說謊、偷竊。但最終自食惡果。畫面上的他站在一棵梧桐樹頂上，等待耶穌。等著為他的罪懺悔。耶穌並沒有讓他失望。

法蘭克終於懂了。

蜜西和他的兒子可能不會原諒他，而警察當然不會，但是上帝會。上帝總是會原諒。

懷著一顆稍微輕盈的心，法蘭克離開了接觸點事工，開了三十哩路回去，開著車窗，播送著搖滾歌曲，一直開到警察局停車。

他下車時發了一通簡訊給太太。

我會永遠愛妳和法蘭基

他直接走進警局，毫無遲滯，不需要深呼吸，也不需要鼓起勇氣。說出真相感覺像是他做過最容易的事情。

「我殺了英格麗．羅斯。」他說。

✣

奧利佛刑警像個好好先生，肚子有點軟綿綿的——很顯然他的運動量不夠——但是他似乎經驗老到。說不定還有智慧。法蘭克不懂的是自己為什麼還坐在偵訊室裡，而不是坐牢。

「告訴我事情經過。」奧利佛說。

法蘭克嘆口氣。他已經說了三遍了。承認自己殺人又不是兒戲。「我在校外看到英格麗，她搬了一堆箱子進去，我就到她的汽車那裡，往她的綠茶裡加了一顆利尿劑。是MaxFit 2000。」

「你的車子裡剛好就有？」

「嗯，對，」法蘭克說，「為了我量體重。」

奧利佛點頭，記了下來。

「我說過，我不是想殺她。那天是派對日，她是主辦人，而我……」法蘭克說著說著就沒了聲音。這部分第一次就很難承認，更何況是四次。「我大概是想讓她難堪吧。讓她一直待在廁所裡，錯過派對。」

「為什麼？」

法蘭克做個深呼吸，從頭再說一遍。喝醉的那一晚，被設計的照片，被威脅修改珂特妮的微積分成績。說了這麼多遍之後，他已經不再感覺屈辱了。幾乎。

「我根本都不知道我殺了她，」法蘭克說，「後來我上網搜尋利尿劑才發現會導致心臟衰竭。很顯然是我的錯，所以我才來這裡。所以你們可以逮捕我了，我是不會反抗的。」

奧利佛仔細聽著，動也不動，眼鏡架在鼻端。「等我一下，我馬上就回來。」

他走了出去，留下法蘭克一個人。他有十足的把握奧利佛會帶著兩名警員回來，而他們會逮捕他。

誰知，刑警卻是一個人回來，只帶回來了一份卷宗。

「麥斯威爾先生。」奧利佛說。

「法蘭克。」

「好，法蘭克。」他坐下來打開了卷宗。「我明白你說的話，我也明白你相信是你在不經意間殺了英格麗·羅斯。」

「是我殺的。」

奧利佛沒回答，只是翻開了卷宗，抽出一張紙，在法蘭克面前揮舞。

「這是英格麗·羅斯的手機紀錄，」他說，「並沒找到……什麼露骨的照片，一張都沒有。」

「那她就是刪掉了，或是改存到雲端之類的。」法蘭克想了想，彈了手指。「她很有錢，她可能有她自己的雲端。」

奧利佛抽出另一張紙，舉高了。「我還有這個。」

法蘭克瞇眼細看，卻一個字也看不懂。他聳聳肩。

「這是實驗室的報告，是英格麗·羅斯死時的胃容物，」奧利佛說，「她根本就沒有喝綠茶。」

42

下午四點鐘，柴克很嗨，非常非常嗨。

他跟盧卡斯在盧卡斯家的家庭電影院裡，看一部漫威影片。柴克不確定是不是看過，不過無所謂，他還是看了。盧卡斯的父母不在家，就算在家裡，他們也不會管。只要盧卡斯保持在貝爾蒙的畢業生致詞代表的人選名單上就行。

「我只想知道，」柴克說，停下來吐口氣。「你是付錢給誰才能不用上克拉徹的課的？你連一堂他的課都沒上過。」

「喔，去他的克拉徹。我哥跟我說過他。我賄賂了辦公室的一個女的幫我換班的。」

「用錢？」柴克說。

「不是，是魅力。」

「混蛋。」

盧卡斯聳聳肩。「怎樣？你上了他的黑名單？」

「對。」

「爛透了。」

對，對，爛透了。

他們安靜了一會兒，看完一段打鬥的戲。柴克和盧卡斯看過幾十部超級英雄片。他們從十二歲起就是朋友，那時盧卡斯跟柴克說他爸媽是王八蛋，柴克心有戚戚焉。

兩人把大麻傳來傳去，時而查看手機，時而看電影。

「靠北喔，」盧卡斯說，掙扎著從躺椅上坐起來。「你看到這個了嗎？」

柴克瞄了一眼，看到盧卡斯手機的亮光，太強了。「看到什麼？」

「『命案高中』這個主題標籤爆紅了。」

「少來。」

「真的。在這裡，不是全國的，」盧卡斯說，「至少還不是。」

柴克也用自己的手機查看，滑動著留言。大多數都很白痴，不過他還是繼續看，因為他沒辦法不看。他一直滑，滑到螢幕變成白花花的一團。

「他們還沒找到麥斯威爾老師，」盧卡斯說，「有謠言說他也死了。」

柴克呻吟，沉坐到椅子裡，努力掩藏身體，躲避這則消息。要是又有人死了，那他鐵定是要去佛蒙特了。

✣

一個小時之後，法蘭克仍坐在警局裡。他並未被捕，也沒有制服員警出現，不過他太太倒是來了。

蜜西火冒三丈，但是也在哭，這是最壞的組合，儘管並不令人意外。發現自己的先生是殺人犯，誰也受不了。

偵訊室的門打開了，法蘭克看著蜜西跟奧利佛說話。她兩手都在比劃，時不時把頭髮往後撥開。她沮喪的時候就會這樣。她的眼睛在丈夫和刑警之間來回轉。

法蘭克知道她一定很生氣，一定很失望、傷心、困惑。所有的壞事。可是她也知道他必須把實話說出來。蜜西對於真相是狂熱的擁護者。

她轉而對他說話，他稍微坐直些，硬起頭皮。

「法蘭克。」她說，聲音並不憤怒，聽起來有點怪，像是她在跟他們的兒子說話。

「嗨。」他說。

她把另一張椅子拉過來，拉到他旁邊，坐下來。「我不確定你是怎麼了，不過我們會請人幫你的。」

「幫我？我不需要幫助。我需要被抓起來。」

蜜西點頭微笑，伸出手輕拍他的手。「我知道你是這麼想的。」

「為什麼每個人都這樣說？我知道我做了什麼。」

「當然、當然。」

法蘭克皺起了眉頭，聽起來她好像不相信。

刑警又走進了房間，臉上掛著笑容——好似什麼事也沒有。「事情是這樣的，法蘭克。在飲料裡摻東西是違法的，即使是一顆利尿劑。所以，沒錯，我們是可以因為這個逮捕你。可問題是，我們沒辦法證明。那瓶綠茶早就不見了。」

「你們都不保存證物的？」法蘭克說。

「我們一斷定她沒喝綠茶，那就不再是物證了。」

「那……你們不會逮捕我？」

「不會，」奧利佛說，「不過我們會找人來幫助你。因為如果你做了你說的事——」

「我是做了。」法蘭克說。

「好吧。我們只是想確定不會有下一次。你不想再做一次的，對吧？」

法蘭克點頭回應。「不過我不需要幫助。」

奧利佛不予置評。

蜜西又對他露出那種哄小孩的笑容。

法蘭克搞糊塗了，而且也覺得失望。他應該被關起來受罰的，否則的話他永遠也得不到寬恕。

✣

柴克從臥室窗戶看著他爸媽的車靠近，兩輛車。他們都是下班後直接去學校開家長會。

他坐在書桌前，一邊寫數學作業一邊吃外帶中國菜。柴克是小城裡所有中國料理餐廳的專家。問題是這一家有最棒的蒙古烤牛肉，另一家卻有最美味的炒麵，總是太難選擇了。

他滑動社群網站，查看#命案高中的標題。今晚，貝爾蒙請所有家長去開會，以便「澄清謠言及誤會」。記者已經進場了，而柴克也正在看報導，忽然收到了他爸的簡訊。

麻煩下樓來。

他們在客廳裡等。柴克坐著，他們卻沒有，這可不是好現象。他媽媽連高跟鞋都還沒脫。

「學校裡簡直像瘋人院，」爸說，「一團混亂。」

柴克在網路上看到的可不是這樣。不意外。詹姆斯·沃爾德對於現實有他自己的版本。

「目前的情況是這樣的，」媽說，回到事實。「索妮雅·班哲明是在學校裡被殺害的，我相信你已經知道了。」

她使用的是她的律師口吻。柴克點頭。

「好。至於法蘭克·麥斯威爾，他今天失蹤，但是並沒有死亡。他顯然是有些情緒問題，大家似乎都認為是因為他目睹了班哲明老師死亡，但是誰也不知道詳情。」她停下來打量柴克的反應。他一點反應也沒有。「他會暫時請假一陣子。」

「難以置信，」爸說，在組合沙發前來回踱步。「你母親跟我只想要給你最好的教育。『貝爾蒙，』大家都說，『送他去貝爾蒙。』結果現在——」他對空揮手，似乎是要捕捉他要說的話。「卻出了這種事。」他嚷著嚷著突然停了下來，掏出手機。「得接這一通。」他說，走出了房間。

柴克要是敢的話就會嘆氣。

媽坐在他旁邊。不再當律師了，她的表情變得柔和。

「你知道我們只想給你最好的。」她說。

「佛蒙特並不是。」

「我知道你想留在這裡，有你的朋友。我也知道珂特妮的事情讓你非常難過，可是你得了解，我們很害怕。萬一你出了事怎麼辦？」她頓了頓。「或是隨便哪個學生。」

「聽妳說得好像貝爾蒙出了一個連續殺人犯，」他說，「並沒有人拿著開山刀在到處砍人。」

「對，他們用的是毒藥。」

柴克還沒能回答，爸就走進了房間。「抱歉，」他說，「我錯過了什麼？」

「我只是在告訴柴克我們有多擔心他。」媽說。

「唉，我們當然擔心。」

「了解，」柴克說，「我可以走了嗎？」

媽沒說話，爸瞧著手機。「時間很晚了，我相信你還有作業要寫，」他說，「我們就定在星期日再進一步討論吧。晚餐？」他說得好像是在排定生意上的會面。

「還有，從現在開始，別在學校裡飲食，」媽說，「午餐自己帶。」

「好啊，可以。」柴克說，卻一點也不打算要付諸行動。他趕在他們開口之前離開了客廳。

✣

回到樓上，柴克的電腦仍是打開的，但是現在又多了上百條以#命案高中為標題的留言。怪了，他才離開不到二十分鐘。

他用不著多久就明白了。

43

在理想的世界中，司法制度會按照它的既定功能運作；但在真實世界中，泰迪知道它需要一點助力。需要有人推一把，這也就是他做的事。他推了一把。

今天早晨在他起床時，新聞已經彌天蓋地。正如他的預料。

兩宗命案，一種毒藥？

消息來源指出英格麗・羅斯，四十五歲，以及索妮雅・班哲明，三十八歲，死於同一種物質。警方和地檢署都沒有公開殺死英格麗・羅斯的物質是什麼，但是新的消息令人不由得質疑逮捕珂特妮・羅斯，指控她殺害了親生母親是否正確。

「完全說不通。」「自然食品」的老闆羅比・黑若德如是說。他在市中心經營一家美食雜貨店，也在當地住了一輩子。「要是他們抓到了兇手，那怎麼會有人又用同樣的方法殺人？」

有此疑問的人不只他一個，然而能夠回答的人——警方及地檢署——卻緘默不語。

泰迪微笑。現在只需要一封電郵了。

要不是他在網上創造了那些假社群網站帳戶，他是不會知道如何發送匿名郵件或是如何繞道東歐以迴避追蹤的。

而且要不是他肯花那個工夫去學習這些知識，他是不會知道如何發送一封乍看之下是想要隱藏卻失敗的郵件的。就像一般的無名氏會做的事。

所以他就這麼傳了一封電郵。某個匿名的源頭提供的線報。

而等到警方去追查發信人，他們就會一路查到某個對於貝爾蒙發生的事全都瞭若指掌的人。某個討厭家長與教師瞧不起他的人，好像不當他是個人。

某個像校工喬的人。

泰迪對這種事這麼拿手實在是了不起，而且他直到現在才知道。

他抵達學校時，堵在外頭的記者群比昨天又膨脹了不少，餐車也更多了。泰迪經過時看也不看他們。

大門的警衛揮手，示意他搖下車窗。

「小心一點，」警衛說，「有些記者一看到人就圍上去，想採訪他們。」

泰迪忍住了笑容。

學校裡，一家保全公司在每扇門上、每條走道上都裝設了攝影機。昨晚在家長會上校長就預告了。他說貝爾蒙會是密西西比河兩岸最安全的學校，看有些家長的表情好像還真信了。

隨便啦。泰迪也沒打算要再殺掉什麼人。

今天早晨他沒去教員休息室，反而直接到教室去，安頓下來，開始批改今天的作業。昨晚，他花了太多時間導正司法制度，沒時間做自己的事。

第一堂課的學生抵達，都在討論新聞。上完兩堂課後，他們在談論貝爾蒙的兇手。

「他需要一個名字。」

「他又沒有屠殺誰。」

「貝爾蒙屠夫？」

「我們為什麼會假設他是男的？」

「那校園肢解手呢？」

「他又沒肢解誰，他用的是毒藥。」

「魔鬼終結者？」

「你們簡直是變態。」

是柴克．沃爾德。他走進教室，對同學的交談似乎一臉不悅。「珂特妮還在牢裡，知道嗎，」他對著一群學生說，「這裡要是有人在殺人，警方就需要承認他們抓錯了人，放她出來。」

教到柴克後第一次，泰迪和他意見相同。說不定他自私自利的學生終於學到什麼了。

課堂上，泰迪甚至開始想也許柴克沒那麼壞。當然，臉上還是那副傻笑，也是學校裡最自大的孩子，不過他很聰明。泰迪不得不承認。泰迪另外也得誇自己一句，因為他始終都在努力讓學生變好，從不鬆懈。總是會有一個方法的。

午餐時間泰迪上樓到休息室去聽其他老師都在說什麼。至少這是他原本的計畫。不料他才一踏出教室，就遇見了瑪莎女士。

「泰迪，」她說，「我真高興趕上了你。」

瑪莎女士跟平常一樣一臉疲憊，眼袋的顏色相當暗。「午安，」他說，「妳今天氣色不錯。」

「謝謝你這麼說，不過我昨晚恐怕沒睡多少。」

「最近還好嗎？」他說。

「很忙，你也知道。」

就在他們對面，有個人站在梯子上裝設攝影機。今天確實是很忙。

「不過呢，」她說，「我們臨時請了人來代索妮雅的課，學期剩下來的時間都會由她來教她的班級。」

「好極了，」泰迪說，「妳的工作效率真快。」

瑪莎女士幾乎笑了。「其實是我們運氣好。她自願來幫忙我們。」她向他後方瞄，泰迪也跟著轉身。

他一看到是誰，心臟就停了。

同樣亮麗的深色頭髮，同樣俏皮的鼻子。也不再是女孩子了。她就是那個他在索妮雅的追悼會上看到的女人。

菲倫．奈特。

他以前的學生，那個因為他而上不了頂尖大學的人，那個在每一封電郵裡罵他混蛋的人。

菲倫轉向他，露出笑容。

44

泰迪的表情簡直是精采，菲倫瞪著看了一秒才伸出手去和他握手。

「泰迪。又見面了。」

震驚害他沒能及時回應，可能是看到她而震驚，也可能是因為她直呼他的名字。他不再是克拉徹老師了。

「菲倫，」他終於說，「歡迎回來。」

「謝謝。」

「我來帶妳到索妮雅的教室去，」瑪莎女士說，帶著菲倫走開。「妳可以安頓下來，複習她的課程計畫。泰迪，稍後見。」

兩人沿著走廊離開，菲倫有股衝動想要回頭看她以前的英文老師，看他是否恢復了過來。不過她沒看，因為那會讓她顯得軟弱。

瑪莎女士仍然是那麼老，帶著她到班老師的教室。

不，是她的教室。

菲倫從貝爾蒙畢業有幾年了，除了走廊上的保全以及外頭的鐵網籬笆之外，學校依舊是老樣子。但是感覺卻不同了。

人人都有點恍恍惚惚的樣子，像是電玩打太久，才剛回到現實世界。就連學生看來都不一樣。不能說是擔驚受怕，但也沒有多少自信。

「我把索妮雅的教學計畫印出來給妳了，」瑪莎女士說，指著桌上的一摞紙。「我會把她的學生名單和他們目前的成績傳給妳。」

「謝謝。」菲倫說。

「有位代課老師會上完今天的課程，妳可以旁觀。那麼妳明天就開始嗎？」

「對，沒問題。」

「好極了。」瑪莎女士拍了拍她的肩膀。「看到妳真好，親愛的。好了，我得走了。」

菲倫心想不知她是不是也叫其他老師「親愛的」。不太可能。不過她不願在這方面糾結，就像她自願來幫忙時，校長提供的薪水比新科老師應該拿到的起薪要低，她也沒有爭取。

她會需要在這個學校裡多交朋友。想和年度傑出教師對戰，她需要天時地利人和。

她和泰迪最後一次面對面說話是在她從貝爾蒙畢業的那天。那時，她已經被每一所申請的大學拒絕了。沒有一間常春藤聯盟大學聯絡她，就連班寧頓學院、安默斯特學院或是喬治城大學都沒有。誰也不敢跟她說話，更別說是說明原因了。感覺就像是她有一段犯罪影片在網路上傳布，除了她本人之外每個人都看到了。

畢業當天是最糟的。她的朋友都要去念他們喜歡的大學，不然也是第二志願，而她的爸媽非常生氣。他們為了出氣才參加了畢業典禮，深信是他們女兒的什麼秘密的人生害得她上不了好一點的大學。

而她一個人迷失在藍袍和金黃綬帶之海中，感覺她變成了賤民。她的爸媽跟她合照了一張就一起離開了。

她看著他們走遠，聽見了克拉徹的聲音。

「菲倫，」他說，「恭喜。」

他站在她面前，穿著他那件肘部有補丁的白痴花呢外套。那時她完全不知道是他搞的鬼，他只是那個她不必再見到的傲慢英文老師。

「謝謝，克拉徹老師。」她說。

「我聽說妳沒上第一志願。」

她搖頭，不告訴他她連第十志願都沒上。

「沒關係，」他說，「就是這種事情會把妳磨練得更好。」

「我很懷疑。」

「是真的，等著瞧。」他微笑，走開去祝賀別人。

菲倫花了很多時間沉吟這段對話，一遍又一遍重播。因為她還是不相信他是那麼殘忍。

現在回到了貝爾蒙，她坐著旁觀下午的每一堂課，看著學生，而不是代課老師。要判別他們的個性竟是出乎意外的容易。她在州立大學念書時，她爸媽不肯給她零用錢，所以她半工半讀，去端盤子、當酒保。這段服務業的經驗成了她的利器。

最後一堂課結束後，她留在後面，設法在索妮雅的椅子上坐得舒服些。教室從這個角度看過去就不一樣。她想像著那麼多青少年瞪著她，等著她出糗，等著捉弄她，等著將來他們可以利用的弱點出現。

就跟她以前一樣。

不容易啊，也不是理想的工作。她寧可去念研究所，拿到碩士，再拿博士。她一直想要在大學裡教書。

一天結束後，她開車通過大門。馬路上空蕩蕩的，記者都走了。菲倫開車穿過小城，跟貝爾蒙離得越遠越好，但仍然在同一個郡裡。到小城的錯誤的那一邊去，沒有一個地方上得了檯面——就如她的父母說的一樣。他們不再支付她的生活開支了，他們一毛錢也不付。

她的公寓是一個盒子，一個房間加一個小廚房和浴室，空無一物，只有一張充氣床、一個行李箱、一盞檯燈。幾乎就像是她剛搬進來。

並不是。

雖然牆上沒有照片，她的電腦裡卻存了很多，主要是泰迪的照片，而且都各自歸類在不同的檔案夾裡：家、學校、他常去的街角商店。

她已經監視泰迪一陣子了。

45

如果不是這樣，那就是那樣。泰迪夠聰明，了解這一點。他並沒指望每一天都是好日子，也沒奢望只有好事情會發生。

不過如果他的辛苦耕耘能夠有一兩天的收穫，那就太好了。

他就快把珂特妮救出來了。媒體像起乩，警方和地檢署壓力山大，而且珂特妮的高價律師絕對是緊咬不放，要求他們回答調查進度。他們隨時都會撤銷罪名，不撤銷也不行。就在開庭前的幾天，態勢變了。陪審團也受了影響。誰也不想要打一場注定會輸的官司，而檢察官知道他是輸定了。

因為泰迪。他必須拯救珂特妮，所以他才會這麼做。

但是他覺得津津有味嗎？

不，不，才沒有。

今晚他打算喝一點牛奶，看新聞，慶祝他的善行。

毀了。

他是坐在電視機前，螢幕上播放著新聞，但是他一點也不享受。他給自己倒了杯牛奶，卻放了太久，一點也不冰了。

毀了，因為菲倫。她非得挑這個時候回來。

才不過幾年，她就老了一點——而且是蒼老。有時候這種事是使不上力的，都是基因使然。

上一次他看到她是從貝爾蒙畢業之後，他正要去海克特的店，就看到她開車在等紅燈。菲倫開的是一輛賓士休旅車，黑色的，而且她在講電話，手動個不停，除了電話之外壓根沒注意到別的事物。儘管她在畢業典禮上是那麼的不高興，他也不後悔他做的事。她是那麼的自我中心、那麼虛榮。那麼一無所知。

她現在還在生他的氣。他從她的電郵裡知道，從她今天臉上任性頑劣的表情上知道。菲倫一點也沒變，一點教訓也沒學到。

如果有人知道想把這些學生教育成比較好的人有多困難就好了。他試了又試，試了又試，就連他都幫不了他們。

不過他是不會放棄的。他從不放棄。

這是為他們好。

✣

金錢不是萬能。

又一句沃爾德語錄，而且是真的。無論柴克開出多少價錢，獄警凱依就是不肯讓他再去看珂特妮。太多人在注意了，她說。那天的新聞滿天飛，媒體和一串的律師來看珂特妮。對，她是需要錢，可是她也需要這份工作。

他得再想別的辦法。總是會有辦法的。

另一句沃爾德語錄：就連水泥牆都有裂縫。

「那打電話，」他跟凱依說，「我打給妳，妳把手機交給珂特妮？」

他們在一間銀行的停車場上，今天銀行不營業。兩人都坐在汽車裡，像便衣警察。凱依的汽車像是八〇年代的，而柴克的汽車無論是外觀或是氣味都屬於一個浮誇膚淺的蠢蛋。一個有錢的浮誇蠢蛋。

「我會給妳相同的數目。」他舉起一疊新鈔，剛剛才領出來的。「只要一通電話。」

凱依不說話。她車子裡的音響開著，音量調小了，正在播放一首鄉村歌曲。柴克差一點就要打破寂靜說他有多喜歡這首歌，這是真話，但是她先說話了。

「我半夜一點打給你。漢克那時會休息。」

「好極了。」

柴克熬夜不睡，深怕錯過了電話，他拿作業、新聞、社群網站來讓自己保持清醒。#命案高中的留言倍數成長，現在大家都認為珂特妮是無辜的了。

想不到吧。

可是他卻不由得琢磨如果他不認識珂特妮，那他會怎麼想。說不定他在決定她是無辜的之前也會懷疑她。對，最有可能他會這樣，而他因此感到失望。願意的話，他有東西可以跟學校的輔導師說了。或是在他嗨的時候思考了。

半夜一點整，他的手機響了。

「喂？」

「你有八分鐘。」凱依說。

柴克才要搭腔，她已經不見了。

「嘿。」珂特妮說，像是半睡半醒。

「嘿，妳還好嗎？」

「我不敢相信班老師死了。」

對。柴克都忘了自從這件事之後他就沒跟珂特妮說過話。現在一想起來，傷心也襲上心頭。

「我知道，好差勁。」他盯著時鐘。七分鐘。「妳聽新聞上說的事了嗎？」

「我的律師今天告訴我了。他覺得他們不放我也不行了。」

「他們敢不放。」

「可是我還滿喜歡當焦點人物的，」她說，「現在我又得當個普通人了。」

柴克微笑。現在她說話像珂特妮了。「那妳得找別的事情當焦點了。」

「比方說呢？」

「不知道。妳應該是高中報紙的焦點人物。」四分鐘。「妳不在的時候我遞補妳當編輯，簡直不是人幹的。」

「你沒搞砸吧？」她說，「你搞砸了我的報紙？」

「有可能。」

「魯蛇。」

能聽到她這麼說真好。

「嘿，」他說，「妳真的要回來貝爾蒙嗎？就，在妳……在妳媽出了那種事之後？」

「哼，當然了。不然我是要怎麼查出她是出了什麼事？」

還剩一分半。「我可以問妳一件事嗎？我是說，官司的事。」柴克說。

「好啊。」

「妳知道用的是什麼嗎？我是說……殺了她們的？」

「知道。他們必須告訴我的律師。只是不能公開。」

「真的是毒藥？」

停頓。「對。而且他們認為是我加進她的咖啡裡的。」

46

菲倫提早到校，卻沒有記者早。他們已經群聚在大門外，還有一輛賣咖啡和麵包的餐車。她只在向警衛報上身分時暫停。

她對記者不感興趣，官司也一樣。沒錯，殺人很恐怖，尤其是殺了索妮雅．班哲明。她是位好老師，不是她遇過最好的，但是她待學生以尊重。泰迪的腦袋瓜要不是長在屁眼裡，是可以跟她學到很多的。

菲倫的汽車就跟她的公寓一樣寒酸，可能是停車場上最破爛的一輛。但是她也不在乎。或是她的衣服，二手貨，在小城豪闊那一區的二手商店買的。她很可能是穿著某個學生家長捐獻出來的裙子和上衣。

無所謂。

保全公司的員工仍在學校裡，裝設新的監視系統。一大清早只有他們的蹤影。菲倫停好車，走進大樓，直接就往教員休息室走。

昨天之前她沒見過休息室。學生總在好奇裡面是什麼樣子，臆測休息室會是個私人的餐廳，有菜單和服務生，金色的玻璃水瓶裝滿了咖啡。

錯了。

真的就是一間休息室，雖然是滿不錯的一間，有舒服的家具，一處體面的用餐區，還有超級多的咖啡選擇。他們有陶瓷杯盤和真正的刀叉，不過都相當樸實。牆上掛的是創校人的肖像，旁邊是加框的海報，標榜「**教育是打開自由之門的鑰匙**」。

菲倫給自己煮了杯精品深焙，然後就往自己的教室走。趁著現在安靜，她在講桌後坐下，準備今天的課程。

她把索妮雅的課程計畫看了三遍。而現在她來了，在學校裡教書，她覺得很緊張。她壓根不知道該怎麼教。

「早安。」

校長站在門口，一手拎著公事包，一手端著馬克杯。菲倫有點發愣。雖然她在面談時短暫見過他一面，他們並沒有說什麼話。

「早安，」她說，站起身來。「真是意外。」

他淡然一笑。「很少有人比我早到。我看到妳在這裡，不能不來打聲招呼。還有，歡迎回來。」

「謝謝，我很感激。」

「情況當然不理想，」校長說，深吸一口氣，瞄了瞄走廊。「不過有之前的學生回來一向都是件好事。貝爾蒙的學生往往是我們最好的老師。」

他走了，害她反而更緊張。

說不定這麼做是個錯誤。

她志願來教書，聽在她自己的耳朵裡滿輕鬆的。現在坐在真正的教室裡，又不一樣了。回老家是一回事。首先，因為她無處可去。她找不到別處的教書工作，只有這裡只憑她的一句話就願意接納她，因為她是貝爾蒙大家庭的一員。

跟她發給泰迪的電郵以及她對校方的說法不同的是，她壓根就沒有大學畢業。

✣

下午兩點了。今天泰迪開車上班途中，從廣播上聽見的第一件事是檢察官會在下午兩點整召開記者會。

怎麼會挑這種時間？介於午餐和晚間新聞之間。

必定是壞消息，不過不是對珂特妮而言，而是對檢察官。

泰迪一路笑著到貝爾蒙，而且是一直笑，直到他想起了菲倫。

總是有另一個問題得解決。

他直接到教室，避開教員休息室。以後還有時間來對付菲倫。此時此刻，他需要準備上課。

昨晚，她回來這件事重重地壓在他的心上，不過他仍然為學生想出了一個精采的點子。

現在正是讓他們讀一本某人被冤枉的書的好時機。

二年級要看的是經典小說《死前的最後一堂課》，不過三年級他準備對他們大發慈悲。他並不常指定現代小說，尤其是有那麼多的經典要讀。而且一旦這些學生離開了學校，還有幾個會去讀經典文學？沒幾個。他們都太忙著賺錢了。

不過呢，昨晚他決定了，一本現代小說正是他的班級需要的讀物。伊恩．麥克尤恩的《贖罪》會是他們的下一本書。有點作弊，因為背景是二次大戰，不過這是第一本他指定的二十一世紀小說。

全都是在期待珂特妮可能的歸來。

至少他希望她會回貝爾蒙，這樣一定能掃除瀰漫在學校上空的某些烏雲。

他的教室門關著，但是他能聽到走廊上有學生陸續到校。一種熟悉的期待感漸漸浮現，是他對於某一班或是某件作業感到興奮時就會有的情緒。學生不了解當老師的這一面。有時，老師喜歡看到學生開心。

至少泰迪是。將來有一天，或許他應該把這一切都告訴他們，說不定就在他預定要發表演說的週年紀念會上。管他是哪一天。

不過，身為年度傑出教師，他也會在畢業典禮上說話。也許那會是個向學生說明教書的真正內涵的好時機。對，他應該要那麼做。年度教師只能當一年，雖然他的名字會鏤刻到學校大廳的大牌匾上。年度傑出教師這個頭銜是永遠不會漫漶的。

它永遠都在，即使他的正式年限已到。這是個能讓人人知道他也是精英的頭銜。

他從電腦上抬頭，轉頭去看牆上他的獎賞。這麼可愛的一塊牌子，刻著他的名字和頭銜，還有他和校長的合照。有時，他只是瞪著看，回憶著那些讓他獲得如此殊榮的辛苦。他在募款會以及接待會上花的時間，跟董事會成員交談，說服他們他是貝爾蒙出類拔萃的人士之一。

可是今天不同。

他的年度傑出教師獎牌不見了。

47

泰迪不常去找校長，這類會面通常是保留給升遷、開除或是和學生有了極大的爭議之時。他被偷的年度傑出教師獎牌則是排列在首位。

不過，他得先過瑪莎女士這一關。她是校長的守門犬。

今天，他是排第二個要跟她說話的。他前面的那名年輕女郎是個助理，不慎把她的識別卡放進洗衣機裡洗，所以需要更換新的。

他等待著，極力不沮喪地嘆氣。終於，瑪莎女士叫他了。

「泰迪。」她說，抬頭從眼鏡上緣看著他。她不戴眼鏡的話就會用一串珍珠掛在脖子上。

「哈囉，瑪莎女士。我可以見校長嗎？」

「他正在開會。你不能見他。」

「妳可能不了解這件事有多重要。」泰迪說。

「我了解的是第一堂課還有五分鐘就鐘響了，而你有一班要教。」她別開了臉，回頭去看電腦螢幕。「你何不下課時再過來，到時我會設法幫你排進去。」

泰迪兩手都握成了拳頭。「瑪莎女士，發生了偷竊事件。就在貝爾蒙，拜託。」

她挑高一道描畫過的眉毛。「偷竊？偷了什麼？」

「年度傑出教師的獎牌不見了。」他雙手向上拋。「昨天還掛在我的牆上。今天早晨就不見了。」

瑪莎女士連一丁點驚訝的表情都沒有。「怪了。」

「那是一種嘲弄。」

「不，泰迪。謀殺才是嘲弄。你的獎牌不見只是一點麻煩。」她站了起來，拉直人字絨裙。「去問問喬。昨晚是他負責打掃的，說不定他看見了什麼。」

她站起來就走開了。

泰迪被打發了。

打發了。

他還沒找到喬，第一堂課的鐘聲就響了，這下子他只能等了。回去自己的教室，一走進去就看牆壁。

還是不見蹤影。

學生陸續進來，存放手機，回到座位上。泰迪對他們再也沒有寬厚之情了。誰都可能是嫌犯——即使是學生。貝爾蒙的學生是那種為了好玩偷竊的，而不是因為他們欠缺了什麼。

他們不配讓他大發慈悲，特別是今天。

「上課吧，」他說，用力合上筆電。「該做下一份作業了。我對這一本書思考了很久，有鑑於你們這學期表現得都非常好，我覺得該讓你們來點更有挑戰性的東西了。」他停下來對他們微笑。「所以我要指定你們讀但丁的《神曲》，三部都要讀。」

呻吟。真心的，大聲的呻吟。

很好。

✣

早晨的休息時間瑪莎女士甚至不在辦公桌前。泰迪險些就要去敲校長的門了。險些。這種事會是聞所未聞，貝爾蒙章程上一個全新的違規條例，可是，天地良心，如果這件事還不能破例，那什麼可以？

謀殺。又回到那些可惡的命案上。他好像再也甩不開似的。

他轉而去找喬。他的辦公室——可以稱之為辦公室的話——好遠，光是這趟路就像在健行。說不定喬會知道這些監視器到底有沒有在運作。機會渺茫，因為目前仍在安裝作業。不過如果拍到了小偷，那就太痛快了。

泰迪敲了喬的門。他現在年紀更大了，可能跟瑪莎女士一樣老，而且動作也不比之前敏捷了。泰迪希望他能在四分鐘的鐘聲響起之前走到門邊。

趁著等待時，他查看手機上今天下午的記者會消息。

門打開來，力道驚人。喬站在他面前，穿著他的藍色制服，胸前口袋上有貝爾蒙的徽紋。他的頭髮掉了很多，只剩下幾綹灰髮。喬的樣子就像個一輩子勞動的人。

「喔，」他說，「是你啊。」

泰迪對這種招呼有點詫異。「早安，喬。」

喬點頭。

「我想問你昨晚打掃的事。你有沒有剛好掃了我的教室？清空垃圾之類的？」

又是點頭。

「我的獎牌不見了。我的年度傑出教師獎牌掛在牆上，現在不見了。」

完全沒有反應。喬的臉上既沒有驚訝也沒有錯愕，甚至不見難過。就好像這個老頭子沒聽見他的話。

「你有沒——」

「我聽到了，」喬說，「我什麼也不知道。」

「你在進教室打掃的時候有沒有剛好注意到掛在牆上？」

「沒。」

「這樣啊，」泰迪說，「監視系統可以用了嗎？說不定拿走的人——」

「不行。」

好吧。泰迪懂了。在警察詢問他索妮雅的事時，他可能是向他們提起過喬。而且，沒錯，他是說喬可能不喜歡她，因為她對待他的態度。然後他又設計了那些電郵，不過警方應該還沒能猜透是怎麼回事。

反正都無關緊要。泰迪對喬從來沒有態度不好過，坦白說，校工的毫無興趣——或是絲毫不想幫忙——讓他很是驚愕。

「那你有沒有什麼建議，我該去哪裡找？」泰迪說，「這是偷竊欸，拜託。在學校裡面。」

喬的臉色第一次有了變化。他微笑，露出了一整排被咖啡染黃的牙齒。「你找過垃圾子母車了嗎？」他說，「我知道你有多喜歡翻垃圾。」

48

克拉徹今天的心情很差。這也不是什麼新鮮事，不過今天他把全班都當成了柴克。《神曲》？是懲罰——柴克知道。也可能是批判，因為他太討厭大家了。

「我給你們四星期的時間看完《神曲》，」克拉徹說，「也就是說，你們應該在下星期看完第一部〈煉獄〉。尤其要注意誰進了地獄的哪一層，又是為什麼。比方說虛偽，或是偷竊。」

說不定就是這樣，柴克恍然大悟。說不定克拉徹當他自己是神，而他的工作就是要懲罰世人。

午餐時柴克跟大家一樣在餐廳吃飯，他沒有自己準備午餐，別人也一樣。午休剛過一半，柴克的手機響了。別人也一樣。他們全都收到同樣的最新通知。

最新消息

地檢署取消記者會。

後續報導……

「我還以為珂特妮今天會出來呢。」盧卡斯說。

「我也一樣。」柴克讀完了全篇報導，只不過是把案情再從頭說一遍。「奇怪了。」

珂特妮的朋友黛莉亞來到他們的桌邊。「你們看到了嗎？」她說，舉起了手機。

「看到了。」柴克說。

「我昨晚跟她爸講過話，」黛莉亞說，「他說他們今天會撤銷告訴。」

「說不定還是會。」

她皺眉，瞪著手機。黛莉亞是那種白金色頭髮，皮膚白皙的女孩子。紅色唇膏是她的正字標記。「有可能，」她說，「可是感覺不太對。」

黛莉亞走開了，移向另一張桌子。

柴克也覺得不太對。他考慮要發簡訊給凱依，可是獄警可能不會知道檢察官的打算。整個下午他都持續關注新聞。什麼也沒有發布。沒有記者會，沒提到珂特妮。他不由得猜想最新通知是不是出錯了，這也不會是頭一次。

他走出最後一堂的教室，仍然是什麼消息也沒有。一句話也沒有。他收到盧卡斯的簡訊，問柴克要不要去他家。也就是說去抽大麻。柴克站在走廊上，想決定是該回家讀書，還是去盧卡斯家。

「柴克。」

他抬頭就看到瑪莎女士。她總是會讓他想起奶奶，她說話的樣子總會讓他乖乖聽話。「嗨，瑪莎女士。」

「你可以跟我來嗎？」她邁步就走，無疑是認定他會跟上。

他跟上去了。

她帶著他在走廊上轉彎，離開了教室。瑪莎女士一直走到最後一扇門才停步，逕自打開了門。房間很小，沒有窗，空間只放得下一張金屬桌和幾把椅子。活像是把衣帽間改裝成辦公室。兩個柴克沒見過的男子坐在桌子的同一邊，都不像是在貝爾蒙工作的。

「這兩位是泰特刑警和奧利佛刑警，」瑪莎女士說，「他們想問你幾個有關班哲明老師的問題。」

柴克看看他們又看看瑪莎女士。

「如果你想請家長過來，我可以打電話，」她說，「由你決定。」

才不要哩。他寧可跟一百位刑警單獨講話也不要叫他爸媽來。「沒關係，」他說，「我可以。」

她點頭，關上了門。柴克自我介紹，跟兩個人握手之後才坐下。

「謝謝你同意跟我們談話。」泰特說。他是比較年長的那個，跟電影中的刑警一樣有那種灰白的頭髮。

想到電影中的刑警倒是提醒了柴克，他不應該沒有律師作陪就跟他們說話，他媽媽說過幾千次了，這句話基本上是她自己的沃爾德語錄。「瑪莎女士說是班哲明老師的事？」柴克說。

「沒錯，」奧利佛說。他不像泰特那麼老，頭髮沒有那麼灰白，但是也快了。「我們聽說校刊是由你編輯的，而她是指導老師。」

柴克點頭，差一點就要說他是在珂特妮被捕之後接手的，但感覺會透露太多。

「你跟班哲明老師有多熟？」泰特說。

「就跟其他老師差不多吧。」柴克聳聳肩說。

奧利佛帶著筆記本，他把這句話記了下來。

「你覺得班哲明老師怎麼樣？」泰特說，一臉無趣。

「她是位好老師，」柴克說，「我從她那裡學到很多。」

「你都學到了哪些事情？」

柴克暗自呻吟，知道這個問題他得敞開自己。他媽媽會很失望。「校刊要如何佈局，如何把文章排進去。這一類的。」

泰特點頭，奧利佛記錄。

柴克有股衝動想要問他們是怎麼回事，珂特妮怎麼樣了，但是他知道少開口為妙。

「她死的那天你有看到她嗎？」泰特說。

「有，我在學校裡看到她。」

「你記得是幾時嗎？」

柴克記得。他在午餐時間跟班老師在《號角》的辦公室裡討論校刊的事。「不是在走廊上就是在《號角》的辦公室裡。也可能都有。」

「可是那一天，」泰特說，「你記得是幾點嗎？」

「不記得。我每天都會看到她。」

奧利佛寫下來。

「有人不喜歡她嗎？」泰特問道。

柴克倒是對這個問題感到意外，雖然他知道不應該意外。她畢竟是被謀殺的。「我沒聽說過。」

「你沒聽過有人說她的壞話？」

「沒有。」柴克說。

奧利佛又記錄下來。

「好吧，」泰特說，「我想這樣就可以了。謝謝你跟我們晤談。」

「沒問題。」他站起來，跟兩人握手，再把背包甩到肩上。就在他轉身要開門時，泰特變成了火力全開的電視刑警。

「抱歉，我還有一個問題。」他說。

柴克轉回來。「喔？」

「你是否賄賂了一名本郡公務員好讓你去見珂特妮·羅斯？」

49

菲倫今天一次也沒看到泰迪，連在走廊上都沒有。他一定是在躲她。

幾乎讓她覺得得意。

她在到貝爾蒙來教書之前就一直在跟蹤他。泰迪並沒有多少活動。他從來不外食，也不出去喝酒，連電影都不看。這幾個月來唯一有趣的事情是他整理了庭院。其他時間他都待在那棟破敗的屋子裡，可能是在夢想毀掉學生一生的新方法。

現在要跟蹤他變得更困難了，因為他知道她回來了。她得要再更有創意才行。

幸好，現在是二十一世紀，矽谷天才發明的科技就是為了侵犯穩私而設計的。泰迪不知道他的信箱旁邊就藏了個攝影機。她只需要開車經過，下載資料，就會知道他何時在家，何時不在。每隔一兩週，她就會去更換一次攝影機。

不過缺點是費用。她回來之後信用卡卡費可飆高了不少。毀掉一個人的人生可不便宜。

她收拾好東西，誓言要重讀她的學生正在閱讀的書，走出了教室。雖然已經放學了，學生和老師仍留在校園裡。有些在走廊上，有些在運動，一小群人聚集在前門邊。主要是行政人員，包括瑪莎女士，他們都瞪著停車場。

「大家都在看什麼啊？」她說。

學校秘書回答：「柴克．沃爾德被捕了。」

菲倫不知道那是誰。外頭，一個年輕人——是個學生——被押進警車裡。

瑪莎女士在講電話，一手掩口，壓低聲音不讓別人聽見。

「好可怕，」菲倫說，想要讓語氣聽來跟大家一樣擔憂。「妳知道是為什麼嗎？」

沒有人知道。

「別是跟命案有關才好。」有人說。

學校秘書搖頭，搖得滿用力的。「柴克？不，不可能。」

「我們什麼都還不知道，」瑪莎女士說，結束了電話。「不了解情況下還是別散布流言吧。」

她給了大家極嚴厲的一眼之後就走開了。

菲倫在閒言閒語開始之前離開了。在貝爾蒙這樣的學校名聲是很容易建立的，而她可不想讓人給她冠上大喇叭的名號。

閉嘴，微笑。

這是貝爾蒙學生求生存的法則，而現在她回來了，她也得做同樣的事情。她唯一的工作就是蒐集攝影機裡的資料，研究判讀，再計畫她的下一步。

第一步是在幾個月前，在她人都還沒回來之前。第一步是破壞他的婚姻。

那件事幾乎是太輕而易舉了。

✣

柴克在警察局，一個人坐在偵訊室裡。他被登記，採過指紋，而現在他們不知道該拿他怎麼辦。他們不能把他送進珂特妮所在的牢房，而拘留所又客滿了。太多記者了，有一些還越界被抓個現行。這裡的人太多了。

這樣對柴克倒好。他沒有這麼害怕過。

十七年來每天被耳提面命不許出錯。

十七年來這句話已經被拴進他的腦子裡了。

一個判斷錯誤就會改變一切，爸總是這麼說。他舉的例子是酒駕。賄賂獄警可能也同樣適用。

柴克終於出錯了，而且是個天大的錯誤。大到足以改變一切。而他能做的唯一一件事就是等他媽媽出現。

而她來時，他隔著門就能聽到。

「你們好大的膽子，沒有我的同意就找我兒子談話……」

她的聲音越來越大，因為她越走越近，而門倏地飛開。媽站在那裡，柴克能感覺到她的憤怒、她的憂心、她的困惑。一大堆的情緒同時湧了進來。

包括失望。

她衝向他。「你沒事吧？」

他點頭。

她猛地轉身看著泰特和奧利佛。「最好有人能告訴我是怎麼回事。」

「妳的兒子因為賄賂公務人員被捕。」泰特說。

「太荒謬了。」

泰特沒吭聲。

「媽——」柴克說。

「別說話，」她說，看也沒看他。她做個深呼吸，挺直肩膀，從母親轉換為律師。「我們到外面去說。」她對刑警說。

柴克發現他又是孤伶伶的。沒有手機，沒有窗戶，無事可做，只能埋怨自己有多蠢。

接下來的兩小時只是迷迷糊糊的一團。他被帶出了房間，媽又一次叫他閉嘴。他站在一位法官的面前，他宣讀罪名，設定了保釋金。柴克幾乎沒在聽。他已經在想接下來的事了。像貝爾蒙這樣的學校會如何對付一個被控重罪賄賂的學生？

不可能有什麼好下場。

付了保釋金，走出警局之後情況甚至更惡劣。爸在外面，等著他。

「你到底是做了什麼？」他說。

「別在這裡說，」媽說，「回家再說。」

柴克選擇跟媽媽同車，像是兩害相權取其輕。她整段路都在講手機，不是跟事務所裡的人說話，就是到處找刑事辯護律師。

柴克胃裡的洞越擴越大。

到家時媽也結束了電話。「你不知道你闖了什麼禍。」她說。

「我只是——」

「一、個、字、也、別、說。」

他不能說話，不能解釋，不能說出他的說法。甚至不能發簡訊給盧卡斯，因為手機被她拿走了。有時候媽媽是律師實在很討厭。

爸都還沒下車就在大嚷大叫了，但是媽也制止了他。

「進屋去。」她說。

進了屋子，柴克立刻被關進房間裡。沒有手機，沒有筆電，沒有平板。沒有跟別人通訊的方法。他甚至不能跟父母親說話。一切都要等他的律師抵達。

在那之前，他只能躺在床上，瞪著天花板，知道一切都改變了。一瞬間，一個判斷錯誤，就改變了他的人生軌道。

爸說得對。搞不好他一直都對，搞不好他的沃爾德語錄並不如柴克之前認為的那麼愚蠢。

柴克連高中都還沒畢業，而他已經想要重來一遍了。

50

放學後泰迪坐在教室裡很久，等著每個人都離開。他始終沒能跟校長說上話，他最多只能提出正式的書面報告，送交瑪莎女士，而她至今仍未回應。

泰迪工作，至少是在假忙，但他滿腦子都是他的獎牌。

還有喬。還有垃圾車。

他就知道喬有什麼地方讓他不喜歡。他在這裡太久了，知道得太多，也看到太多。比方說垃圾車。他甚至比瑪莎女士更可怕，而她差不多是無事不知。

泰迪設計喬是正確的。要是喬沒看到泰迪在翻垃圾車，事情就可能會有不同的走向。

泰迪猜想他的獎牌會不會在垃圾車裡，會不會是喬拿去丟的。部分的他認為到外面去找太荒唐，但是另一部分的他卻知道他不去找也不行。等他終於站起來朝外走，竟然零零落落下起了雪來。現在是黃昏，所以四周灰濛濛的一片。很符合泰迪的心情。

他滑了一跤。罵罵咧咧地爬了起來，拂掉長褲上的雪和土。

他把垃圾車的蓋子抬起來，蓋子上的積雪向後滑，落在他的腳邊。他跺腳抖掉，嘴巴又是不乾不淨的。

所有的咒罵都針對喬。

他搬動了垃圾車前的一個木箱，爬了上去。臭味強到讓人受不了，就跟上次一樣，可是泰迪還是翻了一遍。他乾嘔了好幾次，爬出來休息了好幾次。他不記得上一次有花這麼久的時間。夜幕降臨，泰迪只剩下安全燈照明。他的雙手逐漸麻痺，即使戴著手套。不過，他仍是把垃圾車裡的每一吋都翻遍了。

沒有獎牌。

✣

伊紀基爾．T．費雪是個體格魁梧的人，至少柴克覺得他是，從他坐在沙發上向上望的角度。他的新律師讓他想起一位穿著套裝的橄欖球員。

柴克仍然一句話也沒說，但起碼他獲准來聽他自己的律師怎麼說。

外頭很黑了，早已過了晚餐時間，不過柴克什麼也沒吃。他一直待在房間裡，直到奉召下樓，而現在他的胃咕嚕叫。他只在幾小時前吃了一根蛋白棒。

「我跟檢察官談過了。」伊紀基爾站在壁爐邊，一手端著咖啡。爸跟媽站在他左右，也陪著客人站著。柴克仰望著三名成人，感覺自己像個小孩子，而他就是個小孩子。「一名獄警和盤托出了一切，甚至還出示了她的手機紀錄上的柴克來電。」伊紀基爾說。

凱依。她一定是被抓了。否則的話就完全說不通了。他們的安排天衣無縫，至少有一陣子是。

「不過正如我們的懷疑，」伊紀基爾接著說，「這件事跟賄賂無關。」

「當然無關。」媽說。

「那為什麼——」

柴克被媽打斷了，她舉起一隻手要他安靜。

「他們想知道柴克為什麼這麼急著要見珂特妮，」她對伊紀基爾說，「為什麼會願意付錢給獄警。」

伊紀基爾點頭，大腦袋慢得像蝸牛。「沒錯。而且還不止如此。坦白說，也難怪他們。時間實在……很可疑，說得客氣一點的話。」

媽點頭。爸一臉迷惑，跟柴克的感覺一樣。

「他們想開條件。」媽說。

「他們想討論是否要開條件，」伊紀基爾說，「看情況。因為情況不太好。」

媽看著律師，隨即搖頭。「對，是不好。」

「不過呢，」伊紀基爾說，「不能因為情況不好就以謀殺罪名逮捕一個人。」

「謀殺？」柴克說。

「喔，耶穌，」爸說。看著伊紀基爾，再看著柴克，最後看著老婆。「妳是在說他們認為——」

「對，」媽說，「他們就是那麼想的。」

爸坐到椅子上，張口結舌，瞪著眼睛。

「柴克，」伊紀基爾說，終於轉向了他的委託人。「你了解目前的情況嗎？」

柴克不敢開口，只搖搖頭。

「你為了見珂特妮付錢給獄警，」伊紀基爾說，舉起一隻手，就跟他母親剛才一樣。一定是律師的習慣動作。「拜託，什麼也別說。」

柴克照做。

「你跟珂特妮見面，私下交談。沒有錄音，沒有紀錄，什麼也沒有。」伊紀基爾說，「兩天之後，索妮雅．班哲明也死於殺害英格麗．羅斯的同一種毒藥。毒藥是哪一種警方並未向社會大眾公布。」他停下來，讓這句話沉澱。「然後你又付錢給同一名獄警，跟珂特妮通了電話。同樣也沒有紀錄。」

柴克的腦子把一片片的拼圖都湊在一起了，他終於看見了警方眼中的圖案。

他們以為他們兩個人為了要讓珂特妮自由而合謀，他們以為珂特妮告訴他該使用哪種毒藥，然後他殺了班老師。

畢竟，他有辦法接近她。甚至是接近她的食物。他們在《號角》辦公室見面時她正在吃沙拉。他們恐怕也知道。

警方以為珂特妮和柴克是共犯。

笑死人。

不過也完全說得通。

51

菲倫瀏覽今天的監視畫面。鏡頭是對著車道的，所以她能看到泰迪進出。另外也能看到部分的人行道。菲倫知道郵差幾點會出現，她知道社區誰會遛狗，幾點會經過。她把大小事情都做成了圖表。要是她需要進入泰迪家，她也知道該選什麼時間。

現在她需要裝設一架攝影機到他的教室裡。在貝爾蒙才工作了一天就讓她知道她沒有多少機會。上課前和下課後他的教室都會上鎖，上課期間到處都是人，午餐是她唯一的選項。她得等學生都去餐廳，而泰迪到休息室去。

不需要太久，她只需要三十秒左右。

菲倫把攝影機包在絲巾裡，放進皮包。監視應用程式已經在她的手機上了，每天下載資訊很方便，一天下載幾次也沒問題。她想過要把攝影機跟學校的校內 Wi-Fi 連接，讓畫面自動傳輸到雲端，又否決了這個主意。太冒險了。蠢笨的罪犯才會這麼做。

她打開電腦，查看信箱，只有前學院催繳費用的通知信、一通前房東憤怒的來信，以及一堆叫你貸款的垃圾郵件。

接著她登入貝爾蒙網站。身為教職員，她有權登入學生看不到的區塊。她想找的是學生成績——特別是泰迪的學生——不過她沒有權限。她只能看到自己學生的成績。

真讓人失望。菲倫是希望能找到被他打壓的學生，就像他對她一樣。

她倒是能看到課表。因為他們兩人都教英文，她不覺得會有什麼重疊的地方，所以她找的是去年同時修過泰迪和索妮雅的課的學生。她在一張試算表上寫下姓名。

大多數的名字都很陌生。她連自己的學生都不認識，更別提泰迪的了。不過她倒是認出了一個今年在泰迪的班上，去年在索妮雅班上的學生。

柴克．沃爾德。

而且她會知道還是因為他今天被捕了。

✣

泰迪在家裡，洗完澡後就坐在電腦前，這時才聽說柴克被捕了。他上網去看學生都在說什麼，想看有沒有人在說他的獎牌，卻發現了柴克的事。但是詳情卻不明。警方只說一名「貝爾蒙學生因賄賂罪被捕」。

泰迪哈哈大笑，笑得太用力，差點把水潑了出來。

那個小王八蛋當然會想要賄賂，唯一意外的是他居然得為此付出代價。像他那種小孩通常都不用。

✣

幾個小時過去了柴克才獲准說話。最後，他終於一個人和伊紀基爾在一起。夜深了，他爸媽才讓他們兩人在他母親的辦公室裡獨處。伊紀基爾坐著，讓他的體型合理多了。

「你今天一定很不好過吧。」他說。

「可以這麼說。」

「我要問你幾個問題，我問什麼你就答什麼，了解嗎？」

柴克點頭。

「好。你的手機上有打給那座監獄裡的一名警衛的電話嗎？」

「對。」

「幾通？」

柴克想了想。「五、六通吧。」

「你的車子裡有GPS，會顯示你去過監獄嗎？」

「會。」

「幾次？」

「一次。」

伊紀基爾沒做筆記。他停下來，緊握著雙手，瞪著柴克。「你的手機上有發給珂特妮的簡訊嗎？」

「從她被捕之後就沒有了。」

「你們的簡訊裡有談到珂特妮的母親嗎？」

柴克在心裡篩檢，努力想記起來。畢竟是隔了一陣子了。「大概吧。」他說。

「她說過她母親的壞話嗎？」

一天到晚。「有。」

「她有說想要她母親死掉嗎？」

「有。」許多已經公開的簡訊當初就是傳給柴克的。「可是只是——」

伊紀基爾舉起手。「有和她母親的死有關的簡訊嗎？」

「就在事情發生之後，」柴克說，「我跟她說我很遺憾她母親死了。」

「還有嗎？」

「我不記得有。」

「那麼你的搜尋紀錄呢？」伊紀基爾說，「手機上和電腦上的。你讀過這件案子的新聞？」

「有。」

「你在社群網站上談論過嗎？」

「一點。」

「你對珂特妮是否有罪發表過意見嗎？」

「我說不是她。」

伊紀基爾一臉不悅，可能是因為柴克並沒有只回答問題。

「有，」柴克說，想糾正自己。「我發表過意見。」

「那座監獄裡的員工呢？」伊紀基爾說，「你查過那些獄警的資料嗎？」

柴克胃裡的洞一直都沒有消失，現在更擴大了。「有。」

「個人資料？」

「對。」

「你查過你的老師的資料嗎？尤其是索妮雅・班哲明。」

柴克還是得要想一想。他險些說不，但後來想起來了。她在要求他當校刊的編輯時他上網查過。所有的資料都是有用的。這是他媽媽常說的話。

「有。」他說。

伊紀基爾並不意外。柴克不論回答什麼他都不意外。「那是多久之前的事情？」他說。

「在珂特妮被捕之後。」

「那毒藥呢？」伊紀基爾說，「你查過不同毒藥的藥性和藥效嗎？」

這個問題像是一記重拳打在他身上。柴克當然搜尋過，他是想要查出是哪種毒藥殺死了珂特妮的媽媽。大家都在查。

而且，沒錯，是他去監獄見過珂特妮之後。

「那只是因為——」

伊紀基爾又舉起了手。「我不需要知道原因。」

「有，」柴克說，「我搜尋過毒藥的資料。」

52

隔天早晨柴克照樣上學。他不去不行，媽說。他沒有被定罪，警方也沒有把他的名字向媒體公布。但是人人都知道，他們一向會知道。

起先，他盡量表現得跟平常一樣。抬起頭，臉上掛著笑容，像沒事人一樣在走廊上前進。然後他看見了大家對他的反應。帶著震驚、懷疑、指控的表情。到早上的休息時間，他已經低著頭走路了。

「不用擔心啦，」盧卡斯說，「你只是今天的新聞，明天就不新鮮了。」

柴克希望他說得對。而且他應該要接受盧卡斯的邀請，放學後去抽大麻的。

對他的態度有變的不僅僅是學生。他走進英文課教室，克拉徹簡直像失聯許久的老朋友一樣招呼他。

「唉呀呀，這不是柴克．沃爾德嗎，」他說，「真高興你今天能來加入我們。」

「呃，謝謝？」

「坐，坐。我們有很多事要討論。」克拉徹轉向全班，仍帶著微笑。「我希望你們大家都讀了〈煉獄〉了，因為今天我們要討論地獄的圈數。」

牆上掛著但丁的海報，就掛在黑板上。要是克拉徹使用電子白板的話就會看得比較清楚。

席芳舉手說：「克拉徹老師，你昨天才指定這本書的。」

「那就當作是送你們禮物，」他說，「好，每一圈都標上了數字，有一圈是最好的——如果還能說好的話——九圈是最壞的。但丁基本上是創造了他自己的一張審判表。看著這些不同的圈子，以及他把誰放在哪裡，最顯眼的是哪一個？」

柴克尋找著「賄賂」兩字。

「暴力是在第七圈。」有人說。

克拉徹說：「沒錯。在我們的社會裡，兇殺是令人髮指的罪惡之一。但是但丁卻認為還有更壞的。看第八圈。」他指著。「是詐欺。在這裡他把說謊、作弊、欺騙的人都放了進去。」克拉徹轉向全班。「這一圈也包括小偷。但丁相信小偷比殺人犯還要惡劣。」

換作是昨天，柴克是不會覺得「詐欺」兩個字觸目驚心的，但是今天卻會。伊紀基爾告訴他賄賂也是一種詐欺。

「事實上，」克拉徹說，「只有一種人比小偷還壞，就是叛徒。」他指著第九圈地獄。「有意思，不是嗎？所以如果你們有誰說謊，犯下詐欺罪，或是偷東西，你就會進到這裡。」

他停下來看著全班。一些學生在座位上蠕動，包括柴克。感覺就像是克拉徹直接瞪著他。

太好了。

人人都知道柴克昨天被捕，他們不知道是和珂特妮有關，最起碼現在還不知道，但是他們知道他被控賄賂。

而克拉徹是使盡了渾身解數在奚落他。

✣

泰迪含笑看著學生，因為他實在是忍不住。有時候看著這些享受太多特權的小鬼頭稍稍受點驚嚇實在是件很爽快的事。

而且他們全都嚇到了，特別是在柴克被捕之後。他今天可沒那麼趾高氣揚了。看他謙卑可真是不錯，本來也就應該如此。要泰迪自誇的話，他還真是做得不錯呢。

而且不只是柴克。他隨便哪個學生都可能為同樣的罪名被捕。說不定他們賄賂了某人幫他們寫作業，或是寫報告，或是不拿超速的紅單。每一個都做過什麼會讓他們被打入第八圈地獄的惡行。

可能是偷竊。有人偷了他的獎牌，而他還沒有排除掉任何人的嫌疑。

喬仍在名單上，但是泰迪敢說是菲倫。她一直是個被寵壞的小混蛋，也瘋狂到會做出這種蠢事來。不過除了這兩個人之外，也可能是他的學生，他們都搞得出無厘頭的惡作劇。

午餐時間，在去休息室之前，泰迪查看新聞。法院發生了什麼事，不過沒有人能確定。一大堆的律師抵達，包括珂特妮的。

好。說不定他們終於要釋放她了。說真的，如果司法的巨輪轉得再慢一點，等他們查出珂特妮是無辜的，珂特妮恐怕已經死了。

他合上了筆電，鎖進置物櫃裡，就往教員休息室走了。

✣

三十秒。菲倫只需要三十秒。

她一直躲在泰迪教室的轉角，等著他離開。一看到他出來，她就溜進洗手間，等著他上樓。

菲倫走得正大光明，不鬼祟，不回頭。這是所有的貝爾蒙學生都學會的一件事，而且學得很早：無論你在哪裡，都要表現出你就是要來這裡的樣子。大家就會認為是真的。

她直接走進泰迪的教室，直接走向最遠的一角，評估架設攝影機的最佳位置。他講桌後面的櫃子上方堆了一疊書，她用一根手指抹過。灰塵。

好極了。

攝影機夾在最後一本書和牆壁之間，對準了泰迪的講桌，她拿出手機來查看角度。一個快速的調整，就完工了。這個攝影機比他房子正面的那個還要好，也更貴。她要一個不只是有麥克風的，還可以放大的。

菲倫走出教室，踏到走廊上。完全淨空，四周一個人也沒有。新的保全系統尚未運作，瑪莎女士跟她說他們要等到這個週末才會測試。

不是運氣，菲倫不相信運氣。這叫果報。而業力是站在她這一邊的。

首先，她毀了泰迪的婚姻。現在，她要讓他被開除。

53

泰迪在休息室裡吃三明治，露艾拉忽然尖叫著跑進來。唉，她老是在尖叫，不過今天她的聲音尖得讓人受不了。

「記者會！」她說，「檢察官正在開記者會。」

大多數的老師立刻就跟著她到波特室去了，那裡仍擺著電視機。泰迪不疾不徐，吃完午餐，煮了杯咖啡，這才慢慢走過去。

他希望檢察官做了正確的事，讓珂特妮回家。

又一個問題解決了。

然後他就能專心處理另外的問題了：菲倫以及他不見了的獎牌。

起初喬似乎是嫌疑最大的人。他可以進出教室，他有時間，他甚至有動機，因為泰迪跟警察說的那些事。可是像喬這樣的老傢伙真的會拿工作當賭注，偷老師的東西？他都工作這麼多年了？

太蠢了，那就太蠢了。

他走進波特室時心裡仍想著這個。檢察官在電視上，蠢笨大臉塞滿了整個螢幕。

「昨天深夜，我們針對英格麗．羅斯一案向法院提出了緊急動議。今天早晨，法官聽取了我們的動議，判定延後一個月開庭。

「目前我還不能透露太多，但是我可以說被告似乎並不是獨自犯案。在這件案子，以及索妮雅．班哲明命案上，我們有了第二名嫌疑人。」

柴克。他一定就是那個第二人。

檢察官真的認為是柴克和珂特妮聯手。

又一個得解決的問題。

如果世界上不是充斥了這麼多無能的人，泰迪就會有許許多多的時間可以專心在重要的事務上了。比方說教學。

✣

一切都一樣。柴克坐在沙發上，伊紀基爾站在壁爐邊，兩側是他的父母。

跟昨晚一模一樣。柴克覺得他的人生就要毀在一個循環裡了。

「記者會是一種策略，」伊紀基爾說，「檢察官想要對柴克施加壓力。不過現在他們可能拿到你的電話通聯紀錄了，甚至是你在網路上的搜尋紀錄。而他們要我們知道他們有那些資料。」

「他們提出什麼條件了嗎？」媽說。

柴克想說話，卻被伊紀基爾打斷了。他跟媽繼續說話，當柴克不在場。「他們想討論。」伊紀基爾說。

「那麼他們是在釣我們。」

「看來是如此。」

爸發出憤怒的聲音，看著手機。

「他是不會說的。」媽說。

「這是一個選項，」伊紀基爾說，「不過到時他們就會用重罪賄賂的罪名再立案，他們可能不會提條件。」

「對，對。」媽說。

柴克從沙發上站起來，終於，人人都看著他。「跟我說明是什麼情況，」他對伊紀基爾說，「你是我的律師。」

「你說得對。我是。」他說。

他的父母互看了一眼，但沒有反對。又一次，柴克跟他的律師進了他媽媽的辦公室。兩人坐定後，伊紀基爾開始說話。

「警方和檢察官想知道你為什麼為了要見珂特妮去賄賂獄警，不是一次，而是兩次，」伊紀基爾說。舉起一隻手，阻止柴克回答。「他們認為——或者該說是他們希望你能證實她有罪。另外，如果你跟索妮雅．班哲明之死有關，他們很願意相信是珂特妮說服你去做的，也就是說，她是元兇。」

柴克強自按捺才沒說出那全部是謊言，每一個字都是。他努力站在警方的角度來看。「所以他們是願意給我認罪協議，交換條件是要我作證指控她。」

「沒錯。」

「要是我什麼也不知道呢？要是他們全弄錯了呢？」

「他們還是會用賄賂罪辦你。」他說。

「那珂特妮呢？」

「這我就不知道了。既然索妮雅．班哲明也是同樣的死因……我不知道他們能如何進行。」伊紀基爾說。

柴克在心裡反覆思索。無論如何，他是完蛋了。珂特妮也一樣。

「你知道他們告珂特妮是有什麼證據嗎？」他說。

「不完全知道，不過我聽說了一點。他們在她家，在庭院裡找到了毒藥。有一大堆的簡訊說她有多恨她媽媽。」

「你知道是用了哪一種毒藥嗎？」

「你不知道？」伊紀基爾一臉驚訝。他以為柴克也涉及了命案。

「不知道。」

伊紀基爾想了一下，可能是在判斷柴克是否說謊。「我不是很清楚，只知道是某種植物。」

「植物？像……毒堇之類的嗎？」

「大概吧。我不知道是哪一種。」

柴克點頭，想著他得上網去查一查。之前，他只是搜尋一般的毒藥，現在他知道是植物了，他可以把範圍縮小。

不過卻幫不了他。

「說得實際一點，」他說，「如果他們用賄賂罪來辦我，我會怎麼樣？」

「一般情況下，以你的年紀以及並不涉及警察貪污，我可以用輕罪來答辯。你可能必須做社區服務。」伊紀基爾頓了頓。「不過珂特妮的事……我想他們並不想要接受這種協商。」

「我會坐牢？」柴克說。

「有可能。而且還可能會有前科。」

「太好了。」

「還有別的事要考量，」伊紀基爾說，「大眾輿論法庭有時候比法院還要重要。意思是不出多久人人都會猜出檢察官說的人是你，尤其是他們又是在學校逮捕你的。」他對這件事似乎有點生氣。「不過，這是他們的一個策略，他們想讓大家看到。」

要讓柴克不去想像媒體會怎麼樣實在很難。他已經見識過他們是如何對待珂特妮的，他也看見了有多少人認為她有罪。

他和珂特妮會是兩個富家子，享受特權的小孩，自認為連命案都能躲得掉。

哼，如果是別人，那他就會信。

「不要認罪協議，」他跟伊紀基爾說，「我不要跟任何人說話。」

54

伊紀基爾出去跟他父母談話時，柴克從側門溜出了家。他關掉車上的GPS，拿掉新手機的SIM卡，直接開車到「標靶」超市去買了一台便宜的平板電腦。付現金。他不會把平板放在他的房間裡，只是預防警察來搜查，所以他會把它放在室內泳池那裡，反正這個時節也沒有人會去游泳。

半小時後，他在星巴克裡做研究，而且是不能追查到他身上的。

柴克等著特大杯三倍濃美式咖啡，這才明白沒有人知道他在哪裡，也沒有人找得到他。這可能是他出生以來的頭一遭。滿奇怪的。沒有人從他的肩膀後看過來，沒有人盯著他，沒有人查他的勤看他在搞什麼。

他喜歡。生平第一次，他覺得自由。

這讓他想起了另一條沃爾德語錄，他總覺得很蠢的。是那種海報上才會有的話。

重點不在金錢，而是自由。

他爸在很多很多事情上都是對的。要是柴克從一開始就相信他，他今天就不會卡在重罪和背叛之間，左右為難了。想到這裡他再也不覺得非常自由了。

等他的咖啡做好後，他坐下來開始上網搜尋：

有毒的植物導致瞬間或快速死亡

第二人。

✣

泰迪不敢相信會有這種事，尤其不敢相信大家都說第二人是柴克・沃爾德。鐵定是他，他們說。

他昨天才剛被捕，他們說。

不然還會是誰，他們說。

泰迪坐在他家後門廊上，坐在寒風中。儘管穿著外套，戴著帽子手套，還是覺得冷。

他吸了幾口冰冷的空氣，吐氣時能看到白煙，一次又一次。他看著自己冰冷的呼吸，幾乎覺得舒服。小時候他常常這樣，站在寒冷的戶外，等候公車。他九歲的那年冬天，家裡的鍋爐壞了，也沒有錢修理，他連在室內都能看到他吐出來的氣。有時候他會假裝夾著一根菸在抽。

他能聽到他媽媽跟他說冷只是心理作祟。她常拿毛毯把他裹住，假裝他是在海邊，沐浴在陽光下。有時，他實在太冷了，冷到會痛。

現在他長大成人了，全身裹得嚴實不再冷到痛，反而感覺很好。而且但願它能殺死在他的胃裡蠕動的蟲子。

他對這件事就是這麼難受，他的感覺就是這麼糟。他只是想幫忙珂特妮，讓她獲釋，結果現在卻有兩個學生被牽連到命案中。

警察部門怎麼可能會錯得這麼離譜？

更重要的是，為什麼什麼事都得要泰迪親自出馬？

不可思議。

這件事是有辦法可以解決的，因為不管什麼事都一定會有個辦法。他只是需要琢磨出來。要是他周圍的人能聰明一點，那就容易多了。可既然不是，那他對自己做的事以及做的手法就得要極其清晰分明。

套句老師們的說法：像在教幼稚園。

他得花點工夫。幸好泰迪不怕辛苦，不像某些人，比方說是菲倫。要是她在自己身上多下點工夫，她可能就不會這麼氣他了。

不過很快就會輪到她了。目前，菲倫的問題得擺在第二位。此時此刻，他得先救現在的學生。

可是學校裡裝設了那麼多攝影機，進行起來就棘手多了。

✣

夜深了，菲倫坐在充氣床上，盯著泰迪今天的最後兩堂課。到目前為止，她只錄到這些。使用能錄音的攝影機有個壞處，就是菲倫不得不聽克拉徹的聲音。聽他說但丁——但丁欸！——立刻又讓她回到中學，也是坐在教室中的一個學生。

他的聲音在那時就很討厭。

而且傲慢。這是她現在注意到的事情，他有多傲慢。他說的每一個字都高高在上，甚至是對那些他似乎喜歡的學生。不過並不是很多。

攝影機不會移動，所以她只能在他站在教室前方時看到他，連同一些坐在前排的學生。要是他走得太遠，她就只能看到他的講桌。

而這裡才是重點所在。

她快轉到他的最後一堂課，因為再也聽不下去了。學生全部離開之後，教室只剩下泰迪一個人，他打開了筆電。

他鍵入密碼。

這就是她需要有放大功能的原因。

她觀察他查看電郵，只是攝影機仍太遠，看不清細部。他打開了貝爾蒙網站，從螢幕上的標記一眼就能認出來，不過她還是看不見文字。

她猛地合上筆電，把一個枕頭甩到對面，敲倒了檯燈，把電線拉掉了，房間一片黑暗。

這下子她又得回去他的教室調整攝影機了。

一如往常，泰迪就像她屁股上的一根刺。

55

菲倫作夢也想不到解決她問題的答案居然會從天上掉下來，或者該說是用兩隻腳直接走進門來的。

卻得等到她發現泰迪在推薦信上做了手腳之後。她到處求人，也把僅有的錢都花光了，這才從哥倫比亞大學註冊處的一名助教那兒弄到了推薦信。她不能影印，甚至不能拍照，只能看一遍，所以她才發現了泰迪指控她作弊：

我相信菲倫．奈特繳交的作業並不是她自己寫的，不全是。儘管我無法找到明確的證據，但是我不相信她有那樣的程度。因此，我不能推薦她進入貴校就讀。

這些話一字一字烙印在她的心裡，說明了為什麼她會申請不到大學。她考慮過向貝爾蒙提出申訴，可是少了推薦信的影本，她什麼也沒法證明，只是兩人各執一詞。她知道會是什麼結果。

所以她放棄了。

她不再是貝爾蒙的學生了。在州立大學讀了兩年之後，菲倫申請轉學到比較好的學校去，一所名聲好的學校。會讓她的父母開心的。她的平均成績是四，SAT 測驗的成績是一千五百九十分，卻還是失敗，沒有一所學校要她。

在州立大學的第三年，她退學了。是自願的嗎？也許吧。是因為她心灰意冷了嗎？更有可能。無論如何，退學後她就住在一間跟現在幾乎一樣慘的公寓裡，當酒保謀生。

後來運氣終於變了。

她正在工作，調酒、收小費，有位貝爾蒙的老師走進了酒吧。

法蘭克．麥斯威爾沒教過她，但是她知道他是數學老師。她見過他，大概跟他見過她的次數差不多。

她正要開口打招呼。「嘿，麥——」

「生啤酒，謝謝。」他說。

她倒了酒，從水龍頭上方看著他。他瞪著吧檯後方的鏡子，眼神茫然。他沒認出她來。也難怪。那些日子她是粗俗版的自己，化妝更濃，衣服更清涼，因為小費會比較多。

她工作的酒吧地點很偏僻，介於機場和市區之間。常客她認識，其他客人只是偶然光顧。他一定是屬於後者。

「你怎麼會來這裡呢？」她說。

「開會，」他說，「教育會議。」

「你是老師？」

他點頭。「我被困在機場附近的一家廉價旅館裡，房間簡直是糟透了。」

她幫他倒了一杯龍舌蘭，擺在他面前。「你應該喝一杯。你的工作很辛苦。」

他微笑，她也微笑。他喝了酒，然後是又一杯。

等他醉得差不多了，她說：「說說看學校真正的內幕。我覺得當老師的一定會有一堆八卦。」她不問他是在哪裡教書的，讓他有侃侃而談的自由。

他也真的說了。他第一個說到的是上帝，以及在他的學校裡沒有人信仰上帝。他接著囉囉嗦嗦抱怨老師們立身不正，所以給學生做了最壞的示範。

「比方說呢？」菲倫說。身為酒保，她學會了裝笨是件好事。雖然跟她相信的一切正相反，她還是假裝自己是笨蛋。

他跟她說了有兩個老師搞外遇——一個教科學，一個是健康教育。她猜得到是誰，她在貝爾蒙念書時就聽過那種流言了。

他也提到了一個涉及異教儀式的老師。那一定是美術老師露艾拉·梅森。

在他說個沒完時，菲倫一直給他倒酒，表現得像是沒見過這麼有趣的人似的。「那你見過哪個老師做了什麼最糟糕的事情嗎？就是那種非常、非常糟糕的？」她靠向吧檯，等著他看她的乳溝。他果然看了。

「好吧，」他說，壓低聲音。「不過這個真的很可怕。」

「說嘛。」

「有個男英文老師。他人是滿好的，可是神經兮兮的。」

賓果。貝爾蒙只有一個男性英文老師。

「是喔？」菲倫說，「他做了什麼？」

「他跟他太太一直想要生孩子，已經試了一陣子了。他倒是沒跟別人說，可是他太太會。我太太認識他太太，因為她們以前在同一家醫院。」

菲倫點頭，不確定他是想說什麼。「那這個傢伙的太太懷孕了？」

「沒有，一直都沒有。她跟我太太說泰迪去檢查，是他不孕。他不能生。」

「太糟糕了。」

「對。」法蘭克停下來喝了口啤酒。他變得沉默，卻沒沉默多久。他正說得興起。「問題是，我太太現在是替一個私人醫生工作的，在繳費部。」

菲倫聳聳肩。「好。」

「這個醫生，托賓，他是不孕症專家，可是他也有別的業務。」

「別的業務？」

法蘭克在椅子上欠身，東看西看，看是否有人在聽。沒有人。時間很晚了，酒吧再半個小時就要打烊，客人都漸漸散去了。

「我是說，我太太不應該跟我說的，」他說，「她可能會被開除，可是她就是不敢相信。知道吧，這個老師去找她的醫生，可是他並不是去做檢查的。」

「那他去幹嘛？」菲倫說。

「他是去結紮的，」他說，「收費單上是這麼寫的。結紮手術。」

「那他是騙了他太太？」

「對。」

法蘭克都還沒離開酒吧，菲倫的心思就開始轉動了。她好像是贏了大樂透，必須研究一下錢該怎麼花。

✣

而且她真的花了。

找出一個叫托賓的不孕症醫生並不難。里歐・托賓醫生，不孕症專家，在貝爾蒙幾哩外有間診所。她打到診所，一名叫珊卓拉的女人接的。

「嗨，珊卓拉，我叫瑪麗。我先生想結紮，我想知道托賓醫生的收費。」

「那得看你們的保險。」

「我在貝爾蒙學院工作，我們有學校的保險。」

「啊，這樣的話，請等一下。」

珊卓拉回來後給了菲倫一個大概的數字，她還說會因為可容錯的情況或是需要而有所差異。

菲倫謝了她，掛斷電話，在她的電腦上偽造了一張收費單。她唯一的「疏漏」發生在信封上。

西奧多・克拉徹太太

哎呀。

56

今年最冷的一個早晨，馬路結冰打滑。泰迪撞上了一片黑色的冰面，偏離了車道，險些掉進水溝裡。一個穿格紋外套、戴同色帽子的男士停下來問他是否安好。

「你運氣真好，沒掉進去。」他說，指著水溝。

泰迪嘟囔了一聲。「運氣好我就不會撞上那片冰了。」

那人匆匆離開，泰迪繼續往學校開。記者不在眼前，這個時間就算對他們來說也太早了。太陽都還沒升上來呢。

他下車時注意到褲腳上有泥巴，顯然是他在水溝旁下車沾上的。一天這樣子開始真是討厭。要是他照平常時間來上班，路上的冰可能就融化了。不過沒辦法，他得提早來檢查那些監視器。目前仍然沒有全面啟動，要等到週末的測試之後。今天是星期五，是他最後一個機會記下監視器的位置而不會被記錄下來。

走廊昏暗不明——白天的燈光尚未打開——唯一的聲響是泰迪的腳步聲。不過並不可怕，反而很舒服。

每條走廊上都裝了監視器，對準了左右兩個方向。進入大樓的每扇門上也有，裡外各一——包括教員休息室，因為索妮雅的沙拉就是放在那裡的。但是教室內、休息室內、會議室內都沒有。校長辦公室的外面也沒有。

最後是餐廳。他打開了門，抬頭看天花板。剛進門的位置沒有。他繞行了整間餐廳，從一角到另一角，什麼也沒看見。

說不定是沒有人想看學生吃飯。這也不能怪他們。

接著是廚房。

他太晚才看到燈光。

喬在廚房裡，站在流理台邊，端著一盤炒蛋和吐司。一看到泰迪，他的叉子就停在半空中。

當場活逮。

真是幸運啊。

「哎呀，看到你在這裡真意外，」泰迪說，瞄了瞄盤子上的食物和旁邊的煎鍋。「吃早餐啊。」

喬點頭，稍微挺了挺身，力圖恢復。「泰迪，」他說，「你怎麼會這麼早來？」

「工作。我經過時聽到什麼，所以就進來看一看。近來發生了那麼多事，我差點就報警了。」

「他們來一看只是我，肯定會很失望的。」

「對，」泰迪說，又看著那盤食物。「也沒什麼好看的，對吧？」他轉身走掉了，丟下喬跟他偷弄的早餐。

泰迪也注意到了廚房的監視器。在這個週末之後，食物就會在監管之中。

菲倫的早晨開始得極為混亂。她被凍醒，因為暖氣停了。再也睡不著，她就上網，搜尋跟泰迪有關的資料：他的學生，他的前妻。

他的家人。

✣

泰迪沒有家人。至少沒有菲倫能找到的。雙親已逝，而且是一段時間之前的事了，一個死於癌症，一個是車禍。沒有兄弟姊妹，沒有子女。

她都知道，因為她上網搜尋過好幾次了，太多次了。她一直希望能找到什麼新東西，但是今天沒有發現。既然沒有什麼能搜索了，她就準備上班，提早到校。至少學校裡是暖和的。

停車場上除了喬的車子之外只有一輛車，是泰迪的。

怪了。他不太可能會這麼早到。他總是按表操課的。

走廊空蕩蕩的，不出所料，她走向教室，皮鞋卡卡響。放好東西，稍微熱身之後，她有了主意。可能是個好主意，也可能不是。缺乏睡眠是很難做判斷的。

她決定照做不誤，直接往泰迪的教室走。她出現在門口時他抬起了頭來。

光是他臉上的驚詫就值得了。

「菲倫，」他說，「早安。」

「早，」她說。一走進他的教室，氣溫好像就下降了十度。「我不知道這麼早就有人來。」

兩人瞪著彼此。

她只感覺到憤怒。也難怪——她的心裡隨時都燒著一把怒火。有時，埋得很深，只是低溫悶燒著；有時感覺就是熾熱的憤怒。此時此刻則是在二者之間。

「那，」泰迪說，站了起來，更靠近她，然後靠在講桌上。「妳在貝爾蒙還習慣嗎？」

「喔，到目前為止都很好。」她說。

「那就好。索妮雅總是非常有組織，我想她的授課進度都安排得井井有條。」

「對，幫了我很大的忙。」菲倫的聲音聽似正常，實則她的心裡波濤洶湧。她清清喉嚨。「我想跟你道歉。」她說。

他沒有吃驚的樣子，一點也沒有。「喔？」

「我寫的一些信……不太像話。其實是很愚蠢。我很抱歉。」

他聳聳肩，態度極其輕鬆，好似他連看都沒看過。「啊，那些信。」他淡淡一笑。「妳不需要道歉。有時候學生就是會生氣，妳很快就會知道的。」

菲倫不應該驚訝的，但是她偏偏就是驚訝。他一副沒事人的樣子。「雖然如此，那些信還是很不應該，對不起。」

「我接受妳的道歉。」

「謝謝。」

然後，兩個人又瞪著對方。她在他的眼神中搜索，想找出能透露他真正情緒的東西，卻毫無所獲。「我最好趕快回去工作。」她說。

「祝妳今天順利，菲倫。」

「你也是，泰迪。」

她走了出去，覺得自己犯了一個錯。這件事的重點是從監視器上查看他在她離開之後的反應，而現在她滿肯定是不會有什麼反應的了。他八成立刻又坐回講桌後，回頭工作了。好像她壓根就沒來過。

他就是這樣子逃過一切的。靠著假裝成沒事人的樣子。

67

不必上學了。

這是柴克的爸媽說的。他在咖啡店的外面，既不接也不回他們的電話，他們就利用時間做了決定。他們決定將柴克從貝爾蒙學院拔除，這學期剩下的時間都在家自學。

沒有討論，沒有提問，沒有商量。

他媽媽效率十足，已經請了家教。她自己是不可能留在家裡親自教他的。早晨第一件事就是通知學校，請人把他的功課都送過來。她但凡出招，速度就極快。而且為達目的，她是不計一切代價的。

「上課之後，」她說，「瑪莎女士會在校門口等你，讓你去把置物櫃清乾淨。」

柴克點頭，努力做出比實際上難過的表情。

早晨九點他已經收拾好東西，走出了貝爾蒙，直接就到星巴克去。他跟新家教的第一次見面是在中午之後。媽一定是付了不少錢才安排好的。

在中午之前，他是自由的。

回到毒藥名單。縮小範圍並沒有多困難。首先，他刪除了不會導致珂特妮的母親和班老師的症狀的；其次，他剔除了必須曠日費時，而不是在幾小時內殺死人的；最後，他刪除了必須要大量攝取的。分量必須夠小才不會讓食用的人發覺。而如果警方對珂特妮母親的死因判斷正確，就一定是可以摻入咖啡中的東西。

有毒植物有很多——諸如毒堇、假藿香薊、蓖麻——會導致噁心、嘔吐、腹瀉，但要很長時間後才會死亡。顛茄會造成麻痺，但是她們都沒有這種症狀。

只有為數不多的毒藥能透過皮膚吸收，光是碰到就有危險。夾竹桃就是一個，摸到可能會皮膚過敏。另一種是雞母珠的種子內壁，真的能導致死亡，特別是進入了血液的話。

可是無論是什麼殺死了英格麗和班老師，都是吃進肚子裡的，而且英格麗在死亡前心臟病發作。沒有多少植物有這種效果。

其中之一是白花海檬樹，俗稱「自殺樹」，常見於印度、東南亞、哥倫比亞、哥斯大黎加。北美則少見。

另一個是白果類葉生麻，又名白生麻或娃娃眼。加拿大有這種植物，美國中西部和東岸也有。漿果是最毒的部分，它的毒素對心臟有鎮定的效果，誤食會導致心搏停止。對了。

柴克收拾好東西，發了簡訊給媽媽。學校東西拿回來了。在等家教。

她的答覆來得極快。好。愛你。

真可惜他爸媽沒有早點想到這個在家自學的主意。幾乎是太輕鬆了。

除了那個重罪的事之外。

他又走在戶外，他要去尋找這附近哪裡有這種植物。他的第一站是谷歌地圖上最近的苗圃。

「珍稀地球」是在城裡繁榮的那一側，柴克的母親會去買植物的地方。如果她買植物的話。

他給櫃檯的婦人送上了一個大大的笑容。她年紀較大，大概是他奶奶年紀，灰色長髮編了一條辮子，垂在背上。

「早安，」她說，「你嚇了我一跳。我還以為這麼冷不會有人出門呢。」

「我其實是在找禮物，要送給我媽的。」又一張笑臉。「我想妳一定能幫我。」

她回以笑容，連眼角都上揚了。「我想我幫得上忙。」

他們兩人動了，進入了溫室，柴克留神尋找娃娃眼。

「你想要花嗎？」婦人說。

「其實是觀葉植物。可以種在室內，等冬天過去再移植到院子裡的。」

「聰明，」她說，回過頭來對他微笑。「你母親喜歡園藝嗎？」

「喜歡極了。所以我要找稍微特別一點的。」

「我剛好有這種東西。」

她帶他看了各式各樣的植物，每一種都解釋了一大串。柴克感覺要是不阻止她，她可以說上一整天。他讓她說，只有在看到他在找的東西後才打斷。

「這個很有趣，」他說，指著娃娃眼。「好特別。」

「而且有毒。家裡有寵物或是小孩子就不適合。」

「真的？那麼毒喔？」

「對。」她說。

「它是長在戶外的？原生種？」

「沒錯，特別是東北部這裡。在春季，小樹林附近就可以看到。」小樹林是老城區，維多利亞式豪宅聳立在遼闊的土地上。他媽媽愛死了那些老房子，但是他爸總是說那是錢坑。爸辯贏了，所以他們住在新穎很多的房子裡。

婦人繼續說明這種植物，告訴了他許多他已經知道的事。她還說現在還有漿果是因為放在溫室裡。

婦人說話時，柴克又是微笑又是點頭，只有一隻耳朵在聽。他不再把娃娃眼當作一株植物了，而是開始把它看成一種武器。

果實是最毒的部分。理論上，可以把果實壓碎，放進某人的飲食中。但那代表你得為特定的某人準備特定的飲食。要這樣對付一個人就夠難的了，更別說是兩個人了，除非你跟兩者都非常接近。

也就是說你不會使用整個漿果。你必須使用漿果中的果汁。如果是萃取出或是擠出果汁，就能摻進所有的飲食裡。甚至是咖啡。

換作是他就會這麼做。

58

菲倫下載了泰迪教室的攝影機裡的資料，她甚至不必靠近他的教室。早晨休息時間她決定就在她的講桌上看監視畫面。

她想看他在她今早的道歉之後有何反應。她以為會看到泰迪坐下來繼續工作，結果看到的卻更令人氣結。

她走了之後，他等了一會兒才站起來關上教室的門，走回講桌坐下。

然後他哈哈笑。

不是咯咯笑。他爆出響亮的笑聲，險些就把她的耳機轟掉了。

✣

泰迪知道菲倫心裡有鬼——他只是不知道她在盤算什麼。現在，無所謂了。在她的短暫來訪之後，他不像以前那麼擔心了。看她站在他面前的樣子，穿著那些名牌服裝，鞋子卻磨損。她就像在扮家家酒的小孩子。

也是個差勁的騙子。不停地欠身，迴避視線。緊張，是的，卻也很透明。只不過是個小女生在玩的校園遊戲。

他早該知道她變不出什麼花樣的。

他竟然還以為是她偷了他的獎牌，哈，她連這種事都做不出來。

今早在路上打滑之後，泰迪對這一天本來是沒有什麼指望的，不過情形真的變好了，就從在廚房逮到喬開始，然後是和菲倫的交鋒。而且就在第一堂課之後，他從辦公室收到了有關柴克的電郵：

謹通知您柴克．沃爾德停學，即刻生效。本學期剩下的時間他會在家自學。請盡快將您目前的課程轉交學校行政辦公室。

泰迪從沒懷疑過柴克就是檢察官在記者會上說的那個第二人，不過呢，他停學的消息卻比看到喬在貝爾蒙的廚房裡吃早餐還要叫人高興，甚至是比菲倫的小小拜訪還要讓他開心。這是他一整天聽到的最好的消息了。

第二個最好的消息是在午餐時間來到的，在他打開教室的窗戶，把頭探出去時。什麼也沒有。窗外完全沒有監視器。他故意不鎖上最遠一角的窗子。

十二點整，柴克在家裡，他的家教也到了。他叫泰特斯。

「在你問之前，沒錯，這是我真正的名字，」他說。他個子很高，戴眼鏡，穿了一件達特茅斯運動衫。「還有，不，不是因為我家很虔誠❹。」

柴克想了想。「莎士比亞？」

「對了。」泰特斯翻個白眼。「我父母是在莎士比亞慶典上認識的，在看〈泰特斯・安德洛尼克斯〉的時候。」

「唉唷。」

「還用說。」

柴克覺得他們會滿合得來的。在他看來，對父母有這種嘲諷口氣的人都還不錯。

兩人到廚房去，柴克抓了一袋薯片和兩瓶水。

「你不介意的話，我想問問你是怎麼了？」泰特斯說，「惹上麻煩了嗎？」

有幾個小時，柴克設法忘記了生命中發生的每一件事。重罪賄賂的罪名、命案、珂特妮。這時又都湧上心頭。「差不多。」他說。

❹泰特斯原文Titus與新約聖經中的第十七卷提多書相同。

泰特斯點頭，坐了下來，打開背包抽出筆電、五本書、一本便條簿。「以前在家自學過嗎？」

「沒。」

「好，上課是這樣的。我給你作業，你傳回來給我。我們每星期見一次，一起複習。考試的話，我會在房間裡監考。」泰特斯停下來看著柴克，他沒吭聲。「我跟你就實話實說了。你爸媽付錢給我，也就是說如果你的作業沒交或是開始打混，我就會告訴他們。沒得商量。」

柴克倒是佩服他。泰特斯是個正直公平的人，他很欣賞。只要一開始就知道規矩，不管是什麼情況應付起來都輕鬆多了。「了解。」他說。

兩人開始上課，幾乎兩個小時都沒有下課。他媽媽發了一通簡訊來確認泰特斯來了。她發給泰特斯兩次，確認柴克有乖乖上課。他是乖乖上課。課程和在貝爾蒙相比，就算沒有更難，也一樣難。柴克不介意，這樣可以讓他不必去想別的事情。

休息時間，兩人吃了兩份柴克的母親每週叫人送來的預製餐點，柴克趁機多了解泰特斯一點。他剛從研究所畢業，當家教是想賺外快。「我爸媽不覺得是好主意。」他說，又翻個白眼。還有，對，泰特斯也是念貝爾蒙的。

「真遺憾。」柴克說。

「對，那裡爛透了。對了，現在到底是什麼狀況？開始出命案了？」

柴克點頭，想起了伊紀基爾跟他媽媽說的話。一個字都不准說，無論是誰，無論是什麼理由。「你認識班老師嗎？」

「認識啊，她人很好。」

「是啊。」

「我聽說菲倫回來接替她。」泰特斯說。

「菲倫？」

「菲倫・奈特。她跟我是同一屆的。」

「我就覺得看過她。」柴克說，「我今年是在克拉徹的班上，至少本來是的。」

「克拉徹。」泰特斯搖頭。「菲倫討厭死他了。我很意外她會回貝爾蒙，即使是去教書。」

「她在他的黑名單上？」

「顯然是。」

「我也是。」

「可憐。」泰特斯說。

對，是可憐。不過不重要了，因為他已經不在貝爾蒙了。至少還有這點好處。

「她是做了什麼才會讓他不喜歡的？」柴克問道。

「我不是很清楚。我只記得她在網上痛罵他，而那是在我們畢業之後。好像是跟推薦信有關的。」

「她請他寫推薦信？我可不會。」

「老師就是這樣，」泰特斯說，「有時候，一直等到為時已晚才發現你是在黑名單上。」

59

泰迪在週一早晨走進學校時心情很好。大門口安安靜靜的，因為記者厭倦了枯立在寒風中等待永遠不會來的新聞。檢察官什麼也沒多說，警察也是。沒有風聲，沒有謠言。有人整頓了風紀。

校門前唯一的新東西是那塊告示：

保全通知

校區全面錄影監視

監視器終究是啟動了。終於。

他很好奇學生不知是否會改變行為，是否感覺必須要注意自己的言行。這倒也不是壞事。

並不是唯獨泰迪一個人在思索對學生的影響。教員休息室裡露艾拉死命攥著手機，抱怨著老大哥。

「學生們不應該這樣子生活，」她說，幾乎把藥草茶灑了出來。「他們應該要感覺安全，有人愛護，而不是像有人隨時在監視他們的一舉一動。」

「是很不當，」有人說，「可也是現實人生啊。」

說得對。

泰迪煮好了咖啡，拿起自己的東西，就往教室去了。門是鎖著的，沒有變動。他第一眼看的地方，沒有例外，就是牆壁。

他的年度傑出教師獎牌失而復得了。

乍看之下，他以為是有人歸還了，有人在星期五偷溜進他的教室，掛回原位，在走廊上的監視器尚未啟動之前。但近前細看，他就發現相框邊緣有一張貼紙。是一面新的獎牌。

校長——更有可能是瑪莎女士——不去調查失竊的獎牌，反而又重製了一面。抄捷徑。泰迪最恨別人抄捷徑了。

不過呢，牆上掛著獎牌，他的教室現在是感覺比較舒適了。就好像萬事萬物都照著規矩來了。

今天會是很美好的一天。他早上醒來看到太陽已經在照耀時就這麼覺得了。氣溫在零度以上，冰霜已開始融化。現在仍然是冬天，不過盡頭就快到了。

而現在開始上課了，他繼續講但丁的地獄。再沒有比這個更暢快的事了，他甚至沒有挑指甲皮的念頭。

接下來仍然事事順利。沒有漣漪，沒有麻煩，沒有意外的新聞。是個十足正常的教學日。

直到下午一點。

他只是覺得有點頭暈，有點虛弱。他在上第五堂課，在談地獄的各圈，而且他必須坐下來。

「你還好吧，克拉徹老師？」

一個學生說的，泰迪點頭。「我沒事。」

他聽到遠處有尖叫聲，或是他覺得他聽到了，但他也沒把握。他只想把頭放到講桌上，讓天旋地轉停止。

60

菲倫睜開眼睛，眨了幾次，不知道身在何處。

白色房間，白色床單。她家裡的床單是藍色的，而且她也很高，被抬離了地板。她的充氣床要矮多了。窗帘遮住了窗戶，她不知道現在是白天或晚上。

不過她的手臂上有條管子。

是點滴。她在醫院裡。

她做的第一個動作是移動雙腿，然後是手臂，頓時一陣寬慰。每個地方都正常。

菲倫回想稍早的事。她只記得她在學校裡，正在上課，就聽到一聲尖叫，她到走廊上去查看。就這樣。

她按了床邊的按鈕。一分鐘後，一個女人出現，年輕，滿臉是笑——彷彿她們是在美髮沙龍裡，而不是醫院。

「嗨，」女人說。她的名牌上寫著「泰咪」。「妳覺得怎麼樣？」

「為什麼……」菲倫的聲音沙啞。護士趕緊幫她倒水，她再試一次。「為什麼我會在醫院裡？」

「妳在學校裡暈倒了。」泰咪說。

「我暈倒了？」

泰咪點頭，抿著嘴唇。現在不那麼活潑開朗了。

「我是怎麼了嗎？」菲倫說，「為什麼喉嚨那麼痛？」

「我們幫妳灌腸，必須讓管子通過妳的喉嚨，所以會造成喉嚨不適，不過應該很快就會好。」

「你們為什麼要……？」菲倫搖頭，努力回想她吃了什麼。「我是食物中毒了嗎？」

泰咪在床沿上坐下來。她戴眼鏡——眼鏡過大，還是亮綠色的——反而顯得眼睛好大。「貝爾蒙又出事了。好幾個人病倒了。」

菲倫想了一會兒才明白是什麼意思。「下毒。我被下毒了？」

「他們必須先做完檢驗，但目前看來好像是的。」

菲倫把被子往上拉。「我的天啊。」

「妳現在沒事了，」泰咪說，「餓了嗎？」

「我現在一點也不餓。」

「對不起，這樣問很白痴。妳得留院觀察一晚，然後就可以回家了。」她拍拍菲倫的腿，站了起來，拉直床單。「有什麼需要就按鈕叫人。」

泰咪走了出去，留下菲倫覺得她好像驚魂未定。她思索過回到貝爾蒙可能會發生什麼事，卻萬萬沒有想到會中毒。被揭穿沒有大學文憑，對。被開除，也許吧。甚至被逮捕，端視她得做到哪一步才能讓泰迪丟飯碗。

可是中毒？才怪。她可沒想到這種事會發生在她身上，或是任何人身上，因為索妮雅被毒死了。

好幾個人病倒了，泰咪是這麼說的。菲倫抓起了遙控器看電視，螢幕上的最新消息跑馬燈讓她一下子坐了起來，動作過快，差點害手臂上的點滴跑針。

貝爾蒙學院又出意外：一死，六送醫

螢幕上的記者年輕金髮，化了大濃妝，說個不停，每句話都纏絞在一塊，只不過是在重複跑馬燈的文字。她一次也沒提到死者是誰。

菲倫按了按鈕。

泰咪又是一副開朗活潑的樣子，但是菲倫劈頭就問：「是誰死了？」

「什麼？」

菲倫指著電視。「上面說有人死了。」

「喔。」泰咪的臉色變了，眉頭深鎖。不妙。「對不起，我不知道。送來這裡的人都會康復。」

憤怒是即時的。很熟悉，一直跟著菲倫，她都忘了有多久了。因為她的父母，他們期望太高。因為她的朋友，他們總是比她聰明，比她漂亮，比她優秀。因為她的老師，他們總是要求越來越多、越來越多。

因為泰迪，他毀了她的一生。

但也不僅僅是重大的事情。她也為許多的芝麻小事生氣。某人遲到了，在上衣上發現了一塊污點，有人超她的車：憤怒變成了她的預設值。

就像現在。

菲倫把遙控器抓得死緊，調高聲量。記者像是在尖叫。

✣

「我想妳是沒聽懂。」泰迪必須控制自己，不對護士生氣。「我太太在這家醫院工作，她叫愛莉森．克拉徹。妳能不能傳呼她，讓她知道我在這裡？」

護士的年紀好像比上帝還大。她拖著腳走出了病房，一句話也沒說。

泰迪嘆氣。為什麼什麼事都得要這麼麻煩，他實在是想不透。

他的電視開著，已經開著一個小時了。記者瘦得簡直像個點頭公仔，一點也不賞心悅目。但起碼她的聲音還能入耳。

愛莉森現在一定知道他在這裡。一定知道。是啦，她可能還在生他的氣，可是拜託喔，他住院了欸。十年的婚姻生活總換得來一次探病吧。

他瞄著手機，不知是否該打到樓下的急診室去。真不幸他被送進來時昏迷不醒，不可能知道愛莉森是否看見了他，甚至幫助過他。這得等她來他的病房才能釋疑。

不，他不會打電話。好幾個月了，他都沒打給她，沒有跟她聯絡。在他心裡，她只是需要時間。背叛就是這樣。震驚，憤怒，然後最終就會接受。一旦所有極端的情緒漸漸消退，他覺得她就會跟他聯絡。果然不錯，只不過是以離婚協議書的形式來到。

簡直像八點檔。她以前從來不是這個樣子的，而且坦白說，觀感不佳。

是啦，他們當初決定要結婚時他是同意要生孩子，她一心一意要孩子，只有同意這個條件她才要嫁給他。他是別無選擇。

「我當然想要孩子啊，」他跟她說，「誰不想呢？」

他一天到晚都被一堆自我中心的青少年包圍，打死他他也不要孩子——即使是跟愛莉森生的。所以他騙了她。他從沒想到他會有必須實現承諾的一天，他以為他會有辦法能勸她打消這個念頭。

並沒有。

✣

「我不懂我們為什麼現在需要生小孩，」泰迪跟她說，「妳難道不喜歡我們的生活？」

「我當然喜歡。」

他們才剛吃完晚餐。泰迪仍然坐在餐桌前，但愛莉森則否。她站起來把盤子送到洗碗槽裡。

「我只是不確定我們需要孩子，」他說，「現在這個時候，因為我們的經濟狀況。我們連房子都還沒整修好。」

「問題不在需不需要，而是想不想要。我想要孩子。」她背對著他，開始沖洗盤子。「你也說你想要的。」

「我當然要。我只是在考慮錢的問題。」

「要是要等到我們有錢，那我們就不會有孩子了。」她說。

他沒搭腔，因為她說的是實話。話語懸浮在空中，像臭味。

「再等一陣子，」他終於說，「至少等假期過後再說。」

她轉過來看著他，滿眼希望。「新年？答應我我們會在新年試一試。」

「我答應。」

她緊抓著他的這個承諾。假期來臨前，她開始說起要停用避孕藥。

結紮變成是必要之舉了，也是最後的手段，在他了解了他無法在愛莉森的咖啡裡摻入避孕藥而不讓她或是她的醫生察覺之後。他不得不去結紮。沒有別的辦法了。

等他告訴她他不能生育，她相信了，也不怪他。有幾個月生活又回到了應該有的樣子。

直到某個無能的雇員把賬單寄到他家來。

61

翌晨，菲倫一醒來，不到幾分鐘就有護士進來她的病房。不是泰咪。這位護士比較老，也沒那麼歡天喜地的。她的灰髮剃得很短，幾乎貼著頭皮，而且她制服的褶痕硬得可能都打不破。

「妳現在應該沒事了，也得到了充分的休息，」護士說。「現在快十點了。」

菲倫手忙腳亂要去拿床頭几上的水。「我錯過檢查了嗎？」

護士惡狠狠地看著她。

菲倫清喉嚨。

「醫生會來看妳，然後妳就可以出院了。」護士說。她把水再裝滿之後就走出去了。

她一走菲倫就打開電視。

益智節目、談話性節目、脫口秀。她翻找著頻道，很奇怪這個時間為什麼沒有人在討論新聞。全國頻道上都在忙著談政治。

醫生打斷了她。他是個年輕人，笑容和藹，眼睛很大。

「妳覺得怎麼樣？」他說。

「好多了。我的喉嚨沒那麼痛了。」

「那就好。」他查看了她的病歷表，聽了她的心跳。

「他們知道了嗎？」菲倫說，「真的是毒藥？」

笑容消失了，他搖頭。「那方面我不知情。」

「你知道是誰死了嗎？我聽說有人死了。」

「我不知道。」醫生在她的病歷表下方簽名。「我要讓妳出院，不過要是妳有什麼問題，或是又覺得頭暈，就直接來急診。」

他走了出去。菲倫正想下床就發現點滴還沒拔。她嘆口氣，按鈕叫護士。

她的點滴拔掉，穿好衣服之後，就走出病房，準備面對下一步：在她能離開醫院之前，她必須去找繳費部。

結果，病房門口攔住她的竟然是兩個男人，都穿著夾克，夾克上有聯邦調查局的徽紋。

✣

泰迪仍在病床上，仍在等愛莉森，等到的卻是FBI的人。不意外。像這樣的大規模下毒案是會驚動他們的，八成也會驚動緝毒局。一兩個人中毒是一回事，可是一次七個——還有一人死亡？該是聯邦人員接手的時候了。

一男一女，穿著FBI夾克，樣子倒是夠專業，這點泰迪能欣賞。不專業的執法人員是最糟糕的了。

禿頭男是羅蘭探員，那麼常見，簡直像是化名。他第一個問題就是泰迪昨天吃了什麼。

「喔，我在家裡喝咖啡，一杯，黑咖啡，」泰迪說，「在貝爾蒙我第一堂課之前又煮了一杯——」

「你是在哪裡買到咖啡的？」羅蘭說。

泰迪瞪著他。「我說了，我在第一堂課開始之前到教員休息室去煮了一杯。精品深焙，我最愛喝的。之後，我什麼都沒吃，一直到午餐。午餐是我從家裡帶的。白麵包夾臘腸，還有一顆蘋果。我每天的午餐都是一樣的。」他頓了頓，等待回應，什麼也沒有。「昨天我倒是去餐廳拿了一小盒牛奶，回到教室一面吃午餐一面喝。」

「那樣是正常的嗎？去拿一盒牛奶？」

「是啊，有時候。不然我就從家裡帶水。」

「可是昨天，你喝的是從餐廳拿的牛奶？」

「對，」泰迪說，懷疑羅蘭是不是有點遲鈍。「我很肯定。」

「那你的三明治呢？是你做的？」

「對。」

「有別人能接觸嗎？」

泰迪想了想，應該說是假裝在想。「沒有。我都把午餐裝在保溫袋放在教室裡。」

「那家裡呢？」

泰迪對這個問題有點意外。「家裡？」

「你跟誰同住嗎？」

「我看不出有什麼相關之處。」

「就是有，」羅蘭說，「我們需要知道誰能夠接觸你的飲食。」

「我獨居。」泰迪說，希望可以結束這個話題。

並沒有。

「還有誰能進入你家？」羅蘭問。

「我說了，我獨居。」

「所以沒有人有鑰匙？」

泰迪不動聲色，也控制住情緒。否則的話，他對FBI探員的厭惡就可能會形之於外。「我太太有鑰匙。」

羅蘭一臉詫異。「你不是說你獨居。」

「我是。我們……分居了。」

羅蘭跟另一名探員，普魯伊特，互看了一眼。

「聽著，」泰迪說，「這是學校成立以來最悲痛的一段時間。身為年度傑出教師，我對我們的學生以及他們的成功非常投入，而發生的事實在叫人痛心。我們需要的是專心找出是誰會對學校做出這樣的事情來。對那些學生。我太太絕對跟這件事無關。」

「我們只是需要徹底清查。」羅蘭說。

泰迪明白了這件事會比他預料中費時。「我可以問個問題嗎？」他說。

兩名探員一齊點頭。

「我聽說昨天有人死了，可是誰也沒說是誰。這項消息公布了嗎？」

羅蘭停了一下才回答。「稍早的新聞上有，」他說，「是校長死了。」

泰迪假裝震驚。

62

在#命案高中大屠殺之後的第二天，柴克跟伊紀基爾和他爸媽又回到了客廳。同樣的房間，同樣的位置，但情勢卻不同。

「這是好事，」伊紀基爾說，「在這件事發生之前柴克有許多天沒有接近學校了。」

「我就知道要他停學是正確的。」媽說。

爸一手按著媽的肩膀。「妳百分之百是對的。」

一件好事。六個人送醫，校長死了。律師卻覺得是好事。

柴克好生氣，他好想吼叫。

他之所以沒有吼叫是因為那只會讓他顯得沒有自制力。即使心裡是失控了，他也不要表現出來。

別把心裡的每個感覺都表達出來。會讓你看起來不穩定。

沒有人會想被貼上不穩定的標籤。看看他的數學老師麥斯威爾先生就知道了。他到現在還沒回來貝爾蒙教書。

「這是好消息，」伊紀基爾說，看來相當得意。「不過呢……我還有別的消息。」看沒有人接話，他就繼續說下去。「你們大概也在電視上看到了，聯邦調查局的人已經來了。他們會審查過去發生的每一件事，包括珂特妮被捕一案。」伊紀基爾看著柴克，這還是今晚的頭一次。「而他們想跟柴克談一談。」

「不行。」媽說。

「想都別想。」爸說。

伊紀基爾微笑，把眼鏡推高。「當然，我也是這麼跟他們說的。不過，既然FBI插手了，事情就會比較複雜一些，要跟聯邦人員說不是很困難的。」

「如果他不跟他們談會如何？」媽說。

「這個嘛，檢察官必然是會以賄賂罪名起訴他，而這還只是開始。既然FBI來了……」伊紀基爾雙手一攤，彷彿是在說誰知道呢？

「妨礙司法？」媽問。

「有可能。只要他們想，就能捏造出各式各樣的罪名。他們甚至可以主張賄賂罪符合聯邦的管轄權，如此一來……」

伊紀基爾拉長聲音，跟媽一來一往，互軋法律詞彙，像在模擬法庭上的攻防。他們好像把柴克當成是電玩裡的一個角色，誰握住操控器誰就可以隨意移動。

事實上，柴克大多數的時間都感覺如此。

通常，他不會反抗，因為這樣比較輕鬆，因為他年輕，也因為這些人是應該要知道什麼對他最好。也許是的。也許他們是在做最好的決定，只是這些決定並不正確。

換作是柴克的父親跟他易地而處，他就不會忍受。而柴克可是很有乃父之風的。

「我會跟他們談，」他說，從沙發上站了起來。「安排時間吧。」

他不理會父母的抗議和律師的反對，掉頭就走了。

感覺滿爽的。

✣

菲倫趁著夜深人靜開車到學校，路上都沒有車，也不見人影。唯一的生命跡象是路燈，感覺有些陰森。菲倫不停看後照鏡，等著別人出現。

學校現有被圍上了封鎖線，由FBI接管，但是她不需要進去，她只需要靠近她的監視器。只要距離夠近，她就能下載資料，從監視器上刪除。

這是說FBI還沒發現的話。

不可能，她心裡想。攝影機藏在一本書後面，跟食物、飲料、毒藥都沾不上邊。除非他們是想要清空學校裡的每一本書、每一張紙、每一面電子白板，不然的話攝影機就應該很安全。她希望是如此，因為現在被抓到違法記錄私校教室中的某人可不是什麼好事。

她滿確定刪除影片並不就等於毀屍滅跡，而要是說有誰能夠復原資料，那絕對就是FBI。可是她還是得試一試。

學校的東側就是泰迪的教室所在，而此時此刻馬路上只有她一個人。也難怪，畢竟是半夜兩點鐘。

她停在路邊，拿出手機。起初，應用程式無法連線，試了三次終於搞定。下載資料沒花多少時間，也不意外，攝影機是動作感應的，而自從發生中毒事件，學校就從星期一關閉到現在。上一次她下載資料是週五的午餐時間。

她駕車離去，感覺沒那麼陰森了，可能是因為並沒有人攔下她盤問她在做什麼。可是越靠近她家，她就越憤怒。

星期五，泰迪午餐時間待在教室裡，菲倫始終沒有機會調整攝影機，也就是說她還是沒辦法清楚看到他的電腦螢幕。而現在，她什麼情資也沒有，一個都沒有。

沒有情資要如何毀掉一個人呢？

她腳步沉重地上樓，進了公寓，和她出門時的感覺一樣狹小窒悶。睡覺是不可能的，她還睡不著。她把資料下載到筆電裡，開始看影片。

泰迪吃午餐。泰迪看電腦。泰迪教下午的課。泰迪收拾東西，最後一堂課之後離開。

攝影機就在此時停止記錄。

直到週一早晨又開始上課之前，影片中唯一會出現的人應該是喬。他每天晚上都會打掃教室。

菲倫看到了。果不其然。

但是還有下文。

63

兩名FBI探員走進了柴克和他的律師所在的偵訊室，一男一女，都是中年人，穿著套裝。男人禿頭，小眼薄唇；女的沒化妝，頭髮很短。很合理的髮型，媽會這麼說。她最討厭的那種。柴克穿著燙過的卡其褲和全新的白襯衫，頭髮剛剪過。他微笑，因為他總是在看見別人時微笑，即使他們是在FBI工作的，而且正在調查他。

他的父母非常明確地表達了他們是百分之百反對這次會面的，柴克則百分之百不在乎。而且如此一來，他可以在爸媽不在場的情形下跟他們說話。

「謝謝你來見我們，」女探員說，「我是普魯伊特探員，這位是羅蘭探員。」羅蘭探員坐在伊紀基爾對面，而普魯伊特則坐在柴克對面。

那她會是那個提問的人。好吧。

「這件事一定讓你有點招架不住。」她說。

「可以這麼說。」柴克不必假裝緊張，因為他真的緊張。

「我相信你的律師也告訴過你，我們是在調查貝爾蒙學院近來發生的事，」她說，「而你的名字浮上了檯面。」

「我了解。」

「好。你何不從珂特妮．羅斯說起？」

「我從四年級起就認識她。」柴克停下來，不再多說。除非是有另一個問題。

普魯伊特探員等了一下才問：「那麼可以說你們兩個很要好嗎？」

「對。」

「要好到讓你賄賂獄警去牢裡看她？」她說。

伊紀基爾在這時插口，履行他的律師職責。「這件事尚未證實。那些指控——」

「我知道。」普魯伊特探員說，舉起一隻手打斷他。她並不看伊紀基爾，只看著柴克。燈光不足之下，她的眼睛很顯著，像是綠色加褐色的漩渦，整體顏色則視燈光而定。高顴骨。她一點也不平凡，她只是想要別人以為她平凡。

「你在這個房間裡說的話都不會用在控告你的那件案子上，」她對柴克說，「我們並沒有錄音。」

柴克分析了她使用的每一個字，想找出破綻。那件案子，她是這麼說的。不過八成可以用在他們的案子上。如果他們有案子的話。

不過他並沒有下毒害人。

「對，我到牢裡去看她，」他說，「而且我是給了一位獄警錢。」

伊紀基爾站起來說：「我需要跟我的委託人單獨談一談。」

柴克花了許多時間思索他要跟FBI說什麼，而且他知道他的律師不會喜歡。所以他才沒有事先告訴他。

普魯伊特探員仍看著柴克。「你想跟你的律師單獨談話嗎？」

「不想。」

「柴克，我必須建議你現在就終止這次的訪談。」伊紀基爾說。

「我很感激，但是我看不出說實話有什麼不對。」

兩名探員都沒說話，只是等著伊紀基爾又坐下，雙手交握，閉緊嘴巴。

「你在監獄裡看到珂特妮了嗎？」普魯伊特探員說。

「對，我見過她一次，另一次是打電話。」

「你們兩個討論什麼？」

「她真的很傷心，首先是因為她的母親被謀殺了，其次是因為她在坐牢。我盡力安慰她，跟她說這件事只是他們弄錯了，最終會解決的。」不盡然是謊言，但絕對是誇大了。珂特妮沒那麼傷心，她是沮喪。

「你們討論過她的母親是怎麼死的嗎？」她問道。

「我沒問是不是她殺的，如果妳想問的是這個的話，」柴克說，「她還是跟我說了，她說不是她，她要我知道。」

「你相信她嗎？」

「百分之百相信。」

「你們還談了什麼？」

「我跟她說學校裡的事，想讓她暫時不去煩惱她自己的麻煩。都是些蠢事，八卦。她說她除了律師和她爸之外，沒有人可以說話，她真的很寂寞，」柴克說，「現在可能還是。」

「還有什麼嗎？」普魯伊特探員說。

「沒有了。我去看她的時間沒有那麼久，頂多十分、十五分鐘。」

「那電話呢？你們都說了什麼？」

柴克做個深呼吸。「那是在班哲明老師猝死之後，我知道珂特妮會很難過。她們兩個是《號角》，我們的學生報紙的主編。」

普魯伊特探員點頭。

「我想知道她怎麼樣。」柴克說。

「那她怎麼樣？」

「她很難過。這些事都太……不真實了。現在還是。」

「你們有討論索妮雅．班哲明的死因嗎？」

「有，」柴克說。低頭看著桌面，微微搖頭。是在表演。「我希望珂特妮會獲釋。班哲明老師過世，警方就會了解珂特妮不是兇手，我也跟她這麼說了。」

普魯伊特探員一言不發。柴克繼續低著頭，等著她開口，決定不去看她的眼睛。還不行。

「柴克，」她終於說，「你花了很大的力氣去見珂特妮，自己還冒著極大的風險，只為了要跟她說話。」

她停下來。柴克仍不吭聲，等著她的問題。他知道會有這個問題，而且他也打好了草稿。

「你為什麼要那麼做？」她說。

這時他才抬頭。「因為我愛她，」他說，「而且沒有她我快瘋了。」

羅蘭探員一直沒開口。他點頭，只是微微一動，但這就夠了。

他了解。更重要的是，他相信。

柴克稍微駝背，想做出傷心的樣子，想表現得像個害相思病的青少年，受不了跟珂特妮・羅斯相隔兩地。單戀，得不到回報。

「我知道聽起來很蠢，可是是真的，」柴克說，「她根本都不知道……嗯，反正，這就是原因。我真的愛她。」

普魯伊特探員看向搭檔，他只微微聳肩，她就又回頭看著柴克。

「謝謝你過來。我想目前就先這樣吧。」

柴克一直忍到走出了大樓才微笑。他的律師氣壞了，一句話也不肯說。柴克無所謂，該說的話他都說完了。

如果是幾個月前，他是不會對FBI說謊的，其實是壓根就不會跟他們說話。他會按照他爸媽以及他的律師的吩咐，至少也會假裝聽從他們的話，因為他就是這種孩子。

至少以前是。但說不定他爸媽並不一定每一次都是對的。

64

麗莎。那個點頭公仔記者的名字是麗莎。

泰迪一點也不意外。

他們坐在麗莎工作的當地電視台的攝影棚，有人在泰迪的襯衫上別了麥克風。

「正常說話就可以了，」麗莎說，「不必吼叫之類的。」

「我知道。」泰迪說。

「還有別忘了，這是現場轉播。如果有哪個字說得不順，只管往下說，別停頓。不過萬一停住了，我會往下接。」

「好。」

換作是別的情況，他是絕對不會上電視的，絕不會讓自己像這樣子站在聚光燈下。可是現在是非常時刻。沒有人在為貝爾蒙發言。

死了一位校長而董事會又寧可待在幕後，只發布了一份書面聲明：

由於貝爾蒙學院週一發生了不幸事件，學校暫時關閉，由警方與聯邦調查局展開調查。一俟調查結束，學校就會徹底打掃消毒，克服困難，再啟動展望未來的過程。

另外就是給全體學生發了各別的通知，如果有人想暫時轉學到別的學校，校方會提供協助。董事會並沒有預估貝爾蒙會在何時重啟，只是說很快。

就這樣。

泰迪有很多話要說。有關醫院，以及照顧他的能幹醫護。有關學生，他們是那麼的堅強，忍受如此的混亂情況。有關學校本身，以及它堅毅的歷史。

總得有人做這件事。

泰迪看著螢幕，檢查自己的位置，略微向左移動，讓他的側臉更明顯。燈光極強，正面的角度並不討喜。三天的邋遢消失了，他刮過臉，還打了領帶。

他低頭看著雙手，至少他的指甲皮復元了，現在他已經不去挑指甲皮了。

愛莉森可能會看電視，說不定她會覺得他很英俊。

「我會從你週一的經歷開始，」麗莎說，「準備好了嗎？」

「準備好了。」

真可惜學生們不知道他為了他們操碎了心。

菲倫是在咖啡店裡看到泰迪的現場訪問的，她實在沒辦法再在公寓裡待上一秒鐘。

她也受不了看著泰迪。他說的每一個字都是謊言。每、一、個、字。

而且她有錄影可以證明。

她第一次看泰迪教室的攝影機拍下的畫面時，還不確定是怎麼回事。一切都是在放學後發生的。週五六點，攝影機被喬啟動，他拖地、倒垃圾。六點半，他離開了，畫面變暗。

週六的半夜一點又啟動了。

泰迪走進了教室，只不過他不是從左邊的門口進來的，而是右邊。起初很難看清楚是誰。他穿著冬天的大衣，戴帽子手套。他的臉一直到他從講桌正面經過時才露出來，不過他沒有停留，沒有坐下來，也沒拿什麼東西。他直接穿過教室，走出了門。就這樣。

然後是十五分鐘之後。

泰迪從左邊的門走進教室，同樣也是經過了講桌，不作停留，接著就消失在教室的右邊。畫面也到此為止。

她看了兩次才明白他是從窗戶爬進來的，離開時也是爬窗出去。從教室的右邊，這是唯一的選擇。

可惡的窗戶。

他就是這麼進出的。要是他從門口進來，就得刷卡。

接著她檢查了他信箱那兒的攝影機，拍到他在從窗戶爬進教室的十五分鐘前離開家，在離開貝爾蒙之後不久就回到家了。

菲倫沒睡覺，只吃了一個馬芬喝了一杯黑咖啡——因為這是最便宜的——所以她的腦子可能不太正常。不過看樣子下毒事件的幕後黑手確實像是泰迪。

部分的她覺得很荒謬。他是個自大的混蛋，可並不是變態殺人狂。

另一部分的她卻在奇怪她之前怎麼會沒想到。

她抬頭看著架在她頭頂上的電視。泰迪還在說話。現在差不多是早上八點，準備去上班的客人進來了，人人都盯著電視看。

「我們的校長是一位可敬的、勤勞的人，一心只為學生著想。他的死對教職員、對學生、對貝爾蒙都是莫大的損失。」

他說的每一句話都像是由公關團隊寫的。

但還是不能就直指他是殺人犯。

「我不能說我暈過去的時候很害怕，因為我真的不知道是怎麼回事。只有在事後，我躺在醫院，我才明白我很可能是中毒了。據我所知，警方到現在仍未證實，不過看樣子我是真的中毒了。我們都是。」

現在咖啡因注入了她的生理系統中，菲倫的腦袋也開始稍微靈光了。她利用演繹推理來思索整件事，從結果向前回溯，看事情是如何完成的。

這是她在貝爾蒙學到的知識。

如果要毒害別人——甚至殺死一些人——並且全身而退？

利用可以快速殺人的東西。選一個你反正是會在的地點，如此一來就不會顯得奇怪。別一次殺死太多人，那會太引人注意。

一次一個。

然後是一次全部。

菲倫在椅子上挺直了腰，就像她在學時每次知道了正確答案時的習慣。所有的線索都嵌合無誤，那答案就簡單了。

一次毒害一群人，包括你自己。隱藏你真正的目標。

校長。

65

小樹林開趴，十三點。

盧卡斯的簡訊在派對開始之前一個小時傳來。

柴克離開貝爾蒙之後就沒去過小樹林。自從貝爾蒙關閉之後，盧卡斯每天都傳開趴簡訊，但今天是柴克第一次參加。首先是他受夠了那麼多時間獨處。

但也是在慶祝，因為珂特妮要出獄了。

消息是她父親傳來的，今天一大早他就打電話給柴克。柴克還在睡覺——不用早上八點上學的另一個好處——他愣了一會兒才聽懂羅斯先生在說什麼。

「他們宣布了嗎？」

「沒有，他們打電話來告訴我，」羅斯先生說，「不過無所謂。她要回家了。」

柴克在床上坐了起來，胡思亂想會不會是什麼詭計。「他們撤銷告訴了嗎？」

「對。無偏袒的駁回，也就是說他們可以再起訴，可是她的律師說那只是為了給檢察官留點面子。」

「因為他們搞砸了。」柴克說。

「對。」

所以他們是承認自己錯了，口頭上卻還嘴硬。不意外。

柴克是屬於第一批抵達開趴地點的人。現在，這裡擠滿了沒轉學的貝爾蒙學生。派對的名稱是「自備酒水」，而小樹林到處都是酒瓶、罐子、小紅杯和大麻的味道。小樹林曾經是個果園，現在荒廢了，變成青少年的地盤。

柴克又抽大麻又喝酒，無論哪一天都是絕佳的組合，而且很有用。一直盯著他看的那個女生也是。

蕾娜，不對，是麗娜。沒錯。麗娜這學期才轉來貝爾蒙，她們家是從加州搬來的。運氣真壞。她發現他盯著她看，就露出笑容。

麗娜很可愛，是那種健康型的女生。柴克反正也沒有特別喜歡哪一型的，所以健康型的也不錯。他微笑，向她走過去。

「嘿。」他說。

「你是柴克．沃爾德，」她說，「對吧？」

「對。而妳是麗娜。」

「你知道我姓什麼嗎？」她把重心從一腳換到另一腳，一根手指描摹著啤酒瓶。

「如果我說不知道，妳會討厭我嗎？」柴克說。

她想了想。「有可能。」

「那幸好我知道妳姓哈勒戴。」

哈哈。

發音和「假期」一模一樣的姓氏，他怎麼可能會記不住？她可能是真的訝異，也可能是假裝的。無所謂。反正結果是兩人躲在角落裡，坐在一張傾圮的石椅上。

她是南加州人，那裡從來不下雪，在今年之前她也從來不買冬大衣。

「跟我說說海灘。」他說。

她說了，有那麼一下子柴克忘記了他們是坐在幾近零度的戶外，他也忘了這兩個星期。隧道盡頭的光感覺上近得可以觸摸得到了。

直到她問。

「被逮捕是什麼感覺？」

「妳說什麼？」

「你被逮捕過，不是嗎？」麗娜說，「至少我是這樣聽說的。」

突然之間，麗娜不再可愛了。尤其是在她告訴柴克他變成了那種人之後。「對，就是我，」他說，「我是魯蛇。」

「我可沒那樣說。」麗娜碰他的胳臂。「我沒有別的意——」

「沒事，沒事，我反正也該走了。這裡好冷。」他站了起來，東張西望，這才發覺這一場午後趴越來越盛大了。太盛大了。可能不用多久就會解體。「很高興跟妳聊天。」

柴克走開了，一點也不後悔。反正他本來就不應該來的，因為珂特妮今天就要出獄了。他應該去看她。

✣

泰迪坐在客廳裡，一杯牛奶已經喝光了，一包餅乾也吃完了。他通常是不會攝取這麼多糖分的，但是今天是例外。

一整個下午新聞都在重播泰迪受訪的片段，他一個也不放過，自我檢討——他的樣子、他的動作——也檢討主播。麗莎可能像個點頭公仔，不過她並不是個差勁的記者。

「我想要向醫院的醫護人員表達感謝，他們的專業以及我得到的照顧讓我印象深刻。我們非常幸運在社區裡能有這種世界級的機構。」

這是他最愛引用的一句話。是牽強了點，甚至快跟謊言沾上邊了，但是他得到的照顧並不差，即使愛莉森始終沒來看他。

他希望她看到了他的訪問。坦白說，她要不看幾乎是不可能的。

黃昏之前貝爾蒙網站也連結上了這次訪問，跟他們為校長設的紀念頁並列，同時還有向所有倖存的被害人獻上祝福的網頁：四名學生、菲倫．奈特和泰迪。

菲倫。她只是湊巧，不是目標。

誰知道她喝牛奶呢？泰迪可不知道。他並沒有那麼注意她，會連她的飲食習慣都記得。他也不知道是哪些學生喝了被他動過手腳的牛奶，他只知道他們沒死。

大概吧。

除非是某人剛好有什麼心臟問題，不然毒藥的分量並不足以殺人。而他果然沒弄錯。

只除了校長，去年不幸心臟病發作過。

極少人知道這件事，但是泰迪知道。這還多虧了愛莉森，是她跟他說的，因為他是她的丈夫，而夫妻之間就是這樣。他們會把工作上遇到的趣事說出來。貝爾蒙校長被送進急診室就是其中之一。

而且，沒錯，泰迪知道他喝牛奶。每天他都會第一個出現在餐廳，每天他都會在和學生一塊吃午餐時喝一小盒牛奶。

所以也許泰迪是有一點點小小的疑心，在那麼多喝牛奶的人之中，校長會是死掉的那一個。他倒不是想要校長死，他只是知道有這個可能。

這些都不是重點。重點當然是要拯救他的學生。他們值得一個更優秀的領導人，某個願意多花時間精力去拯救他們的人。即使是像柴克那種學生。

一則最新消息讓他知道他成功了。

母親死亡案女兒獲釋。檢察官撤銷告訴。

也該是時候了。

泰迪站起來，走向廚房，又給自己倒了杯牛奶——這是很稀罕的事，因為他有乳糖不耐症——他一邊猜測另一則消息不知幾時會發布。因為他們總得要找個罪魁禍首。

幸好泰迪幫他們把路都鋪好了。

66

菲倫叫自己去報警，反覆好幾次。

但是她卻沒去。

她只是待在公寓裡，瞪著天花板。她想著萬一去報警，後續可能會發生的每一件事。

因為泰迪並不僅僅是一個傲慢的混蛋，他也很聰明。要是她把影片交給警方，他會反將她一軍。

影片是假的，是變造的。看是誰給你們的就知道了。菲倫．奈特為了一封推薦信把我恨到骨子裡了。你們看，這些是她寄給我的電郵，看到了嗎？她罵我是「一坨屎」？

她的動機就會受到質疑，連同她的人格。

如果情況換過來，她也會用同樣的方法來為自己辯解：先下手為強。

而且她也可能錯了。也許泰迪偷溜進學校是為了完全不相干的理由，也許他是去拿東西，卻忘了帶門禁卡，又不想大老遠又跑回家去拿。

那她就會鬧出個天大的笑話。

警方會以為她也是個白痴。

另外一個方法是公布在社群網站上。讓大眾輿論來決定。可是他們會認出泰迪來嗎？他們會知道他是誰嗎？

在電視的訪問之後，會的。而且媒體也總是很快就判定某人有罪——通常是在他們被捕之前。可是她左思右想，結論總是某人會猜出影片是她釋出的。到頭來菲倫還是會淪落到她不想要的地步：身分曝光，動機被質疑。她可不是電腦專家，就算有辦法能隱匿影片的來源，她也不曉得該怎麼做。

繞了一圈又回到原點，回到她初始的想法。

她掙扎了一會兒才下床，下床後，感覺就像是開了自動導航模式。洗澡、化妝、梳頭。漂亮的衣服——她僅有的一套，是之前的生活留下來的。在她到處吃閉門羹，在她休學之前。出門之前對鏡再看一眼。她沒法斷定她是像自己還是像騙子。

外頭天色昏黑，已過晚餐時間，這一趟車程感覺好長。金絲雀巷，巷尾的那家。大家都是這麼說的，金絲雀巷尾的大房子。

她父母的家。

他們不知道她回來了。她沒跟他們說過，也沒回來看望過他們。他們覺得她還在州立大學念書，她也從來沒說過休學的事。她的名字沒有上過報——被害人的姓名都沒有公布，只除了校長的。學校裡的人都知道誰中毒，但是媒體隱而不報。

嗯，只有泰迪，不過那是因為他上電視受訪。

進入車道一半，她停下了車。她想像自己還是個小孩子，被關在房間裡直到寫完作業。菲倫以前坐在書桌前，眼淚從臉頰上滴落，視力模糊，努力在上床之前把功課都寫完。剛開始，她沒辦法，後來就漸入佳境了，最後，她變得更聰明。想出捷徑。她總得要討爸媽歡心啊。

她同時也想像她解釋為什麼回來，為什麼在貝爾蒙教書。為什麼在泰迪的教室，甚至是他的房屋外，偷放攝影機。

她看見了她母親。溫文儒雅，而且失望。總是失望。

還有她父親。高大威嚴，幾乎像天神。每次他對著她搖頭，感覺就像是詛咒。

她知道他會說什麼：

妳還在為自己的失敗怪罪別人？

菲倫倒車駛離。

✣

珂特妮裹著毛茸茸的袍子，吃壽司和紅色甘草糖，兩樣她最愛吃的東西。是柴克在離開小樹林之後去買的。他之前抽大麻的亢奮早已消散了，部分是因為食物。

「我洗了一個小時的澡，」她說，「在牢裡怎麼洗都覺得不乾淨。」

「對，我去過，我聞得到妳的臭味。」他低頭躲開她扔過來的甘草糖。

「我收到席芳傳來的簡訊，」她說，「她轉學到佩利爾了。」

「我聽說了。康諾也是。」

「你要轉學嗎？」

「這學期不會，」他說，「我還滿喜歡自學的。」

「我完蛋了。上學期沒讀完，這學期又有一半沒上。」珂特妮聳聳肩，好像並不在意，但是他知道並非如此。換作是他就會煩惱。

「不過從好處來看，」他說，看著珂特妮拿起一個加州卷丟進嘴裡。「妳的申請大學論文絕對會高分過關。」

「大概吧。」她口齒不清地說。

電視開著。無所謂是什麼節目，然後就是新聞，新聞從珂特妮獲釋開始報導，突然間克拉徹就蹦了出來。

「接著是更多本台獨家專訪貝爾蒙學院星期一的一名被害人的內容。」

珂特妮嘆氣。「我真受夠我自己了。」

「我受夠克拉徹了。」柴克說。

「起碼他不再是你的老師了。」

他伸手抓了條甘草糖。「知道嗎。現在來代替班老師的老師以前也是念貝爾蒙的。」

「是喔？」

「我的家教認識她，說她很討厭克拉徹。」

「為什麼？」

「她在他的黑名單上，」他說，「奇怪的是她也中毒了。她跟克拉徹。」

「怪了，」她說，吃完了最後一塊壽司，用可樂沖下去。「嘿，依你看他們把我放了，是不是已經鎖定另一個嫌疑犯了？」

「有可能，也可能是FBI發現這裡的警察很笨。」

「我希望他們知道是誰了，」她說，瞪著電視。「我希望很快就會逮捕犯人。」

「只要不是妳或我，希望妳說得對。」他說。

「你覺得會是誰？我是說，如果非要你猜不可？」

柴克想過很多次，可能太多次了。他每次想到死去的人——一個過度苛求的母親、一位極受敬愛的老師、校長——一點道理也沒有。沒有一個人會因為這三人死亡而獲利，起碼他想不出來。所以一定是隨機殺人。是一個只想要殺人的人，隨便是誰都好。而最可怕的地方也就在於此。

「我不知道，」他說，「可是我知道他用的是什麼。」

「不可能。他們根本就沒公布。」

他微笑。「是我猜出來的。」

「好吧，布朗百科全書❺，」她說，「是什麼？」

❺ 布朗百科全書是美國作家Donald J. Sobol創作的系列小說中少年偵探的外號。

「一種植物。嗯，其實是一種漿果。」

她點頭。她已經從律師那裡知道了。

可是他並沒有打住。他說明了娃娃眼的屬性：是哪種毒性，對身體會有何種影響。他說得越多，珂特妮就變得越沮喪。他停下來，明白了他是在描述她的母親是怎麼死的。感覺上是很久之前的事了，他差點都忘了。

他也差點就忘了翻找過克拉徹的講桌，發現了那本與植物有關的書。

67

泰迪走進市區的菲爾巷飯店時已經超過晚上八點了。這是一家豪華酒店，他的學生和家長會住，甚至是擁有的地方。

菲爾巷是貝爾蒙舉辦許多次募款會的場所，還有教職員假日派對、校長就職典禮，以及畢業舞會。而現在貝爾蒙關閉了，飯店就是董事會開會的地方。

泰迪在夾層樓面找到了董事會，這個房間鋪著醜陋的地毯，掛著可笑的窗帘，除此之外，倒也不錯。主席坐在桌子的首位上，是個矮小、圓滾、平凡無奇的人，但是非常、非常富有。

「謝謝你來跟我們見面。」他說。

泰迪坐了唯一的空椅。「我很樂意效勞。」

「我們很感激。」主席介紹了同桌的一張新面孔，葛雷迪．劉易士，是個年輕人，頭髮油滑，胸前口袋插著一條圓點手帕。「葛雷迪是紐約一家公關管理公司的人。我們的律師建議我們雇用他們來協助處理這個……狀況。」

葛雷迪起立，走向房間前部，有張圖表正在等待。他全身上下都散發出混蛋的味道。

泰迪不介意。此時此刻。

「這個不幸的情況是沒有辦法掃除或是冷處理的，」葛雷迪說，「人人都很害怕，從教職員到家長，而現在你們有學生據說被下毒。你們的註冊率會下降。這是事實。」他停頓，環顧四周。「我們估計等到學校重新開學，你們會損失至少百分之五十的學生。」

誰也沒吭聲，但是表情都很不高興。

「在這個階段，你們沒有多少選擇。調查不是你們能主導的——事實上，整個學校都脫離了你們的掌握。但是你們能做的是讓人家知道你們正在糾正這個情況。比方說，你們新的保全系統，以及新的管控食物系統。這些事情都需要向家長溝通。因為，各位也知道，」葛雷迪說，幾乎露出笑容。「他們才是決定一切的人。」

用這種話術來說他們是付錢的人，還真高明。

「因為你們已經失去了校長——在許多方面來說，實在是至為不幸——我們第一個建議是各位指派一個人替學校發言。給它一張臉孔，而不只是發布給媒體的一份聲明。你們甚至會想要指派一位暫代的校長。」

葛雷迪轉向泰迪，其他人也一樣。

就算泰迪是位作家，也寫不出比這個更好的故事了。

✣

柴克瞪著盧卡斯傳來的簡訊，完全摸不著頭腦。電影？卡通？電玩？超級英雄？還是惡棍？這麼晚了，盧卡斯可能有幾千個意思。

現在就快午夜了，柴克在房間裡，忙著寫另一份泰特斯給的作業。

柴克回道：是你的新生活目標嗎？

兄弟，不是。去上網。他們這樣叫他。瘋狂科學家。

柴克不用上網也知道是在說在貝爾蒙下毒害人的那個他。

他第一個想到的人是珂特妮，她上網就會看到每個人如此稱呼那個殺死她母親的人。在她坐牢時，她看不到社群網站，不知道#命案高中，也沒看過大家都在說什麼。說不定那樣反而比較好。

亂來，他答覆盧卡斯。

下毒害人也是。

說得有理。

這次他又想到了克拉徹。想到他講桌裡的那本書，想到他上電視受訪。讓他想起了真正的犯罪節目和播客。有時，兇手會忍不住站到聚光燈下，可以讓他們一次又一次重溫他們的罪行。

可是克拉徹呢？

種種情事在柴克的心裡懸浮，他拚命想要找出答案來，答案卻總是遙不可及。唯一的作用只是害他分心，這下子他完全沒辦法專心寫作業了。

偷溜出去從來不是個問題——他十四歲起就常偷溜。屋子太大了，要不吵醒別人輕而易舉。

他坐進了汽車，卻不知道該到哪兒去。沒有計畫，沒有目的。至少他是這麼跟自己說的。等他來到城鎮的另一邊，小樹林附近，他就知道他一直都是想往這邊來的。

克拉徹的房子和馬路隔著一段距離，跟這邊的老房子一樣。大多數都重新整修過，但他的房子卻破破爛爛的，不過倒也不像鬼屋那麼陰森。從外面看，他的屋子像待拆的房子。

只有庭院例外。他根本沒有院子。

即使是在冬天，這附近的房屋也都有花園和植物，沒有花朵或果實，但是植物還在，在冬眠，等待春天來臨。

克拉徹卻什麼也沒有。感覺像是前院被推土機夷為平地了。

柴克路邊停車，關掉了引擎。馬路很安靜，克拉徹家的燈沒有一盞是亮著的。不意外。他似乎是那種早睡早起型的。

柴克的眼角瞥見了什麼動靜。在馬路對面有輛汽車停在和他平行的位置。車子很舊，有點破爛，而且不是空的。有個女人坐在駕駛座上，看到他一臉驚訝，就跟他看見她一樣。

他揮手，好像看到班老師的遞補教師坐在克拉徹的屋外一點也不奇怪。

68

菲倫盯著柴克．沃爾德駕車離開，注意力落在他的車尾燈上，而不是在下載信箱的攝影機的影片上。

她第一個想法是她曝光了。一分鐘之前，她沒見過她認識的人出現在泰迪家，但現在她被認出來了。而且還是在半夜三更。她不由得好奇柴克以前是否見過她來這裡，說不定他還認得她的車子。

她在網路上查過他，尋找他的地址。

他不住在泰迪家附近。差得遠了。

所以他或許是有朋友或是女朋友住在這邊。很難斷定，特別是她壓根就不認識他，連話都沒說過。

她下載完資料，重新啟動攝影機，開車回去。在這個關頭，她甚至不確定信箱的影片有沒有用，它只拍到泰迪來來去去。沒有訪客，沒有人接近他的家門，只有快遞員。

要是有川流不息的性工作者和毒販上門來，要毀掉他的人生就容易多了。

當然了，他很可能是要他們走後門。

貝爾蒙的男生總是這樣子描述女生。妳要不是隻家貓，就是隻野貓。有些女生是會介紹給家長的，有些則否。

菲倫一直是隻家貓。

她第一個男朋友是傑若米．拉克，一個有錢人家的小孩，背景跟她的類似。爸媽也一樣緊迫盯人。他們常常說起這件事，常常說必須念好學校的壓力，必須成功的壓力。在貝爾蒙，那是一種生活方式。

她愛傑若米，跟高中女生愛男生一樣深，而且一切都很完美，只可惜最後被她爸媽發現了。

「他會害妳分心。」她父親這麼說。

「他才不會，」她爭辯道，「我發誓他不會。」

他們不相信，也不在乎。她母親打了一通電話到傑若米家，兩人的戀情就無疾而終。

「以後交男朋友的時間還很多。」她媽媽說。

錯了。她母親完全說錯了。誰也不想要像她現在這樣的魯蛇。

菲倫回到了公寓，心思從傑若米轉到泰迪。三個人死了，貝爾蒙仍然關閉，然而感覺上她卻並沒有在讓他掉飯碗的路上更邁進一步，其實是差得遠了。他現在變成了媒體寵兒。

她嘆口氣，停進了公寓的停車場。一輛車子在後方經過。尾燈就像是柴克的。

隔天早晨，泰特斯九點整抵達。他極其守時，柴克深信他是盯著手機上的秒數倒數，才能在準九點時敲門。

「你知道我上個星期對你手下留情，」泰特斯說，走過柴克面前，走進廚房。「不過只是因為貝爾蒙發生了那種事。我可不會有下一次了。」

柴克微笑，卻別開臉，不讓泰特斯看見。他當然不會再有下一次。這句話他也不是第一次聽到了。

「謝了，」柴克說，「我真的很感激你給我放水。」不是嘲諷。不要惹惱了泰特斯比較好。

「好。現在來談談伯羅奔尼撒戰爭吧。」

柴克已經完成作業了，有必要的話，他可以說上一天。

九十分鐘後，他們休息。柴克利用機會討論最近貝爾蒙發生的事，最後轉向他真正想談的事。

菲倫．奈特。

他現在知道她更多事情了，從她住的那間破敗的公寓開始。還有她父母住的地方。大家都知道金絲雀巷底的大房了。

所以是哪裡出錯了？

為什麼一個富有的貝爾蒙女生會去念州立大學？

在網路上查到基本資料不是什麼難事，但是他查不到接下來發生的事。她搬走了，去上大學，之後就音訊全無，一直到她出現在這裡，接替班老師的教職。不對勁。

他是閒得發慌嗎？對。柴克知道他是時間太多了。自從他自學開始，他就有大把的時間。而且，沒錯，他昨晚跟蹤菲倫回家確實是覺得有點鬼鬼祟祟，可是看見她坐在克拉徹的房子外面實在是太詭異了。活像是她在跟蹤他。

「你有聽說菲倫‧奈特也是貝爾蒙的受害者之一嗎？」柴克對泰特斯說。

「真的假的？我不知道。」

「喔，我還以為你跟她有聯絡呢。」

「沒。我們班在網上有群組，可是過了一陣子大家就都退群了，」泰特斯說，「我有兩年沒跟她說過話了。她去念了州立大學。」

「州立大學？我不知道貝爾蒙的人會去念州立大學欸。」

「對，很奇怪。她申請的學校全都槓龜，那是我們都還在貝爾蒙的時候。後來，她怪克拉徹搞鬼。」

柴克點頭，完全不插嘴，希望泰特斯會說下去。有時候只需要閉上嘴巴。他是從他媽媽那兒學到的，不是他爸。這是她用來對付證人的招數。

「我一直不太懂，」泰特斯說，又拿起一片素食薯片。「好像是跟進大學有關，可是我不知道詳細的情況。」

柴克仍然耐心等候。可是泰特斯只忙著吃薯片，聳聳肩，不再多說。

「怪了。申請大學不是需要推薦信嗎？」柴克說。

「對。」

「一定還有別的原因。」柴克抓起一片薯片，想假裝是隨口閒聊。「她是什麼樣子？我是說在學校裡？」

「神經緊張，很有企圖心。」

「就是，很正常嘍？」柴克說。

「基本上是。」泰特斯動手要拿薯片，卻又停住。「我記得有人說她羅爾克了，不過我不知道。」

「羅爾克了」是先修班的俗語，意思是「在壓力下崩潰」。柴克知道這個說法。貝爾蒙的每個人都知道。

所以說不定就是這樣。她崩潰了，所以現在她才會半夜三更坐在克拉徹家外面。

69

有時候泰迪會覺得他幹嘛操那麼多心。他把整個人生都建立在學生身上——他願意為他們殺人，而且也真殺了——然而他們還是能找到辦法惹惱他。簡直就像是他們是故意的。

晚間新聞播出了。一整天，他都以為公布新校長的事會佔據版面，應該是要的，因為他的前任死於貝爾蒙最近的毒殺事件。

泰迪做的事有那麼不對嗎？沒錯，殺人是不對，依常理來說。可如果是為大局著想——比方說是拯救他的學生，珂特妮和柴克，不讓他們從此一生困頓——那說不定就不能用狹隘的觀點來評斷對錯。

再者，為自己爭取什麼想要的東西有那麼不對嗎？他又不能告訴誰他做了什麼，他不能居功。泰迪從來沒有當校長的雄心。校長一向都是貝爾蒙的畢業生。他從沒想過自己有那個可能，直到突然間職位就掉到了他的頭上。

他們應該在新聞上討論的。貝爾蒙的新任校長是第一位非校友。因為他就有那麼出色。

結果，他反而瞪著薇若妮卡。

她是個好孩子。薇若妮卡二年級時在他的班上，是個好學生——不算傑出，但也夠好了。她現在是高年級，也是貝爾蒙最有人緣的學生之一。有人可能會說也是最漂亮的，泰迪可不會。

薇若妮卡是上週一中毒的學生之一，而現在她在電視上，講述她的故事。

「時間大約是午餐之後一小時，我開始覺得有點頭暈，很像是因為一陣子沒吃東西。可是我的胃明明還裝滿了午餐。」

「妳的午餐吃了什麼？」

「一份軟塔可和一小盒牛奶。低脂牛奶。都是從餐廳拿的。第五堂課下課後我正要站起來，就覺得頭暈，就好像……好像是透過管子看東西，什麼都越來越小。那是我最後的印象。」

泰迪翻白眼。透過管子看。她上課真應該專心一點，那她就會用個更好的暗喻。

訪問沒完沒了，活像是沒別的新聞可報導了。沒有董事會發布的新校長任命，也沒有他的記者會，沒有他對紀念會的宣布。

這個點子是他猛然想到的，就像是腦袋裡的警笛大作。由於英格麗・羅斯暴斃以及珂特妮被捕，學校始終沒有為第一位過世的校長舉辦週年紀念會，雕像沒有揭幕，而泰迪也沒有機會發表講演。

現在，一場紀念會會是追憶所有的貝爾蒙受害人的絕佳方式，由新校長帶領師生邁步向前。會場就在學校外——他們還是不能進校，但是大門台階以及停車場卻可以供他們使用。泰迪全都規劃好了。台階的頂層可以充當舞台，而學校正好當背景。

十全十美。

只不過誰也沒在討論這件事。大家都在聽薇若妮卡說話。

他關掉了電視，走進自己的書房。他有幾天沒查看社群網站上學生的留言了。他希望他們談的是新校長——好話也罷，壞話也罷，只要談的是他就行——他敢打賭他們都在談薇若妮卡。

他果然猜對了。

儘管多數人都同情她中毒，卻不能阻止他們罵她是媒體妓女。罵得倒也有理。

他們也分解了訪問：她說的話，她穿的衣服，她化的妝。泰迪發現自己被他們的分析迷住了，加上個結尾，就可能是一份學期報告。而且還是相當不錯的一份。

他使用化身娜塔莎，也寫了幾句話。不好聽，卻是真話。

他看膩了這個主題之後，就搜尋特定的學生，看他們都說了什麼。從珂特妮開始。她現在已經出獄一天了——有足夠的時間上網了。

並沒有。珂特妮從被捕那天開始就沒有留言，沒有貼文。

可以說是她聰明。她一向就是個優異的學生。

接著他查看柴克。他上網了，不過沒提到薇若妮卡，也沒提到學校的新校長，不意外，因為他已經不是貝爾蒙的學生了。

泰迪回去看對薇若妮卡的討論。算她幸運，現在是高年級。否則的話，他就得要殺殺她的威風了。

他停下了車子。

✣

菲倫一直到許久之後才想起來，因為她看見柴克．沃爾德跟蹤她，心中太慌亂。第二天，她聽到泰迪被任命為暫代校長，她的心神就更慌亂了。

當然是他。

一切都漸漸說得通了。太說得通了，菲倫還真的做了張表格，把細節一一記錄下來。嗯，是大多數的細節。仍然有漏洞需要填補，從英格麗．羅斯的死開始。菲倫完全不知道那個幕後故事是什麼，不過一定有。

在審查她的表格，填入她能想到的細節時，她想起了柴克停下車子。

他開車到泰迪家，停在路邊，關掉了大燈。換句話說，他停下了車子。好像他是要在夜深人靜的時候去拜訪泰迪。

而他一看見她就揮手開走了。至少表面上他是開走了，其實是跟蹤她。

那他看見她時為什麼要揮手離開？如果他真的是去拜訪泰迪的，為什麼看見她就讓他改變主意了？

她上網搜尋柴克和他的家人。他是個典型的貝爾蒙學生，父母都是成功人士，房子在城鎮的上流區。他的社群網站滿無聊的。他不是酸民，至少使用真名時不是。柴克．沃爾德似乎是個正常的孩子，一直到他被捕，離開學校之前。

這一切讓菲倫想到了兩種可能。

半夜三更出現在泰迪的屋子外，開自己的車，沒有偽裝。他想對泰迪不利，這個想法很荒唐。

但是泰迪有幫手的這個可能就一點也不了。

第三部

70

中午十二點，珂特妮打開了電視。柴克想阻止她，卻說不出口。中午的新聞轟然響起，讓他沒辦法讀書。

「最新消息，州際公路上三車連環撞。我們請現場的崔佛・哈曼進一步……」

珂特妮換了頻道。

「今天，市議會將針對本年度預算召開應該會引起爭議的會議……」

換台。

「目前車禍的傷亡情況仍不明，不過州警隨時都會發布聲明。」

換台。

「貝爾蒙學院的大規模下毒事件至今仍沒有逮捕犯人，但是暫代校長之職的西奧多・克拉徹宣布即將舉行的追念會將以『追憶與復原：新的開始』為名。我們上週曾報導過，追念會原本是要紀念貝爾蒙的前校長以及最近的受害人的，現在則擴大規模，還包括了一項參觀校園活動，貝爾蒙學院新近升級了保全措施。」

「現在播報氣象。湯姆，午餐時間的天氣如何？」

「就這樣？」珂特妮說，「貝爾蒙的新聞就這些？」

柴克把遙控器抓過來，關掉了電視。「因為FBI的關係。他們是不會向記者說什麼的。」

「也可能是他們根本沒在做事。」

「他們是不會草草結案的，」柴克說，「這就像校園槍擊案，只是沒那麼暴力。」

珂特妮嘟囔了一聲。

在家自學對珂特妮來說並不是一件好事，不過如果她能拋開手機和電視，或許會好一點。

「你還查到那個叫菲倫的女的什麼事？」她說。

又一個柴克的錯。他不應該把克拉徹講桌裡的那本植物書告訴珂特妮的，也不該告訴她在泰迪的屋子外看見菲倫・奈特。要是他早知道又一個星期過去卻沒有逮捕什麼人，他是一個字都不會說的。

「什麼也沒有，只知道她討厭他。」他說。

珂特妮瞪著他，瞪得他覺得不自在。

「真的，」他說，「我別的什麼也沒查到。」

她嘆氣，回頭去看電腦。柴克回去念他自己的書，這次頭垂得更低一點。

通常，說謊並不會讓他心虛，這次卻會。他對珂特妮從來不隱瞞——至少以前不會。不過以前她的母親還健在，並沒有被謀殺，而她對於監獄的一切知識只來自於喜劇影集《勁爆女子監獄》。

自從她回家之後，她就對電視上與監獄有關的節目上癮了。她以寫實的程度給各個節目評等。

而不看電視時她就上網搜尋貝爾蒙命案。每一篇報導、每一個留言板、每一段閒聊。他完全可以理解，卻也覺得十足的煩心。

他爸媽會說她是在設法消化她母親的命案。

這一次，他覺得他們說得沒錯。

所以他不再談菲倫，或是克拉徹。他沒跟她說他跟蹤了菲倫幾次，而她每天都會停在克拉徹家外一次。每一天。不過從不下車。她就只是開過去，停車，拿出手機一會兒，然後離開。

他完全想不通是怎麼回事，不過對她一定很重要。她從不中輟。

菲倫也在跟蹤他。柴克看過那輛破車幾次。有一次是在他家的一條街外；另一次是等紅綠燈，他們之間隔著幾輛汽車。

他不知道菲倫幹嘛要跟蹤他，但是他覺得好玩。他第一次看見她，就開進了一家孕婦用品店。第二次，到一處狗狗公園，卻沒帶狗。

不過柴克也沒跟珂特妮說。

他向她說了謊。這樣最好。

✣

會議室在十樓，可以鳥瞰全城。泰迪可以看到遠處的貝爾蒙。

「我們需要決定由誰來演講。」溫妮說。

泰迪含笑轉向她。她說「我們」，真俏皮。身為新任家長教師聯誼會的主席，她熱烈歡迎她認為隨之而來的權力。溫妮仍然不是董事會的一員，這種事需要時間，也需要拉關係。

他坐回首位。瑪莎女士在他的左邊，溫妮在右邊。其他的人則無足輕重。

「把名單唸一遍。」他對溫妮說。

她複述了「追憶與復原」紀念會上講演者的可能人選。毫無意義，因為泰迪早就決定了，不過既然沒書可教，這樣起碼給他一點事做。

在會議室的牆壁之外，大家忙著辦公室的事務。打字的、輸入資料的、下載的。紙張沙沙響。就是一般的行政工作。這家公司的所有人是一位貝爾蒙的家長，他在貝爾蒙關閉期間提供一間會議室。泰迪立刻就接受了他的好意，還說他喜歡工作場所有很多窗戶。

要求，然後是取得。

溫妮唸完了名單，看著他，等待答覆。她不像英格麗那麼強勢或是有意見，這樣應該會讓他的日子輕鬆一點。

「全部的受害人都應該要介紹到，請上舞台，」泰迪說，「要每一位都說話會太耗時。不幸的是，我們有不少被害人。」

「對，非常不幸。」溫妮說。

「也許一個學生被害人應該說點話，」瑪莎女士說，「作為代表。」

「妳跟我想的一樣，」泰迪說，「我正要這麼建議呢。」

溫妮點頭點得有點太用力。很討厭。「好主意。哪個學生？」

他在心裡跑過那些名字，挑中了最明顯的那個。「一定得是薇若妮卡，妳不覺得嗎？」

「對，沒錯。」溫妮說。

「還是說她得到的注意已經夠多了？」泰迪說，「也許她跟這件悲劇已經綁在一起了？」他瞧了瞧瑪莎女士，想要估量出她是偏向哪一邊的。她不動聲色，比溫妮的超熱心更討厭。「我在想戴米恩。他會是很好的講演人。」他說。

戴米恩．哈爾寇特是低年級，而他的父母則是這一區的富豪排行榜上前十名的人。

既然泰迪當了校長，他就得時時想著捐款。

起初，他很抗拒。他大談學校的使命，優質的教育，他們教導給孩子們的東西有多重要。他不在乎家長，除非是他們擋了他的路。

後來瑪莎女士給他看了賬本。以及官司。有些家長因為下毒事件控告學校，好像是學校的錯似的。

所以，沒錯，戴米恩．哈爾寇特會是在紀念會上講演的人。最富有的學生可能是最惹人厭的，但至少他們還有用處。

泰迪抬眼瞄了瞄時鐘。「還有什麼事情？」他說，「我三點有約。」

他沒提到是跟FBI有約。他們又想跟他談一談。

71

每一天菲倫的公寓都會顯得更逼仄，每一天她的充氣床都會更扁一些，每一天她吵鬧的鄰居都會更無法無天。她從沒想過會住得這麼久。解決泰迪所需的時間跟她當初預計的差太多了。

深呼吸。

再一次。

再一次。

她打開筆電查看新聞，查看社群網站，再查看一次新聞。她盯著泰迪信箱的監視畫面，她已經看過兩次了。

什麼也沒有。

要是菲倫覺得有辦法，她會在柴克的家外也裝設攝影機。不過她也住過那種房子，知道他們都有保全系統，她一接近就會被抓到。

她知道他在協助泰迪。一定是他。

她盯著泰迪教室的錄影——在柴克從貝爾蒙休學之前——然後她看到了。他對柴克說話的態度。半鄙視，半欣賞，好似他在假裝不喜歡柴克。

太明顯了，也太不像鐵證。

她在網上查到的東西也一樣。不需要蜂巢思維就能猜出使用的毒藥是哪一種。一個#命案高中屠殺群組已經搜尋資料到快要嗝屁——冷笑話——查到了一種奇怪的植物，叫作娃娃眼，而且這個地區就有這種植物。

她直接再回頭去看她在泰迪屋外錄下的影片。英格麗．羅斯死後沒幾天他就忙著整理庭院，真巧啊。可是她有娃娃眼的影片嗎？沒有。攝影機的角度抓不到這類的細節。

她的資料都無法說服FBI泰迪就是幕後黑手，而資料的來源是她，就更不可能了。

她一開始就不該給泰迪寫那些電郵的，罵他是混蛋，是坨屎，一而再再而三。讓她像是故意要跟他過不去似的。

她就是。

她從信箱的監視畫面看不到什麼有用的資料，她從泰迪本身弄不到什麼有用的資料，他就像個全地球上最無聊的人。而且她也從柴克那裡弄不到東西。她甚至拍不到一張柴克跟泰迪在一起的照片，更別說談話了。

而這一切都讓她淪落到今天的處境。困在箱盒似的公寓裡。

或許今天她會走運，或許她會發現什麼。她抓起皮包走出去。就算沒發現什麼，她也會找到柴克。他很容易找。如果不在家裡，他就在小樹林，或是在珂特妮家。

而她今天就是在這裡找到他的，他正要離開他的朋友珂特妮的家。又或者是女朋友？有可能兩人只是氣味相投。很難知道，不過他們在一起的時間非常多。

又一個耐人尋味的關係。到處都是，這些不起眼的小情報，還不是冒煙的槍，也不是沾血的刀。也沒有毒藥。

所以菲倫繼續，繼續跟蹤柴克的拉風汽車。他駛出珂特妮家的社區，往市區而去。很好。如此一來菲倫比較容易隱藏在馬路上的其他車輛中。她跟他隔了三、四輛車，再多就追不上了。

他左轉，離開了所有的小商店和餐廳，往一處工業園區而去，那裡都是辦公大樓，既醜陋又方正，藏在珂特妮住的那些豪宅看不見的地方。

菲倫不急著追上去，反而繞了停車場一圈，同時盯著柴克。他停在一棟只有一樓、窗戶很少的建築外面，坐在車子裡。可能是在等人，也可能是在講電話。

建物正面的招牌太遠了，看不清楚，所以她繞到了建物的背面。一名全身黑衣的中年婦女正要下車，菲倫開車經過。

「不好意思，我好像迷路了，」她說，「妳能告訴我這棟房子是什麼地方嗎？」

女人一臉不悅，好像菲倫打斷了什麼重要的事。「是精子銀行。」

精子銀行。還用說。

柴克又看到她了，而且是在戲弄她。不過這也不是第一次了。

對，他是個聰明的孩子，她懂。不過她是不會輸給一個高中小屁孩的。

她只是沒辦法跟著他而不被發現。

她嘆口氣，離開了工業園區，往一家星巴克而去。說不定她需要回去跟蹤泰迪，可是他認得出她的車子，他在學校看過。他如果看到她可能會改變路線，只是不會做得像柴克這麼明顯。不是因為他比較聰明，而是因為他並不是十七歲。

泰迪不是那麼容易就毀得掉的。

不像那個自殺的校長。

72

泰迪考慮過帶律師去見FBI。只是一個念頭。但是在思索過後，他決定了最笨的做法就是假設自己是嫌犯。許多教職員說他們被約談過，所以看起來他們是每個人都不會遺漏。而且，身為被害人，他們會想再跟他談一談也是情理之中的事。

FBI在警長的總部外駐紮，泰迪走入了一片混亂之中，FBI夾克和褐色的制服混雜在一起。前檯的人一臉氣憤，泰迪已經心有同感了。

「我是泰迪．克拉徹。」他說。

那人對他眨眼睛。

「我是來見FBI的。」

他嘆口氣，伸手指點。「那邊。」

往「那邊」走了一半，羅蘭探員——醫院裡的那個禿頭男——就迎向了泰迪。同一位女性探員跟在他旁邊。

「謝謝你過來。」羅蘭說，指著一張椅子。

「沒什麼。」泰迪坐下了，到現在都還沒有笑容，他也不打算笑。「整起不幸對大家都很難熬，只要能揪出兇手，我很願意幫忙。」

「我相信。」

這是另一位探員，普魯伊特說的。她一臉嚴肅，說話也一樣。

「我想我應該要恭喜你，」羅蘭說，「你高升為校長了。」

泰迪微微點頭。「我希望沒有這個必要，不過情勢使然。」

「對，」普魯伊特說，「情勢使然。」

沒錯，泰迪不喜歡她。

「我想再回頭談英格麗．羅斯死亡的那一天，」羅蘭說，「你記得多少？」

泰迪說著索妮雅的週年派對，描述了何以這類事情會是可以慶祝的理由。「因為我們在貝爾蒙是一家人，一直都是這樣的，」他說，「所以這件事才會……那麼叫人難以置信。」

他列舉了他記得的每一個來參加派對的人，包括校長、瑪莎女士、法蘭克、露艾拉、娜莉、幾位聯誼會的家長，以及幾名學生。普魯伊特探員全都寫了下來。

「那索妮雅．班哲明死亡的那天呢？」羅蘭說，「你記不記得看到她，或是跟她說話？」

「記得。我每天都會看到她，即使只是在休息室裡，」泰迪說，「我們一定打過招呼或是互道早安，不過，很抱歉，我不記得那天確實發生了什麼。」

普魯伊特探員打開一份檔案，翻閱著紙張。「在本地警察稍早的一次詢問中，你提到她對喬，那名校工，不太好。」

「沒錯。索妮雅有時是滿……唔，我不喜歡說死者的壞話，可是索妮雅有時是滿高高在上的。」

「校長對喬怎麼樣？」羅蘭問道。

「喔，這是個非常好的問題，我希望我能回答，可是老實說，我沒什麼機會跟校長說話。你們也可能聽說了，大多數的溝通是透過瑪莎女士的。」泰迪停下來，低頭看手。「我真的不太常跟校長說話。」

「可是他每天都會到餐廳去。」普魯伊特說。

「喔，對，沒有錯。可那是他跟學生交流的時間，不是教職員。」

她寫了下來。

「而在法蘭克．麥斯威爾發現索妮雅之後，」羅蘭說，「你記得什麼？」

「就……太震驚了。起初大家都在擔心她。我不確定有人那時就覺得索妮雅和英格麗的事是有關聯的，那要等到情況都稍微冷靜了之後。」

「我們來談談幾星期之前的事，」羅蘭說，「我知道我們在醫院裡就問過了，不過還是要再問一遍。有時候大家會在事後才想起來。」

「好的。」泰迪複述了他吃的東西，在哪裡吃的，在昏倒前的感覺。不是一字不改，但大致上是一樣的。

「那天你還記得什麼嗎？任何不同或是奇怪之處？」羅蘭說。

「其實還真的有。」泰迪稍微前傾，這還是他坐下之後第一次動。「是發生在前一週，不過真的很奇怪。我的年度傑出教師獎牌掛在我的教室牆上，有天早晨卻不見了。」

「不見了？」普魯伊特說。

「對，不見了。一夜之間就沒了，就像這樣。」泰迪彈了彈手指。「我問過喬，因為他每天晚上都會打掃教室，可是他說他沒注意到。我也想跟校長報告，因為嚴格來說這是盜竊，應該要認真處理，可是瑪莎女士說他抽不出空，忙著……嗯，忙著索妮雅以及新的保全系統的事。」

「現在還沒找到嗎？」羅蘭問道。

「對。星期五掛上了一面新獎牌。我們還在學校的最後一個星期五，在保全攝影預定要啟用之前。而且就在……那個星期一之前。」

普魯伊特記了下來。「你查出是誰偷了的嗎？」

「沒有，不過我有一些推論，」泰迪說，「起先我以為是學生在惡作劇，也有可能是。」他做個深呼吸。「不過也可能是某個想要贏得這項榮譽的人，或是某個覺得我不配得獎的人。不過這我就不知道會是誰了，」他說，「我只知道獎牌一定是在非正常的上課時間被偷的。而除了校長之外，基本上只有兩個人可以自由進出學校。第一個是喬，他總是很晚還留在學校裡，他在教學大樓出現也不是什麼不尋常的事。」

「另一個呢？」

泰迪在他坐下之前就思索過該如何回答這個問題。指名道姓控訴某人可不行，但是讓FBI知道誰最能夠輕鬆進入教學大樓，而且也最不令人生疑的，那倒是合乎情理。

「瑪莎女士，」他說，「門禁卡是由她分發的，刷卡紀錄也由她保存。」泰迪頓了一秒，彷彿在思考。「說真的，她願意的話是可以神不知鬼不覺進入學校的。」

FBI應該已經知道了，但是泰迪從不會假設別人會盡責地做好份內之事。他也不會假設他們已經搜查過瑪莎女士的辦公桌。

這下子就會了。

73

柴克如果不是跟珂特妮或泰特斯在一起，也沒有忙著抓到菲倫跟蹤他，就會帶著新平板到星巴克去。他仍然在這裡搜查研究。被逮捕害他對於線上的活動有點神經質。

今天晚上，他提早出門，趕在他爸媽回家之前，照平常的路線開車進市區，在等紅綠燈時看到了克拉徹的車子。

舊紳寶要錯過也難。首先，因為柴克在學校停車場看過太多次了，其次是因為擋風玻璃上的貝爾蒙貼紙。最奇怪的地方是它所停之處。

停在一家酒品專賣店前。

他沒想過克拉徹是酒鬼。柴克這輩子見多了酒鬼——他太多朋友的爸媽就是——可是克拉徹一點跡象都沒有。臉上沒有破裂的毛細血管，沒有浮腫，沒有紅眼睛或大眼袋。

搞不好是他最近才有的習慣，搞不好是值得追查的線索。

柴克駛入一條巷子，從後照鏡盯著那輛車。幾分鐘後，克拉徹走出了第四大道名酒店，拎著一個褐色袋子。

有意思。

柴克一直等到他的車子離開才走進店裡。他一進去鈴鐺就響了，而他立刻就被一排排的酒包圍。啤酒在後面的冰箱裡，烈酒則沿著四壁排列。

收銀台有位中年人在看電視，而且當然會有監視器。柴克對他微笑，往冰箱走去，抓起了一瓶水，掃瞄了食品，拿了一包馬鈴薯片。

走到收銀台，他又露出笑容。「生意好嗎？」他說。

那人微笑，是真心的笑容。「喔，沒什麼好埋怨的。」

「真好，」柴克說，「嘿，不知道你能不能幫我個忙？」

「什麼忙？」

「我是念貝爾蒙的。我剛才進來的時候，我發誓我看到了一位老師走出去。嗯，他曾經是我的老師，因為……嗯，你也知道，學校現在關閉了。」

那人點頭，表情嚴肅。大家都知道貝爾蒙的事。

「剛剛進來的是泰迪．克拉徹嗎？」柴克說，「我們的新校長？」

「是啊。」那人說。然後就閉上了嘴巴。

「怪了，我想都沒想過他會喝酒。」柴克稍微靠近，像在分享秘密。「你大概知道我們有些老師很愛喝酒。」

那人哈哈笑。「我是不會爆顧客的料的，不過泰迪不是來買酒的。他喝牛奶。」

「牛奶？」柴克說，「他進來買牛奶？」

「是啊。他喝的品牌只有我在賣。」

柴克眨眼睛。「他還喝特別的品牌？」

「在後面，」那人說，「我幫他進貨，因為他只喝玻璃瓶裝的牛奶。說紙盒和塑膠毀了牛奶味。」他翻個白眼，好像他知道聽起來有多可笑。因為真的可笑。

也很古怪，而且不是「怪毛病」的那種怪。會奇怪是因為貝爾蒙不供應玻璃瓶裝牛奶，只有小盒裝的。包括那些被下了毒的。

✣

小城裡喝酒最便宜，還有免費Wi-Fi，也不會有人打擾的地方叫「窟窿」，而這裡就是菲倫喝琴通寧，深思她的缺乏進展的地方。酒調得很差，她對自己也很失望，不過也不是什麼新鮮事了。她必須重整旗鼓，必須想出如何鑽進，或是翻過，或是突破那扇不肯打開的門。

泰迪以前在課堂上會這麼說，在她還叫他克拉徹老師的時候。他們讀什麼特別難的書時，比方說是俄國文學，他就會說：「分析每一個字，每一句話，研究出是什麼意思。別只瞪著字看。動起來。」

首先，再一杯琴通寧。一杯就讓她想睡覺，再一杯會讓她多點活力。再說了，一杯下肚之後酒味也變好了。

動起來。

目前為止，菲倫除了設法揪到泰迪或柴克的狐狸尾巴之外什麼也沒做。她喝完第一杯酒，打開筆電，開始敲鍵盤。

三通電郵，收信人都不同。她只在一封上寫下真正姓名。

這不是她第一次玩這種把戲。有時候你就是得推一把，輕輕一下就行了。否則的話，有人可能會自殺。

不過，這不能怪菲倫。校長是自己在辦公室裡上吊的。

他是個瘦小柔順的人，不是那種別人會懷疑有賭博習慣的人，不過他好賭。菲倫是在二年級時知道這個秘密的。

她被叫進校長室討論擔任校董會的學生聯絡人。他們想要每年級都有一個，而她是她那個年級的可能人選。在討論中，他被瑪莎女士找去，留下她一個人在辦公室裡，只有一下子，但已足夠讓她偷看一眼他的電腦螢幕了。

他最常瀏覽的網站中有個線上撲克牌網站。菲倫用手機拍下了照片，知道賭博是違反貝爾蒙規定的。一直到後來，她去研究搜查，才明白線上賭博是違法的。

在校園裡非法賭博是可以掉飯碗的。

也就是說她有了寶貴的資料。不過，資料不去運用還能有多寶貴？

她挾著這個秘密找上他，他連辯解都沒有，他知道她抓到了他的把柄。這也正是菲倫的目的。

董事會的學生代表？行。作業延期？行。夏季研討會提名名單上再往前挪幾位？行。

太完美了。至少是在校長自殺以前。

在泰迪指控她作弊以前。

不是作弊——不算是。她只不過是蒐集情資，再為自己的利益加以運用罷了。她對校長這麼做，她也在毀掉泰迪的婚姻時這麼做。

這是她的作風。

74

柴克的爸媽召開了家庭晚餐。他一從酒品專賣店走出來，就收到他爸的約會提醒。在珂特妮、菲倫、克拉徹的牛奶之間，他的爸媽……嗯，還有他的爸媽……柴克越來越覺得累。要跟這麼多人周旋實在不容易。

「我們想要談一談你目前的情況。」爸說。

他們在餐廳裡，都坐在餐桌的同一端，因為餐桌可以容納十二個人。晚餐又是鮭魚，因為媽深信那是超級食物。不過沒有牛奶。再也不會有牛奶了。

柴克噍了一口，清清喉嚨。「我的情況？」

「泰特斯跟我們說你自學得相當好。」媽說。

「好。」柴克說。

爸喝了一口氣泡水。「我們當然不希望這一點改變，」他說，「不過呢，我們擔心你缺少課外活動。」

「你在貝爾蒙有很多。」媽說。

「而現在一個也沒有。」爸說。

可惜他們不知道他每天都是怎麼過的，他幾乎忙得追不上他的「課外活動」。

「好，我了解。」柴克說。

爸點頭。「我就知道你會懂。」

柴克沒吭聲。他們已經有想法了，他該做的事就是等著他們告訴他要做什麼。

「我們在考慮當志工。」媽說。

「貢獻社會是很重要的。我們一向都說社區服務是很重要的。」爸說。

「我的事務所捐款給許多機構。我列了一張單子，你可以看一下，看有沒有哪個有興趣，」媽說，「我會傳給你。」

柴克點頭微笑，一句話也沒多說，表現得像聽到了天大的好消息，而且他超高興他們想到了。

等他終於自由了之後，他上樓回房間，打開了筆電。他看到的第一封電郵來自於一個他不認識的信箱，主旨是「瘋狂科學家」。

✣

在跟FBI談過之後，泰迪那個晚上都在看書。不看電視，不上網，只是安安靜靜地讀亨利．米勒的《北回歸線》，配上一杯冰牛奶。他有一陣子沒這麼做了。愛莉森還在時，他常常這麼做。

她溜進了他的思緒中，就如那些蟲子鑽進他的胃一樣。

他仍能看見她蜷縮在最愛的椅子裡，讀著她那一陣子最著迷的刊物。有時是羅曼史，有時是驚悚小說——她什麼類型的都看。他們兩人常一塊看書，一句話也不說，但那卻是最自在的一件事。

他們的婚姻是那麼的美好。這種話人人會說，不過在他而言卻是真的。他們的兩人生活幸福和諧，直到最後她堅持要生孩子。

結果現在他孤家寡人一個在看書。完全不一樣。

才看了二十頁，他就放棄了。網路在招手，今天的新聞和留言板上充滿了對「瘋狂科學家」的各種臆測。他不知道該對這個綽號有何感覺，不過它是賴著不走了。部分原因是它不分性別。媒體不停提醒大眾，毒殺這種罪行主要是由女性犯下的。

泰迪早就知道了。

他走進書房，知道他會查看電郵。自從他高升校長之後，他的信箱就塞爆了。許多人是來祝賀的，但更多人是來建議的。家長、教職員，甚至是學生都相信他們能告訴他該怎麼做。真煩。

今天他有一百多封的新電郵。有些是垃圾信件，有些則需要答覆。他不能冷落了付賬單的人，尤其是有那麼多的學生轉學了。此時此刻，他必須和顏悅色對待他們。

他掃瞄著來信，有一封吸引了他的目光。主旨是「瘋狂科學家」。

他打開來。

我知道是你。

泰迪瞪著這行字，心臟怦怦跳。不，是噗通噗通跳，跳得好厲害，他不得不閉上眼睛，做幾次深呼吸。

不可能，一定是在開玩笑。是垃圾郵件，變態的留言，發送給每一個人的，不是針對他的。這封信並沒有密件附本，是專門寄給他的。而且發信地址是一個一般帳戶，跟他用來設定他的假社群網站帳戶的手法一樣。要不是這封信太讓人觸目驚心，他是有可能會覺得好玩的。不過，電郵地址。前半部引起了他的注意。

小小鳥

男人取這樣的名字機率有多高？

菲倫。他第一個想到的人當然是她。她已經有寄電郵給他的壞習慣了，不過總是從她真正的信箱發出的。

那何必現在藏頭縮尾？

再說了，她又是怎麼知道的？不可能。英格麗．羅斯死亡時她都還沒回來呢。

他開始考慮別的可能，忽然有人敲門。

泰迪嚇得在椅子上坐直了，可能根本就不是敲門聲。可能是他的心跳聲。

門鈴響了。不是他的心臟。

他走出書房，走向大門，硬著頭皮猜會是誰。警察。FBI。兩者都是。

深呼吸，他應付得來。

泰迪沒有從窗戶先看，他要自己的反應像正常人。自然而然。彷彿他完全沒料到會有客人。

他毫不遲疑，一把拉開了門。詫異是當下的自然反應，而且非常真實。

不是警察，也不是FBI。

是法蘭克。

75

「法蘭克，」泰迪說，心跳稍微緩和。「真是意外。」

法蘭克淡淡一笑，顯得尷尬。「我知道這樣子貿然跑來可能有點奇怪，我應該先打電話的。」

「沒事，沒事，這可真是驚喜。」泰迪把門再拉開一些，示意法蘭克進屋。他從法蘭克請病假之後就沒見過他，感覺像是有一百年那麼久了。此後發生了太多的事。「進來坐。」泰迪說。

他帶著法蘭克到正式的客廳，也是屋子裡最乾淨的區域。法蘭克坐在沙發邊緣上。泰迪坐在他旁邊的椅子上，仔細看了看他的同事。

法蘭克瘦了，沒錯，但瘦得健康。眼睛下的黑影消失了，他渾身散發出一種光芒。而且他的神態也冷靜多了。之前，法蘭克總是那麼亢奮，現在的他靜靜地坐著，像一尊雕像。

然後泰迪看見了他的衣服。在外套底下法蘭克穿了一件白領黑襯衫。

牧師領。

法蘭克發現他注意到了，露出微笑。

「你……當了牧師？」泰迪說。

「是的，」法蘭克說。從口袋裡掏出信封，交給泰迪。「我是個受命教長。」

泰迪從信封中抽出一張證書，內容證實了他的話，由接觸點教會簽署。看上去像是網路上列印下來的。「恭喜。我……我非常欽佩。這一定是個艱難的選擇。」

「其實是我這輩子做過最輕鬆的決定，」法蘭克說。臉上仍然掛著那個笑容。「也恭喜你，當上了校長。」

「謝謝。可惜，是在這麼不幸的情況下。」泰迪的心思又回到了那封電郵上。法蘭克雖然改變了人生，但是照樣不懂得抓時間。唉，江山易改，本性難移啊。

「對，」法蘭克說，「貝爾蒙發生的事……咳，是邪惡的。我用這兩個字不是隨便說說的，神職人員使用這兩個字都很慎重。」

泰迪點頭，聽到「邪惡」兩個字就火大。「我猜你的這個新生命表示你要從杏壇退下來了？」

「是的。而我當然是想要親口告訴你。」

「我很感激。」

「我也有別的事情想跟你談。」法蘭克說。

「喔，不用擔心你的退休金，」泰迪說，還搖搖手。「貝爾蒙現在正好有401k退休福利計畫，所以你可以轉進個人退休金帳戶，或是你選擇的帳戶。」

「不是這個。我要問的是紀念會的事。」法蘭克微微前傾。這還是第一次他除了嘴巴動之外別的地方也動了。「如果大會上需要牧師，我希望你可以考慮我。雖然我不再是貝爾蒙的老師了，我仍然非常關切它的未來。」

泰迪受夠了這段談話，也受夠了法蘭克。他需要回去查看電郵。「我們當然樂意讓你來。法蘭克，無論你去了哪裡，你永遠都是貝爾蒙這個大家庭的一分子。」他站了起來，示意他們的閒聊結束了。「不好意思，我太沒禮貌了，是不是？我應該請你喝點飲料的。我太太不在家，恐怕她比我更懂待客之道。」

「愛莉森好嗎？我有一陣子沒看到她了。」

「她很好，很好。就是忙，不過她很好。」

「那就好。」法蘭克站了起來。「我該走了。我佔了你夠多時間了。」他停頓。「除非你願意讓我留下來跟你一起禱告。」

「那就不必要了。」

泰迪陪他走到門口，再走向他的汽車，一面問候他的妻兒。

「蜜西和法蘭基目前住在娘家，」法蘭克說，「這樣最好，尤其是在我生涯轉換的時期。」

原來她離開他了。不意外。「這種暫時的舉措可能也不錯。」

「再次謝謝你，」法蘭克說，喀一聲打開了車門。「我真的很想繼續留在貝爾蒙這個圈子裡。」

「那是一定的。」

泰迪等著法蘭克坐進車子裡，強迫自己要有禮貌，揮手送法蘭克駛離。平靜，沉著，自律。

但是回屋後，一想到那封電郵，他就抓起了一個玻璃碗。是結婚禮物，愛莉森鍾愛的一樣東西。泰迪下死勁把碗摔在地板上，一片玻璃倒射上來，插進了他的胳臂裡。

晚上接下來的時間他都忙著清理。

我知道你在幫他。

✣

柴克瞪著電郵，第一個想法是這是盧卡斯在開玩笑，可是盧卡斯不會寄電郵，他都傳簡訊。而且他打死也不會用「小小鳥」這種名字。

第二個想法是：菲倫．奈特。

是她一直在跟蹤他，是她每天都去克拉徹家。而她以為他……怎樣？在幫那個瘋狂科學家？就因為柴克去過克拉徹家外面一次？

有病。

不過她也有可能說對了。不是他，是克拉徹。不是只有菲倫一個人認為他可能殺害了那些人。柴克的想法仍然不變，特別是克拉徹又被任命為校長，還有在他發現了牛奶的事之後。

他坐回椅子裡，瞪著電郵，努力琢磨出她幹嘛要寄這樣的信。目的是什麼？要是她真以為他在協助某人殺人，為什麼不去報警？她是打算怎樣——勒索他？

部分的他想要去找她談一談，弄清楚是怎麼回事。

但另一部分的他卻反覆轉回同一個想法：她瘋了。

76

法蘭克。法蘭克．麥斯威爾。

菲倫搖頭，摸不著頭腦。她監視泰迪這麼多個月來，他連一個客人都沒有。一次都沒有。而在她寄出信的當晚，法蘭克就出現在他的屋前。

她又瞪著錄影。

現在是一大清早，她的車子停在柴克家的那一條街。她已經坐了半個小時，盯著戶外的監視畫面——她手機上昨晚的泰迪家。

法蘭克．麥斯威爾。

之前她聽說他請病假，現在他卻莫名其妙就冒了出來。菲倫是想靠那封電郵刺激出反應來，而她也如願了。可是卻不在她的意料之中。

說不定她是盯錯了人家。

她查詢法蘭克的住處，不在這個富人社區。她開車到麥斯威爾家，停在街區的下方，不過顯然她不能久留。這裡是柳樹高地，中產階級住宅區，房屋的間隔都很近，也靠近馬路。絕對會有至少一個鄰居在留意社區的陌生人。

菲倫只盯梢了一會兒就看見法蘭克走出家門。

運氣真好。今天，菲倫很幸運。再五分鐘，然後她就會離開。她跟著他駛入州際公路，大約開了二十分鐘，他就從她不熟悉的匝道下去，穿過一處她聽都沒聽過的社區。法蘭克沒有停車，一直開進「接觸點事工」的停車場。

教會。都還不到早上九點，法蘭克就要上教堂。

說不定是他做了什麼太過可怕的事情，所以他需要向上帝祈求寬恕。

✣

柴克滿確定他是個白痴的。

他不應該坐在這裡，在他的車子裡，在菲倫的公寓外頭。首先是因為害他像個跟蹤狂，其次是因為她可能是瘋子。

也可能她只是羅爾克了。她也不會是貝爾蒙校史上的第一個，雖然柴克從沒親眼見過。

這個說法是來自於一個叫羅爾克的孩子。他的姓五花八門，每一個說這個故事的人都有不同的版本，不過名字一定是羅爾克。畢業生致辭代表，參加每一個正確的課外活動：數學社，照顧兒童的志工，空閒時間他還發明你可能會在《創智贏家》節目上看到的東西。不過他的睡眠不足，而且也不太能夠面對失敗。

他因為處處都要表現得十全十美而壓力過大，最終崩潰。放火燒了置物櫃，燒掉書本、筆電，甚至是手機。

掉頭就走，休學，從此消失在茫茫人海中。

是真的嗎？誰也不知道。可是羅爾克是個勵志故事，是寓言，是柴克以及他的朋友的可怕惡靈。別的孩子聽到的吩咐是別碰毒品，跟正確的人群來往，成績要好，上大學。貝爾蒙的學生卻是被警告要以羅爾克為戒。

說不定菲倫就是這種情況。她在壓力下崩潰，掉頭離開，然後又認定是克拉徹的錯。現在她是回來報仇的。

也可能是柴克也失心瘋了。在這個階段實在是很難說。

但是他確實知道自己沒有協助什麼人殺人。他要以冷靜、理性、實事求是的態度向菲倫說明，希望她不會抽出斧頭之類的。

要是她能回家就好了。他放低了座椅，準備長期作戰。真可惜她今天沒有跟蹤他。柴克閉上眼睛一會兒，聽到有車門關上的聲音立刻張開了眼睛。

有人來了，就停在右邊，在停車場最遠的那頭。他前傾，想仔細看一看。

不是菲倫。

是克拉徹。

77

十八分鐘。這是柴克等待克拉徹從菲倫的公寓大樓出來的時間。他直接就走去開車，離開了。

柴克知道她不在家。他查過了，而且據他所知，她也還沒回來。從他停車的位置可以看見公寓大樓的門。

喔，等等。後門。一定有後門。

柴克實在不是跟蹤的料。

他下了車，走向大門。沒有門鈴可按，只有一扇敞開的門，好像旅館。這棟大樓的樣子也滿像的，舊旅館改建為公寓。大廳除了沒有櫃檯之外，還是旅館的樣子。

網路上說她的公寓門牌是一〇四號，也就是說她住在一樓。沒多久就找到了，而且，沒錯，她的公寓面對後面。

柴克把偵探從他未來可能的職業中刪除了。還有罪犯。他也會是個蹩腳的罪犯。

他敲門。沒有回應。

再敲。還是沒有。

柴克把耳朵貼在門上，仔細聽裡頭是否有動靜。

沒有。

克拉徹難道是在這裡站了十八分鐘？他是寫了張字條給她，塞進門縫裡嗎？誰會這麼做？她在貝爾蒙工作——他一定有她的電話號碼。何不直接傳給她一封電郵或是簡訊？

不過話說回來，這位老師是拒絕在班上使用電子白板的。

柴克正要舉步從來時路離開，卻又停了下來，轉而去勘查後門。大樓後面有一排停車位，但是菲倫的車子不在。

好。有那麼一瞬間，他還以為克拉徹對菲倫做了什麼。

反正除了泰特斯指定的作業之外柴克沒有別的事可做，就決定要留久一點，以防萬一。她就算是瘋了，可也罪不致死，不能讓她被謀殺了。

✣

三個小時。法蘭克在教會裡三個小時。沒有人能禱告那麼久，他們會睡著。她自己就有過幾次，而且她可沒在等上帝給她答案。

她的計畫是隔著一段距離監視，不跟他交談，到目前為止，這個計畫壓根就沒有進展。在檢查過頭髮和口紅之後，確定了自己的儀容適合教堂，她走進了「接觸點事工」。

建築物的外觀會讓人產生錯覺。它很大，沒錯，但是室內卻更深遠，比較像是運動場而不是教堂。

「有什麼事嗎？」

女性的聲音，低沉，幾乎是刻意壓低音量。她是中年人，穿著青綠色套裝。她的笑容親切，妝卻太濃了。

「我可以坐一下嗎？」菲倫說。

「當然可以。」女人示意她向前走。舞台上沒有人，菲倫只看到兩個人坐在台下。兩人的手都合十祈禱。

沒有一個是法蘭克。

菲倫坐下來。等了大約二十分鐘後，終於有狀況了。

一個男人走上了舞台。年紀較長，灰頭髮，穿著白套裝、黑襯衫，戴白色牧師領。他步向講壇，拿起平板，拿給跟在他後面的一個較年輕的人看。

法蘭克。也戴著牧師領。

喔？

喔。

他不是來禱告的。他是來……工作的？

菲倫盯著他們，被這個法蘭克定住了，直到他們下了舞台，消失無蹤。她並沒有留下來再看他一眼。

開車回家的路上，她盡量分析這個新的發展，以及法蘭克昨晚去找泰迪的原因。不可能是泰迪想要祈求赦免。

她把車停進公寓大樓外時仍滿腦子想著這個。柴克的車讓她猛地回神。流線型、黑色的，而且昂貴得在這裡很刺眼。也沒那麼聰明嘛，那個小屁孩。

看起來他不在車子裡。她一直走到車子旁邊才看到他仰躺在前座上，睡著了。真的沒那麼聰明。

她考慮要不管他，等他自己睡醒，跑來敲她的門。不過或許不是明智之舉，因為她會被困在公寓裡，而他可能比她強壯。

況且這是她想要發生的事，是她寄電郵的原因。她要反應，而反應就在這裡。

她猶豫了一下，收拾思緒，想為對決做好準備。準備好了之後，她握拳敲車窗一次。敲得很重。

柴克倏地張開眼睛，看著她，眨眨眼，坐了起來。

菲倫退後等他開門。上等皮革的味道隨著他飄出來，她吸了進去，想起了擁有這種車子是什麼感覺，想起了她是應該要開這種車子的。

如果不是克拉徹的話。

「嗨，」他說，拉直了襯衫。「奈特小姐，我不確定我們算不算是見過。我是柴克．沃爾德。」

這麼多禮，即使他剛才在她的公寓外睡覺。

「對，」她說，「我在貝爾蒙看到你被逮捕。」

這句話讓他愀然變色。笑臉消失了，他低頭看腳。「對，那是我。」

「你又為什麼在我的公寓外睡覺呢？」菲倫站得稍微挺一些，表現出老師的樣子。

他抬頭看她。「妳為什麼一直在跟蹤我？」

不意外。菲倫一看到他就在等這個問題。「因為你正在打什麼鬼主意。」

他笑了。這個小混蛋。

「好吧，小小鳥。」他說。

78

柴克看見了菲倫眼中的驚愕，她很不擅長掩飾這種反應。

「原來真的是妳寄的。」他說，稍微放鬆了。他剛才看到菲倫站在車窗外，心裡有點害怕，因為不知道她會做出什麼事來。

現在緊張的人變成她了。

「我就覺得是妳，」他說，「只有妳在跟蹤我。」

她剛硬了一點，仰起下巴。「一定是踩到你的尾巴了，不然你就不會跑來。」

菲倫說得對。只不過不是她以為的那條尾巴。

談話並沒有照他想要的方向進行。她滿是戒心，不過他也是。用錯了方法。把彼此當成敵人的話就別奢望合作了，他們應該要團結，而不是窩裡反。

就跟爸常說的：拉幫結派，而不是到處樹敵。

「也難怪妳會這麼想，」柴克說，「換作是我大概也一樣。」她一臉懷疑，但她在聽。「妳跟我對克拉徹的懷疑是一致的，我們英雄所見略同。」

「我怎麼知道你不是在說謊？說不定你在幫他，而這是你們的詭計。」

「有道理。」他說。

「如果我是你，」她說，「我也會說你剛才說的那些話。」

她說得對，而他沒有別的辦法可以證明。「那我們現在是陷入僵局了。」

「好像是的。」

要是他有證據能指控克拉徹，他會提出來。但他只是有強烈的直覺，克拉徹講桌裡的那本植物書，以及他的牛奶偏好。

他決定豁出去了。

「好吧，事情是這樣的，」他說，「我認為是克拉徹幹的。我覺得是他殺了貝爾蒙的那些人，從珂特妮的媽媽開始，而且我覺得他會那麼做是因為他是變態，想要當校長。」菲倫的眼睛微微瞪大，但還不夠。「我沒有辦法可以證明，這只是我的想法。要是妳也有同樣的想法，我們應該要合作。因為我不覺得FBI有線索。」

菲倫沒有笑，他把它當作是好現象。她除了瞪著他之外，什麼動作也沒有。

「如果妳想跟我合作，那很好，」他說，「如果妳覺得我是在說謊，那也行。不過我說的是實話。」他轉身就坐回車子裡，直到這時才又看著她。「而且妳可以不要再跟蹤我了。妳是在浪費時間。」

柴克關上了車門，發動引擎，給她時間開口攔下他。說話啊。

她沒開口。

「還有一件事，」他說，「克拉徹來過這裡。」

「什麼？」

「在我到這裡之前，克拉徹走進妳的公寓大樓，十八分鐘後才出來。」

她雙臂抱胸。「你騙人。」

「我知道妳會這麼想，不過如果我是妳，我是不會去碰妳公寓裡的食物和飲水的。」

✣

菲倫看著柴克的車子轉彎，消失不見，這才進入公寓。現在再跟蹤他也無濟於事了，他不會去什麼可疑的地方。

她小心翼翼接近公寓的門，以防柴克並沒有說謊。首先，她檢查門把。仍是鎖上的。

她把鑰匙插進去，打開了鎖，低頭看著地板。如果泰迪留了紙條……或是別的。沒有，什麼也沒有。

她的公寓就跟她出門時一樣。床鋪沒有整理，檯燈在地板上。她的迷你衣櫃塞滿了衣服，門都關不緊，跟平常一樣。

她把皮包丟在地板上，直接就往迷你廚房走去。房東說是迷你廚房，說得還真好聽，其實只有洗碗槽、微波爐和冰箱。她的食物都放在冰箱裡，才不會吸引小蟲子。除了一盒蘇打餅乾、一些調味包和一盒柳橙汁之外，什麼也沒有。

沒有一個地方有變，但是泰迪也不笨，不會讓東西搬家。他會從哪裡拿的就放回哪裡去。

她關上了冰箱，什麼也沒碰。

她用筆電搜尋可以檢測食品是否有毒的檢驗所，沒有很多公司願意為像她這樣的平常人提供這種服務，而願意的又極為昂貴。如果能證明泰迪試圖毒殺她，那花這筆錢倒也值得，不過前提是柴克並沒有騙她。

他的確是很真誠的樣子。

並不是說她覺得他會是個差勁的騙子，但如果他說謊，那他可就比她想像中要高明了。

而如果他說的是實話，那麼沒錯，他們是應該合作。

能有他——或是任何人——當她的隊友，那就太好了。有人可以腦力激盪，有人可以幫忙分析研究，把所有的線索都拼湊起來，讓警方可以相信。

警方。柴克在他們那裡的名聲恐怕比她還要差，除非他們看了她寄給泰迪的電郵。

她思前想後，終於決定要測試他。就像在貝爾蒙上的科學課，他們教她先假設再求證。這個科學方法可以適用在柴克身上。

假設前提：柴克說的是實話，他會是個好搭檔。

可她又不能用本生燈和試管來找出答案。她回頭去上網，重溫這個方法的其他步驟。

前提必須要檢驗，而檢驗必須要可以複製。

也許用這個方法不對。她需要更像一名律師，提出她已經知道答案的問題。

說不定她需要問他她知道的事。

這就代表她得透露更多她手上的情報，反正在這個關頭，她也沒什麼顧慮了。在泰迪身上花了那麼多工夫，還是找不到答案，只知道他來了她的公寓。她寄出的第三封電郵也是石沉大海。

她坐在電腦前，發了封信給柴克，說明她對克拉徹的了解。包括錄到他偷偷摸摸溜進學校——不過她並沒有提到影片是如何取得的。他不需要知道。

菲倫才寫到一半就覺得疲憊不堪。時間很晚了，她的腦袋也沒辦法正常運作。

明天，她會繼續。她會把信寫完，寄給柴克。說不定到那時她就會知道他說的是不是真的。

79

泰迪想念起英格麗・羅斯。

他又回到了十樓的會議室。溫妮把紀念會最後的來賓名單交給他。事情辦得很快，加上了法蘭克・麥斯威爾，這麼一來他們就需要邀請各種宗教的神職人員了。

英格麗會知道該邀請誰，她的人面極廣。

瑪莎女士也是，但是她今天早上沒來。

「我打給她兩次，」溫妮說，「她還沒回電話。」

泰迪瞄了瞄時鐘，九點二十了，也就是說瑪莎女士遲到二十分鐘了。這可是從來沒發生過的事。這個女人就跟瑞士鐘錶一樣準時。

所以她大概就不會來了。

「我們快沒時間了，」他對溫妮說，「擬一張各個宗教領袖的名單來，我們再來決定。」

她點頭，開始敲筆電。

泰迪拿起邀請名單，再看一遍。愛莉森・克拉徹的名字不在上頭。她是他的太太，所以他們就認定她已經受邀，並且會出席。他希望她至少還有這點禮貌，不過她到現在都還沒有恭喜他，就連寄一封這樣的信來也沒有：

很遺憾貝爾蒙發生的不幸，但是你當校長會很適合。

什麼也沒有，一個字也沒有。

她一直在生悶氣。愛是一回事，恨是另一回事，可是被當成空氣卻是最糟不過的事。所以他才拖著不簽離婚協議書，也不回她律師的電話。

溫妮站起來，離開了會議室。她是個明快、高效率的人，可惜不是特別聰明。說不定這就是他需要的助理的特質。一個照他的吩咐做事而不多想的人。

可是他現在還不能開始徵求新助理。

✣

柴克和珂特妮一塊在星巴克讀書，她卻突然丟下筆。

「我不喜歡我的家教。」

「我知道。」他說。

「我爸為什麼不雇用你的家教？沒道理嘛。」

柴克頭也不抬。這種情況不是第一次發生。「因為泰特斯是個年輕男人，而妳爸覺得他會對他的小女兒起色心。」所以她的家教是一位較年長的退休婦人，以前曾是老師。

「我不是小女孩，」她說，「我坐過牢欸。」

「妳爸不吃這一套吧。」他說。

「對。」

快十點半了，介於早晨和午餐的離峰時段，所以咖啡店沒有別的客人。除了員工之外，店裡只有他們兩個，不過他們仍壓低聲音。珂特妮並不會到處張揚她坐過牢，她甚至剪了頭髮，染成深褐色。柴克覺得怪怪的，不過他並沒有多話。

他也沒提菲倫。他是不會告訴珂特妮昨天的事的，不過他一直在想這件事。在猜測菲倫是否會決定相信他。

珂特妮在椅子上轉身，看向電視。又來了。

「什麼事也沒有，」柴克說，「他們看的是脫口秀。」

「我知道。什麼事都不會發生。」

「紀念會啊，」他說，「妳要去嗎？」

「不去不行，因為我媽。」珂特妮一點也不高興。

「我陪妳去。雖然我不是貝爾蒙的學生了。」

「魯蛇。」她微笑。

他正要回敬她是蹲苦窯的，電視螢幕上就出現了跑馬燈。珂特妮聽見了新聞主題，猛地轉過頭去看。

瑪莎女士出現在螢幕上。是張大頭照。

不過不只她一個人。第二張大頭照出現在旁邊。

喬。

校長的助理以及貝爾蒙的校工雙雙被捕。

✣

也該是時候了。

泰迪在會議室看著最新消息，房間裡還有溫妮和幾位行政人員。有些把筆電的畫面傳到電子白板上，讓大家看高畫質的報導。

瑪莎女士的模樣非常不同，頭髮沒挽，沒搽口紅。而喬……嗯，還是老樣子，一臉不開心。

「我的天啊，」泰迪說，「這……這太難以置信了。」

「可是為什麼呢？」溫妮說。

那個點頭公仔記者已經出現了。

「瑪莎．法勒以及喬瑟夫．艾波都在貝爾蒙服務了二十幾年，現在都因謀殺了三個人，以及毒害六人包含學生的罪名被捕。如果屬實，唯一的問題就是為什麼？是什麼原因讓他們犯下這種罪行？」

舒坦。泰迪必須制止自己才沒有在大家的面前明顯地鬆了口氣。FBI終於做對了，感覺像奇蹟。

「記者已經打電話來了。」溫妮說。

「我們得向教職員發一封信，」他說，「把所有的詢問都轉到校長室來。」泰迪環顧四周，知道原本會是由瑪莎女士發出通知信的。他的日光落在黛芙妮的身上，她是貝爾蒙註冊處的秘書，年輕，長相有點彆扭，是那種別人會為她有點抱憾的人。「黛芙妮，」他說，「妳能安排嗎？」

她瞪大眼睛，但還是點頭。「好的。」

「好。」往後兩天會有更多的事需要發生——跟律師開會、跟董事會開會、跟教職員開會——但事有輕重緩急。「我們也要發表聲明，表達我們聽到最新的逮捕消息有多麼的震驚難過。」他仍看著黛芙妮，她坐下來，開始敲鍵盤。

溫妮瞪著電視，眼淚流了下來。今天第二次，泰迪好想念英格麗。她那個人雖然很難搞，但絕對不會哭哭啼啼的。

但她也只是個紕漏，累得他花了幾個月的時間來糾正，從處理索妮雅開始，然後是不得不在牛奶中下毒，再佈置證物。一張買針管的收據深埋在瑪莎女士的辦公桌裡。一枝娃娃眼的殘枝藏在喬的辦公室裡。誰叫他習慣溜進廚房給自己弄早餐呢，而且還是一個人。

再說了，除了在貝爾蒙服務最久的這兩名雇員之外，誰還可能會受夠了服侍這些有錢的孩子和家長呢？尤其是他們還在部落格上匿名抱怨呢。花那些工夫研究假帳戶比泰迪預計中還要有用，比方說知道如何設IP位址，把它重新導向學校的伺服器。他使用了只稍加掩飾的信箱地址和只有他們兩人知道的機密——在在表明使用者並不知道自己在做什麼。像是瑪莎女士和喬。

終於，成果出現了。珂特妮獲釋了，柴克不再有嫌疑，而現在貝爾蒙可以回頭去教育學生了。

80

「其實仔細想想就完全說得通了。我是說，起初覺得不對，因為我們一直在懷疑克拉徹。可是我後來想一想，瑪莎女士和喬，他們得忍受像我們這樣的小屁孩。你能想像年復一年跟在我們後面收拾善後嗎？或是接那麼多憤怒家長的電話？我不是說我不生氣，我只是，就，看得出動機……」

「我知道，就是嘛。」柴克說，提醒自己看見坷特妮又高興起來真好。沒有被新聞搞得抑鬱，沒有心心念念都是社群網站上的留言。就是開開心心的。

即使他本身對這次的逮捕是存疑的。

他們坐在他的車子裡，往她家馳去，收音機播放著新聞。坷特妮停下來聽，然後說話，再聽，再說話。柴克不打算打岔，他也不打算跟她說FBI可能抓錯人了。

不過說不定弄錯的人是他。說不定本來就不是克拉徹。

可是那本書。

牛奶。

菲倫。

說不定她才是最瘋癲的人。

珂特妮的爸打電話來，她的話匣子又打開了，重複了剛才的每一句話。她的推理範圍越來越大，越來越篤定。

「事情就擺在眼前，你不覺得嗎……？一點也沒錯，為什麼會沒有人……？我就說嘛！我們怎麼會沒看見？感謝主，還有FBI，對不對？……」

她掛上電話後，轉頭看柴克。一臉燦笑，真的是燦爛極了。

「棒透了，對吧？」她說。

「還用說。」

「我爸跟我要出去吃午餐慶祝。要來嗎？」

柴克搖頭。「不行。我跟泰特斯有課。」

「齁。」

「對啊。」

他跟泰特斯沒課，但是珂特妮相信他，因為柴克從來沒騙過她。沒有理由騙她。通常是的。不過他現在已經說過不少謊了，就算不是刻意騙人，也會省略不提。

把她送到家後，他停在路邊思索接下來該去哪裡。小樹林？大家一定都會在那裡，因為盧卡斯發了簡訊。

兩個瘋狂科學家？爾輩速至小樹林討論。馬上。

在盧卡斯的語彙中，「討論」指的是「抽大麻加打屁」。倒也不是很恐怖的組合。盧卡斯完全不知道克拉徹或是菲倫的事，而柴克也絕對不想洩露，可要是他抽茫了或是喝醉了，可能就會說溜嘴。

不去小樹林。

那就是去找菲倫。他可以設法再跟她談一談。雖然不是最好的辦法，卻也不是最壞的。不過她到現在還沒聯絡他，所以再去找她真的讓他覺得像跟蹤狂。

回家。他可以回家念書，一邊看新聞。無聊，不過可能是最好的選擇。他不是FBI探員，沒有取得證物、偵訊他人之類的權限，所以何必傷腦筋呢？又不是他的問題。

雖說如此，他還是放不下。什麼都做不了是最差勁的感覺。爸在這方面一句語錄也沒有。

✣

泰迪回到家了，在看新聞。偶爾，所有的事情都會按部就班，而今天就屬於那種日子。

只除了愛莉森不在家。

這是他修正不了的一件事。他沒辦法收回謊言，甚至想不出一個合理的解釋。而且他累了。上帝為鑑，他真的累了。而他甚至不確定自己信不信上帝呢。

假如他同意生孩子，就可以避開後續的這一切。只生一個。那麼大家都還會活著，愛莉森也會仍然在家裡。

想到這裡就讓蟲子又在他的胃裡爬了。

他調高了電視的音量，強迫自己享受他的成功。而且他確實享受，一直到門鈴響起。

81

法蘭克。又來了。

泰迪壓抑下喪氣的感覺，深埋到底層，不讓法蘭克看見。

「一週兩次！」泰迪說，打開門讓法蘭克進屋。「又見面了。」

法蘭克微笑，笑不露齒，感覺很奇怪。「抱歉又這樣不請自來。我想打電話，可是我知道你一定忙得分不開身。」

泰迪一巴掌拍在額頭上。「我真的太不好意思了。我記著要回你的電話，可是後來看到最新消息……唔，我相信你也看到了。」

「是的。」法蘭克的笑容消失了，一臉嚴肅。「太糟糕了，簡直是太糟糕了。」

兩人走進客廳，法蘭克又坐在沙發上。

「你要喝點什麼嗎？」泰迪說，「來杯茶吧？」

「不、不，不用了。我只是想來核對一下紀念會的程序，可以的話。」法蘭克伸手到口袋裡掏出分發給所有講演人的程序表。「你介意嗎？」法蘭克說。

「怎麼會。」泰迪坐了下來。

接下來的半小時，法蘭克審查了每一個程序，他的想法是只要有可能就插入一次祈禱，最好是在每一次的講演之後。泰迪一再說明各宗教的代表都會出席，而且，沒錯，他們也會帶領大家禱告。

討價還價開始了。

「我相信由我來帶領最後一次的禱告才適當，」法蘭克說，「因為我是一家人。」

一家人。貝爾蒙大家庭可不是人人都能進來的。身為校長，泰迪現在也是其中之一了。可法蘭克不是。

「正式的程序已經都印好了，」泰迪說。而且還貴得要命，打死他都不會重印。「我會在一開始宣布我們一整天都會有禱告。總節目單會貼在講壇上讓大家看。而且，沒錯，你排在最後。」

「謝謝，我很感激。」法蘭克笑得真心，露出了牙齒。「在我走之前，我真的很想讓你跟我一起禱告。」

「你要我做什麼？」

「跟我一起禱告。拜託。聽過今天這麼可怕的新聞之後，我覺得我們兩個應該為貝爾蒙禱告，」法蘭克說，「也為你。」

「為我？」

「是啊。」

身為校長，泰迪知道有些仗該打，有些則否，因為他沒辦法無役不與。不過，有些他是能打的。在對法蘭克有求必應之後，現在是說不的時候了。

「我尊敬你的信仰，也支持你擁有信仰的權利，」他說，「不過，你的信仰未必見得就是我的。」

法蘭克伸出手按住泰迪的肩膀。「我了解。我也覺得我們能做的最好的事情就是為我們過去的罪惡祈求赦免。我們一起。只有這樣我們大家，包括貝爾蒙，才能夠邁步向前，有一個全新的、滌淨過的開始。」

泰迪挪開了，讓法蘭克的手落空。「我覺得你跟其他信眾一起禱告比較好。」他站了起來。兩人的時間結束了。

法蘭克嘆氣。

他們走向門口，泰迪極樂意為法蘭克開門。離開之前，法蘭克轉身看他。

「我會為你禱告。」他說。

「謝謝，我很感激。」

他一離開，泰迪就回到書房。他大概有一百封新郵件得看，還有學校的最新財務報告。

但首先，新聞。本地報紙的網站已經出現在他的電腦螢幕上了，他更新網頁。他在看《都會報》，等著菲倫的新聞出現。

柴克頭痛，不是因為病了，而是因為他一直在想克拉徹。就是這樣。那個人就是一個頭痛人物——一向都是。

也是個混蛋。

可是FBI會相信柴克嗎？在他讓自己表現成一個為愛所苦的少年，願意為見珂特妮一面而違反法律之後，八成不會。單單這一點就可以讓他像精神失常。剛開始覺得這個主意不錯，現在卻不了。

說不定他應該要聽他的律師和爸媽說的話，管好嘴巴。

累死了。他每分每秒都在思索該怎麼做最好，累死了。他差不多想放棄了。

說不定他就應該要這樣：別再想揪住克拉徹的小辮子，別再想做正確的事了。也許他就該去當個青少年，去抽大麻，吃垃圾食物，賴在沙發上。

而他現在就在身體力行。

他打開了電視，所有的地方台都在談論瑪莎女士和喬，採訪他們的鄰居朋友，播出他們的生活照，最後都炮製出謀殺的故事。

轉台。

柴克換了一部動作片，只看了十分鐘就又轉回新聞台。

他在地方台的新聞節目間切換，尋找一絲希望，任何一個FBI醒悟自己的錯誤的跡象。但是他們已經報完貝爾蒙了，有的在報氣象，有的在報體育……

忽然，他看到了菲倫的公寓大樓。

「二十三歲女性因一氧化碳中毒死於棕櫚隱園公寓。警方說造成中毒原因可能是老舊的熱水器。今晚十點：如何確定你的……」

菲倫。

✣

柴克想都不用多想是誰死了，或者誰是罪魁禍首。他一看到克拉徹去她的公寓，他就應該知道。

哼，他是知道。他看見了菲倫，跟她說過話，而且她好得很。

可是他應該要多做一點的。阻止克拉徹，跟他說話，至少拍張他走進公寓大樓的照片，什麼都好，就是不該袖手旁觀。

這差點就讓他成了共犯。

菲倫知道真相，一直都知道，否則的話，克拉徹就不會下毒手。

柴克拿著手機在房間裡來回踱步，搜尋更多她的死亡新聞。並不多。一氧化碳，老舊熱水器，可怕的意外。

回頭看電視，有個記者在談論貝爾蒙、命案、逮捕以及新校長。克拉徹的照片出現，害柴克覺得想吐。

克拉徹就要逍遙法外了。

82

今天涼爽晴朗，用來辦葬禮太可惜了。泰迪倒是沒抱怨，他可一點也不想站在陰雨綿綿的戶外。

他是一定得露面的。不僅是因為菲倫曾是貝爾蒙的學生，也因為她死時是貝爾蒙的教員。過世。死因如果不是兇殺或自殺，大家都用「過世」二字。而菲倫的死只是不幸的意外。

就連警方都是這麼說的。有那麼一會兒，記者一聽說她是在貝爾蒙教書的，都激動興奮，可一旦刑警看到了熱水器，大樓屋主出面聲明會把所有的熱水器都換新，案子就塵埃落定了。有時候就是會有人死亡。那個點頭公仔記者麗莎也這麼說，就更讓這件事板上釘釘了。

喪禮是在墳地舉行的。菲倫的父母來了，不意外，因為他們顯然並沒有在財務上支援女兒。他們站在正前方，一身昂貴的黑衣。母親在哭，父親神情肅穆，合情合理。

一些貝爾蒙的老師也出席了，連同一些認識菲倫的校友。泰迪認出了幾個，而且他們似乎都比菲倫混得好，也可能是他們的父母並沒有跟他們斷絕關係。

法蘭克也來了，就站在他旁邊，讓泰迪有點惱火。大家可能以為他是離開學校之後找到了上帝之類的，可是很難在葬禮上叫神職人員滾一邊去。

主持儀式的人也戴著白領圈，年紀老邁，相貌堂堂，低沉的男中音說了一大堆菲倫的好話，卻都不是事實。

「菲倫．梅芮迪絲．奈特，大衛及奧莉薇雅．奈特的掌上明珠，是位隨時隨地願意幫助別人的女性。就在最近，她回到貝爾蒙學院，自願接替一位新近中毒事件的被害人。她對學校的愛，以及對學生的愛，深厚到足以讓她放下自己的目標回來幫忙。」

泰迪此時清清喉嚨，不是故意的。畢竟，這個人根本就不知道要不是菲倫寄了那通最後的電郵，她現在就還會活得好好的。

而且要不是她住在那棟前旅館的一樓，他就不會這麼輕易得手。真的是太容易了。旅館建築得很草率，沒有維修，沒有更新，窗戶都是便宜貨。差不多就跟溜進貝爾蒙一樣不費吹灰之力。再加上老舊的熱水器。只要漏了一個小孔就能讓它不停歇地燃燒，讓她小小的公寓灌滿了致命的氣體。

一切都順理成章，幾乎就像是老天的安排。

不過泰迪當然是有備用計畫的。另一種毒藥，用來殺老鼠的，在破舊的公寓裡經常可見。幸好，用不上。

剩下來的全都在這裡，在她的棺材旁。最後的幾句話，幾滴眼淚，然後就結束了。

他倒沒有洋洋得意，那可不行。別的不說，菲倫可是貝爾蒙的學生。他的學生。泰迪有責任要幫助她，可無論他有多努力，還是失敗了。這塊石頭壓在他的心上，在她的葬禮上。一想到此他就有點胃痛，好像蟲子又漸漸甦醒了。

他提醒自己無論他有多麼想，他就是救不了每一個人。有些人就是不肯被拯救。

菲倫的父親在說話。他是一家銀行的金融主管，而且也確實是一副主管模樣。

「我女兒有美麗的靈魂，純潔的靈魂。對這個世界來說可能是太純潔了。」他停下來，仰頭望天。「我記得她五歲的時候，我們坐在花園裡，她看到了第一隻的瓢蟲，只有一隻，在草地上亂爬，菲倫想要幫牠找到牠的朋友……」

泰迪神遊去了，亂瞄人群，想要計算出席的每一個人的身價淨值。總體算起來可以讓貝爾蒙再維持個一百年。他在心裡記下了要再寄出一封募款信。

他就這麼胡思亂想到棺木終於降入墓穴。第一鏟泥土落在棺蓋上，泰迪立刻就走向菲倫的雙親，表達哀悼。

「令千金是位很可愛的女性，是貝爾蒙極其珍貴的人才，」他說，「實在是太遺憾了。」

他跟奈特先生握手，這時，有人吸引了他的注意。他轉頭去看。

柴克．沃爾德。

他穿著深灰色套裝，看來比十七歲的年齡老成許多。剛剪的頭髮，有點像他的父親。

他筆直看著泰迪。

柴克就覺得克拉徹會露面，他怎麼會不來呢，他是校長啊！再說了，他八成會想要吹噓。

柴克瞪著他，直瞪得克拉徹別無選擇，只能走過來。可是他正要說話，就被法蘭克·麥斯威爾打斷了。

「見到你真好，柴克。不過很遺憾是在這種場合。」

柴克點頭，萬萬沒想到會在這裡看到請假離校之後的數學老師，也萬萬沒想到會看見他脖子上的白領圈。「哈囉，麥斯威爾老師。很高興見到你，希望你一切順利。」

「我是啊，非常謝謝你。」他微笑，臉孔是那麼的平和寧靜，柴克忍不住懷疑他是不是嗑了藥。那就說得通了。「我希望你會來參加貝爾蒙的紀念會。」

「一定。」柴克說。

麥斯威爾老師點頭微笑，走了開去，讓克拉徹有機會插進來。

「我不知道你認識菲倫·奈特。」他說。

「我是認識。」柴克說。兩手插在口袋裡，不讓克拉徹發現他在發抖，他有多麼緊張。

「這樣啊？」克拉徹的頭向上歪，像是在思索。「唉，實在是太不幸了，太不幸了。也提醒了大家家裡應該裝一氧化碳偵測器。」

「我爸媽買了八個，」柴克說，「還有一台全新的熱水器。」

「應該的。總比事後後悔好。」

「也真奇怪，我前天才跟菲倫說，」柴克說，切入重點，「她公寓那邊的治安實在不太好。」

克拉徹一臉意外。「喔，你們兩個真的很要好。」

「她幫忙我在家自學。」

「是嗎？」

柴克點頭。在套裝下，他的心臟撞擊著胸膛，他真怕會被他看見。克拉徹是個危險的人，致命的人。在柴克安全的家裡，跟克拉徹對質似乎是個好主意，這會兒他就沒把握了。這不應該是他的問題，也不應該由他來解決。

可他不做誰做？沒有人了，只有他。

「我在那裡看到你。」他對克拉徹說。聲音低沉，表情木然。

「你在哪裡看到我？」

「菲倫的公寓。」

克拉徹看著他，活像他是在異想天開。「你一定是看錯了。」

83

太美好了，簡直是太美好了。

瑪莎女士和喬被捕已經是兩個星期以前的事了。震驚之情消退，而現在療癒可以開始了。

泰迪站在台階頂端，就在貝爾蒙的入口外。他面前的人群逐漸膨脹。家長、學生、記者……每個人都來了。每一個。

在他後方的牆上拉開了一幅布條：

追憶與復原
永遠的貝爾蒙

講台就設立在這裡，在神職人員的座位正前方。

以及石碑。終於，紀念碑可以揭幕了。因為太重，石碑已經事前就位，不過仍蒙著一條紅色天鵝絨加金黃流蘇毯子。是溫妮負責的。她對裝飾很在行——泰迪願意承認。會場的鮮花令人驚豔：紫菀以及大朵的金黃向日葵，正好是學校的代表色。花朵都插在石花器中，從停車場一路排列到學校的正門，有如一條花朵大道。

因為紀念會是要佔用整個早上的，所以他們不得不提供飲食。這可不是小事，鑑於學校發生的事故。泰迪跟他的團隊花了幾小時決定該預備哪些餐點，由哪些商家供應，賓客是否能自在進食，甚至是喝咖啡。

座位區旁邊就停著「卡利斯托外燴」的貨車，讓人人都看得見。這家公司是外燴界的天王，只要你的口袋夠深。每一場婚禮、每一場慈善活動、每一家公司的高爾夫球賽都是由卡利斯托承辦的。如果這家公司的餐點還沒有人敢吃，那他們就什麼也不敢吃了。

而泰迪現在就看到有人在吃吃喝喝了。感謝上帝。這可花了不少錢吶。

溫妮走到他的身旁，後面緊跟著黛芙妮。她們兩人合力接下了瑪莎女士的工作，目前倒是可行，但是到秋季他就得找到新助理。

溫妮一手握著寫字板，大聲唸出一串更新訊息。「所有的講演人都報到了。市長打電話來，說他會在節目開始之前五分鐘抵達。不過我們得再排出幾排椅子，因為——」她看著人群。「我覺得椅子不夠。」

泰迪往上瞄了瞄。他剛才一直俯視著他的指甲皮，狀況很糟。自從菲倫的葬禮之後，他又在挑指甲皮了。

「哈囉，泰迪。」

法蘭克。他又用那種詭異的笑容看著泰迪。

「法蘭克，真高興看到你。」

「你的氣色很好，」法蘭克說，四下瞧了瞧。「愛莉森呢？我很想跟她打個招呼。」

泰迪盡量克制，不把心底的氣惱表現出來。「她會盡量在下班後就趕過來，不過可能沒辦法。醫院裡少了護士可不行。」

「愛莉森最近一定是很忙，蜜西說她有一陣子沒跟她說過話了。」

「對，她很忙。」泰迪轉頭不理法蘭克，改而和溫妮說話。「我們絕對需要更多椅子。」他說。往下跨了三階到座位區去。

「二十分鐘！」溫妮大聲喊道。

他沒回頭。第一排附近站著一群家長，泰迪停下來和他們寒暄，和許多人握手，微笑點頭，希望他們能貢獻一大筆錢。瑪莎女士在不幸被捕之前曾向他解釋過這是校長職務中的一大課題。

「你必須當這個學校的門面。」她說。

而他正在這裡履行他的職務，交際應酬。

如果他仍然是老師，他就不必做這些事了。身為年度傑出教師，他就會忙著排練他的演說。

而如果他沒有榮獲年度傑出教師，他就會吃著點心，或是在典禮開始之前幾分鐘才現身。

唉，誰叫他是校長呢。

這不是他預料中的結果。不過，總是比一個始終打不進貝爾蒙大家庭的老師要強。

最棘手的地方是面對被害人家屬。他們都坐在第一排，中間走道的右手邊。他們聚集在一起，形成了一片黑海，散發著死亡的氣味。要是早知如此，泰迪就會叫溫妮安排他們坐後面一點。

首先，他必須去招呼他們。他從前任校長的太太開始。在她先生死前，她是個嚴厲又一絲不苟的女人；現在她幾乎弱不禁風，彎腰駝背，臉上蒙著面紗。泰迪表達哀悼之意時她只點點頭。

接下來是班哲明醫師，索妮雅的先生穿了灰色套裝，頭髮比一般的醫師要長。誰讓人家是教授呢，有這種特權。他也比泰迪上次見到時要肥胖多了，那次是索妮維的追悼會。說不定是悲傷讓他肚子餓。

「十分感謝你過來，」泰迪說，跟他握手。「我知道這麼做算不上是什麼安慰，不過我們會竭盡全力用你認為合適的方式來榮耀你太太。」

「我很感激。」他說。

從優點來說，起碼索妮雅沒生孩子。泰迪最討厭應付年紀小的孩子了。

最後兩位正在服喪的賓客是珂特妮和她父親。泰迪整頓精神，變得優雅謙卑，因為珂特妮還是有機會在秋天回貝爾蒙讀書。她父親供得起。

「羅斯先生，」他說，「又見面了，不過很遺憾是在這樣的情況下。」

「是啊。」

「我真慶幸 FBI 接手了這件案子，幫妳洗清了可怕的誤會。」泰迪對珂特妮說。

她點頭，努力露出笑臉。「謝謝。」

泰迪看到珂特妮的後面有人，一定是跟他們坐在一起的。

柴克．沃爾德。那個小王八蛋。

「嗨，克拉徹老師。」柴克說。

「謝謝你來，」泰迪說，「尤其是你已經不再是貝爾蒙的學生了。」

柴克連眼睛都沒眨。「我也不會惋惜。」

泰迪轉頭不理他，改而向羅斯先生說話。「有什麼需要的，請告訴我，不要客氣。」

「我會的，再次謝謝你。」羅斯先生向泰迪點頭，他就又走上台階，回到講台上。誰也不能毀了這一天，即使是柴克。

表演該開始了。

84

克拉徹一走，柴克就轉頭東張西望。

FBI今天要來。

他和普魯伊特及羅蘭探員見面時，他們聽他敘述。他們提問——一大堆的問題。就跟之前一樣，主要是由普魯伊特發問。柴克把牛奶、植物書和菲倫的事都告訴了他們。「她知道什麼。她的電腦裡搞不好有線索。我不是很確定，我在她死前沒有機會去查。不過拜託，去查一查。」

「我們當然會徹查。」普魯伊特說。

「還有紀念會快到了，那是很盛大的活動，他現在是校長了，我……我不知道他是不是打算要殺掉誰，不過這會是個完美的時機。很多人會出席，」柴克說，「就我所知，他想殺掉我。」

普魯伊特伸出手，並沒有碰到他的手，只差一點點。「你害怕有生命危險嗎？」

他只聳聳肩，即使他是有點害怕，只有一點點。「我是不會在紀念會上飲食的。」

「你確定你要去？」

「我不能不去。因為珂特妮。」

普魯伊特點頭，別開臉去看羅蘭探員，他一直在寫筆記。「你給了我們很多很好的線索，」他說，「我們真的很感激你跑這一趟。」

「我還有什麼能做的嗎？」柴克說。

「交給我們吧，」普魯伊特說，「不過，拜託，從現在開始，別靠近泰迪．克拉徹。」

他一直照做，直到今天。而且他對珂特妮一個字也沒說。

因為他們現在坐在第一排，所以他一直回頭看是否會看到FBI探員。

「你在找誰啊？」珂特妮說。

「沒找誰，只是隨便看看。」他安頓下來，面對著前方。「妳還好吧？」

她點頭，聳肩，搖頭。意思是不好。這也讓柴克覺得有點心虛。

克拉徹站在講台上，跟坐在舞台上的講演人打招呼。溫妮忙著應酬每一個人，努力要履行她的聯誼會會長的工作。

但是真正引起柴克注意的是在講台後面排列椅子的人。

「那是麥斯威爾老師嗎？」柴克說。

「好像是。」珂特妮微微向前傾。「等等，他是戴著白領圈嗎？」

「呃……對。沒錯。」

「他去當牧師了？」珂特妮說。

柴克沒回答。他在菲倫．奈特的葬禮上見過法蘭克．麥斯威爾，但是他沒跟珂特妮說，連他去參加葬禮都沒提起。

他們兩人看著他排好椅子，走去整理石碑上的布，拉直又撫平，確定每一面都很平均。

珂特妮看著柴克，聳聳肩。

「真怪。」她說。

「對。」

兩人的交談被溫妮打斷了，她輕拍麥克風，一聲砰在空氣中迴盪。「請大家就座，典禮就要開始了。」她停下來，隨即又說：「我們準時開始！」

✣

紀念會一開始泰迪就拉直外套，對著人群傷感地一笑。此時此刻似乎恰如其分。

「感謝各位今天出席，」他說，「各位都知道，這兩個月來貝爾蒙發生了一些不幸，而今天這場追念會的目的就在於榮耀我們失去的諸人。」他歇口氣，看著觀眾，掛上了最莊重的表情。這麼多人，比他們預期的還要多，格外彰顯出今天的重要，但是壓力並不會害他緊張。反倒讓他更出色。「我們同時也想要瞻望未來，期待貝爾蒙的將來。為了生存，我們必須前進，而我非常感謝與會的各位來協助我們向前邁進。」

掌聲。沒錯，是不夠響亮，但這是紀念會，理當如此。又不是演唱會。

他介紹第一位講演人，索妮雅的先生。班哲明醫師喃喃說了幾句話，喪慟的人都容易這樣，不過總算還像樣。接著是羅斯先生。只有他會來說說英格麗，珂特妮拒絕了邀請。

泰迪退到每位講演人的後面，但不坐下，方便他看見所有的來賓。珂特妮在她父親說話時哭了，柴克遞給她一方手帕。泰迪希望是乾淨的。

前任校長的夫人也拒絕了講話，倒是好事。她沒辦法應付這樣的場面。原本的計畫是請瑪莎女士發言，但很顯然計畫改變了。他們總不能請她從牢房裡來演說吧。

結果前任校長是由歷史老師娜莉．譚來代表追念的。一點點的多樣性絕對無傷大雅。

她拉拉雜雜講個不停，泰迪覺得無聊，心思也逃逸到遠方。第一位神職人員站上講台時他仍在神遊太虛。這是一位女性牧師，某獨立教會的，她請想禱告的人和她一起禱告。一切中規中矩。

泰迪又步向講台去介紹下一階段的節目——被下毒卻逃過一劫的人。戴米恩．哈爾寇特走上台階，泰迪和他握手。他極為富有的爸媽坐在前排，只不過是在走道的左邊，跟那些服喪的來賓區別開來。

泰迪又向後退，很慶幸哀傷的時刻就快結束了；他是這麼稱呼節目的第一段的。他急著要展開第二段，復原的部分：為紀念石碑揭幕，接著是參觀校園。

廚房全面更新了，刷洗得一塵不染，每一台冰箱、冷凍櫃、食品室都加了鎖。連飲料機都必須刷卡。

是的，貝爾蒙對於安全是極其嚴謹的，非常嚴謹。廚房一定是國內各級學校中最昂貴、最安全的設備。

戴米恩講述完他「不怎麼接近死亡」的浮誇版經歷之後，泰迪宣布在第二階段開始之前休息二十分鐘。

到目前為止差不多無可挑剔。一切都按部就班，沒有什麼意外。

當然也沒有FBI。

喔，沒錯，他知道柴克找過他們。那兩個探員，普魯伊特和羅蘭，跑到他家去問了一堆話——包括他喝的牛奶。所以他才會知道。

他甚至還問了他們。「你們的這個線報，不會是由一名叫柴克．沃爾德的學生提供的吧？」

「我們不能洩露消息來源。」羅蘭說。

「當然當然。我了解。不過我確實懷疑是他。我來告訴你們一些柴克．沃爾德的事吧。」泰迪接著把他對這名年輕學生所知的一切都說了出來。「他對我有意見。打從上學期他交的一篇作業成績不如他意之後，他就一直……嗯，就說是很生氣吧。他的爸媽甚至還來學校要求我更改成績。我當然是拒絕了。」泰迪一想到那件事就打哆嗦，這可不是在演戲。

嗯，也許有一點吧。

「之後，柴克就出現了非常令人不安的行為。他跟蹤我，我敢說你們可以從他的GPS上查到。通常，學生並不會讓我害怕，即便是他們很不高興，因為這裡可是貝爾蒙。可是柴克……他有點不對勁。而且，我相信你們也知道，他因為賄賂被逮捕過。」

泰迪就在這時打住，一面搖頭。「只要我們的學生偏離了正途，我都認為是我個人的失職。

可是柴克的所作所為卻格外讓人難過，尤其是現在我身為校長。我覺得貝爾蒙的每個學生都是我的責任。」

探員們感謝了他——不斷地感謝——浪費了他的時間。

珂特妮已經因為這個罪行而被冤枉逮捕，他們難道真想承認他們又冤枉了瑪莎女士和喬嗎？

當然不會。泰迪給了他們真正想要的：一個下台階。而他們立馬就順勢而下，只要能避開更多惡評，隨便什麼藉口都行。

是的，他處理好了討厭的FBI。不費吹灰之力。

他這時俯視著柴克，他坐在前排，穿著去參加菲倫葬禮的同一套服裝，只不過柴克的樣子不再像他的父親了。他的樣子像個小男孩。

柴克往上瞄，發現泰迪瞪著他看。柴克微笑，不，是假笑。那個小王八蛋對他假笑。

泰迪搖頭，動作非常慢，不注意的話根本不會察覺。

柴克的假笑消失了，換上的是震驚。接著是憤怒。最後，他別開臉，瞪著地面。

這就對了，柴克。

泰迪贏了。又一次。

85

法蘭克從制高點能把一切收入眼簾。他坐在舞台上那排椅子的最後一張，所以能夠看見所有的來賓以及講台上的泰迪側面。兩人之間則是仍覆蓋住的石碑。

節目的第二段開始，泰迪說著石碑成形的經過。歷經了那麼多年的努力，考慮過那麼多的想法與設計，但是泰迪卻把它說得像是一蹴而成的事，像是他一個人就決定了下來的。

「怎麼樣才配得上？」泰迪說，「哪一種紀念形式才適合我們在貝爾蒙失去的那些人？我要一個既可以提醒又可以象徵學校的東西，一個能榮耀我們失去之人的同時歡迎那些即將來到的人。」

法蘭克的心跳紊亂。泰迪說得越多，那種感覺就越強。

緊張，沒錯。

懊悔，不是。

他對泰迪這個人的底已經摸透了一陣子了。知道他欺騙他太太，他背著她去結紮卻謊稱不孕。法蘭克越是親近教會就越能看清泰迪在道德上有多腐敗。

法蘭克試過，上帝也知道他試過。法蘭克到泰迪家——兩次——要求兩人禱告。幾乎是懇求他一起禱告。

泰迪拒絕了。

「家長聯誼會對貝爾蒙，對這次的紀念會有著極大的作用，」泰迪說，對著人群微笑。「拜託，讓我們用掌聲來感謝他們的辛苦。」

法蘭克跟著大家鼓掌，不過他並沒有看著觀眾，而是看著泰迪的手。

他的指甲皮。他第一次注意到是他仍執教鞭時。泰迪的手並不是一直都像這樣的，而是在他欺騙了他太太之後。那時法蘭克才注意到變化。那麼的參差不齊，有時甚至還帶血。

現在也是。代表他內心深處的腐敗。

內疚是不會消失的，而是如附骨之蛆，深深鑽進靈魂裡，在那裡茁壯。幾乎就像愛，只除了感覺很恐怖，而不是很美好。

法蘭克曾經願意放手。有耐心，等待泰迪終於願意請求上帝的寬恕。這種事是強迫不來的。

可是後來蜜西打電話來。

法蘭克決定要成為牧師之後她就一直住在娘家。他理解她的決定，因為這是重大的改變。一個好的改變，正確的改變，可是蜜西說她需要時間來調適。他能理解。

他們一週會通訊幾次，通常是在法蘭克打電話給兒子時。但是幾天前，她在深夜打給他。儘管他跟泰迪是那麼說的，但其實蜜西最近有和愛莉森說上話。沒錯，他說了謊，但卻是為了大我。

「我剛跟愛莉森通過電話。」蜜西說。

「她還好嗎？」他問道。

「不好，」她說，「她說她收到了一封奇怪的電郵，寄件人叫菲倫．奈特，自稱以前念過貝爾蒙，而且她指控泰迪毒殺了學校裡的那些人。」

「我不懂，」法蘭克說，「菲倫．奈特——」

「死了，」蜜西說，「我知道。愛莉森告訴我了。她本來覺得那封信是在胡說八道，可是後來她聽說菲倫也死了，所以她就到外地去了。」

他搖頭，想要釐清蜜西的話。

「法蘭克，」她說，「愛莉森是怕泰迪可能會對她不利。」

蜜西說的話太過驚人，法蘭克愣住了，即使是掛上了電話，他仍文風不動，坐在客廳裡。沒開電視，沒開收音機，一點聲響也沒有，唯有他的腦海中波濤洶湧。

他知道泰迪說謊，知道泰迪是個沒有神的人，不肯禱告或是請求寬恕，可是他竟不知道泰迪做得出害人的事來。而殺人，好幾個人，似乎……難以想像。

法蘭克禱告，祈求指引，祈求幫助，祈求一點清明。哪種都好。一整晚他就坐在沙發上，太陽出來了都還沒動過。

必須做點什麼。而法蘭克就是那個動手的人。

這份認知不是偶然拾來的。他是注定要知道的，注定要採取某種行動。別的人都沒有要管一管泰迪．克拉徹，所以只能靠他了。

泰迪是個妖魔。這個妖魔讓愛莉森懼怕會有生命危險，這個妖魔說了無數次的謊言，而且不尋求寬恕。

這個妖魔在帶領貝爾蒙學院。

不可原諒。

這可是貝爾蒙啊，一所信譽卓著，學生都是進入國內最頂尖大學就讀的教育機構。一所教出了一位副總統以及在商界、哲學界甚至是教會中數不盡的領袖人物的學校。

他做個深呼吸，安撫紛亂的心臟。

這是對的，這是公義的。這是必須的。

「好，我不再多言了，」泰迪說，「該揭開我們未來的道路了。我們的校訓，我們的信念，我們的石碑。各位先生各位女士，我呈現給各位正式的貝爾蒙學院紀念碑。」

法蘭克看著泰迪單手抓緊天鵝絨毯，奮力一扯，人人都在鼓掌。陽光下，石碑確實美觀，青銅閃耀得像燈塔。法蘭克看著它，覺得將來應該要正式地祝福過。

他把視線轉回到泰迪的手上。他仍抓著天鵝絨毯，等他終於把毯子丟下，他用手指在掌心上揉擦，好像手裡有什麼東西。

是有。

法蘭克看見了。泰迪的手掌和手指上有薄薄一層紅褐色的粉末。紅色毯子上的粉末肉眼可見。

泰迪仍在說話，同時也繼續抓手。他一定以為是泥土，或者是花粉，而且他一直揉搓，弄得手指頭都沾到了。

那個磨碎的念珠豆會被泰迪的皮膚吸收。

使用植物的點子是從「瘋狂科學家」那裡借來的——檯面上的瑪莎女士和喬——而且要找一種接觸就能殺人的植物並不難。只有寥寥幾種，其中一個就叫念珠豆，感覺就是一種徵兆：法蘭克做的正是他應該做的事。

調研很容易，取得很容易。現在那瓶倒光了的小瓶子就在法蘭克的口袋裡。他只不過是自願幫忙佈置舞台，然後趁著拉直布幕時把粉末撒上去。

現在，泰迪滿手都沾上了。

他也許能活過一天，也許兩天。很難斷定，因為這是法蘭克第一次下毒。但是他知道泰迪會死。

很慚愧，沒錯。可是卻是必要之惡。

如果當牧師教會了法蘭克什麼的話，那就是不是每個人都拯救得了的。

尾聲

花崗岩山預備學校的宿舍比柴克想像中還要好：大房間、兩張床、兩張書桌、一整面牆的書架。佛蒙特的氣溫大約是攝氏二十一度，窗戶是打開的，陽光充盈了室內。

還不錯的地方，即使週六也要上課。這是寄宿學校的一大缺點。

他的爸媽離開了，他的新室友尚未抵達。柴克挑了靠暖氣爐的床鋪——因為這裡是佛蒙特——開始打開行李。沒花多少時間。他除了衣服、筆電和其他的一些三C產品之外沒帶多少東西。在天氣變得太冷之前他得回家去拿冬天的裝備。

收拾完後，他坐在新書桌後，環顧四周。沒有灰色，沒有陰森森的東西。

紀念會已經是四個月前的事了。四個月前他最後一次走出貝爾蒙校園，但是卻發生了那麼多的擾攘。

紀念會後兩天，泰迪沒去開會。新任聯誼會主席去泰迪家，找到了他。

死了。

他死亡一整天了。

起先是謠傳自殺。接著是心臟病。最後是謀殺。

大家簡直像是炸了鍋一樣。說不定瑪莎女士和喬並不是「瘋狂科學家」，說不定真正的兇手仍逍遙法外，而FBI和警方還是顢頇無能。八卦滿天飛，不過柴克幾乎沒去注意。他又不能再做一次，更何況他還忙著服滿兩百小時的社區服務處罰。這是賄賂罪認罪協商的部分結果，不過至少不是重罪。他爸媽總算沒白請這位昂貴的律師。

不過，毒藥，這次的不同。磨成粉的念珠豆被撒在紅色天鵝絨毯上。如果不是他的指甲皮，泰迪本來是不會死得那麼快的。開放傷口讓毒藥立刻就進入了血管。

法蘭克·麥斯威爾因殺人落網時，不只人人震驚，大家也開始流傳一定是貝爾蒙害的。活像學校是被詛咒了。畢竟麥斯威爾老師在任教期間確實崩潰過，而且他還住過精神病院，一開始他不是自願的，等到出院後他就當了牧師。

他知道如何殺死泰迪，但是他完全不知道要如何逃過法網。紀念會上人人都有手機，整個過程還由一位專業攝影師拍攝了下來。FBI從影片中發現麥斯威爾老師從口袋裡掏出東西，又忙著弄紀念碑上的毯子。他家的垃圾裡也找到了念珠豆的殘餘粉末。

麥斯威爾老師被捕的那天，柴克在電視上看著他戴著手銬，被帶向警局，而他在微笑。跟他在菲倫葬禮上的笑容一模一樣，就是讓柴克覺得他嗑了藥的那種笑。

「天啊。」媽那時說。

「幸好我們讓你辦了休學。」爸說。

柴克沒說話。

他應該是要震驚的，可是震驚的感覺卻始終沒有浮現。這一年已經把他的震驚都消耗殆盡了，一滴也沒剩下。

就連FBI聲稱他們的探員一直在調查克拉徹，柴克也不驚訝，不過他連一個字也不信。他敢打賭他們是等到克拉徹死了之後才認真起來的。

不過他們倒是釋出了一些蒐集到的證據。因為克拉徹死了，不會有審判，所以他們把菲倫架設在他的屋外以及教室內的監視畫面公諸於世也不會有什麼問題。她的辛苦終於得到了回報。

但是克拉徹的電腦紀錄卻是罪證確鑿。構陷瑪莎女士和喬的假電郵，更別說他的假帳戶了。全都是年輕人，全部是女性。克拉徹在網路上假裝是個少女——而這一點尤其讓大家一口咬定他有罪。沒有正常男人會做那種事。

「有病的爛人。」珂特妮說。

柴克沒說話。

現在他來了這裡，佛蒙特，甩開了那件事，幾乎全都甩開了。

他的手機響了。是珂特妮。

「嘿，寶貝。」她說。

柴克微笑。「嘿。」

「你的房間如何？」

「很不錯，妳呢？」他問道。

「棒極了。你遇見室友了嗎？」

「沒有，他還沒搬來。希望他很酷。」

「對，我的好像就是。」他能聽見她微笑。「我們應該去探險嗎？」

「當然。十分鐘？」柴克說。

「到我的宿舍外等我。」

他仍在微笑，想到要見到她。他們兩個一起，他和珂特妮，真的在一起。此時此刻感覺好完美，他都不知道怎麼會拖這麼久。

不止一次，他會納悶他們是不是應該感激克拉徹。要不是貝爾蒙發生了那麼多恐怖的事情，說不定他和珂特妮就不會在一起。

柴克走向衣櫃，換上一件乾淨襯衫，對著門後的鏡子檢查。鏡子旁邊，右手邊的高處已經掛上了「年度傑出教師」獎牌。

克拉徹的獎牌。

有一天下課後柴克直接把獎牌塞進了背包裡，走了出去。他那天下午很憤怒，氣珂特妮仍然在牢裡，氣那麼多人覺得她有罪，氣班老師死了而不是克拉徹。他並沒有計畫要留著獎牌，但是在他的父母為他辦了休學之後，他一直沒有機會去歸還。而現在他很高興。

因為克拉徹，柴克對將來的計畫改變了。甭管財經了，也拋開律師夢。

柴克要當老師。而等他當上老師，他會回去貝爾蒙。

總得有人拯救那些孩子。是為了他們好。

致謝

寫著寫著，《年度傑出教師》就變成了我最個人的書。雖說我沒念過私校，也不是出身富貴，我的青少年經驗卻啟迪了本書中的一些事件（不是殺人的那些）。其中之一就是老師的某些行為，以及柴克和珂特妮的友情。我沒有指名道姓，理由應該很明顯，但是感謝大家的貢獻……無論好壞。

許多許多人的參與讓這本書成為現實。我得絞盡腦汁才不會掛一漏萬……

單單一聲謝謝是不足以表達我的感激之情的：我的戰士經紀人芭芭拉．波艾爾、我傑出的編輯珍．孟羅，以及蘿倫．伯恩斯坦和戴奇．羅傑斯這一支頑強的公關雙人組、俞真、潔西卡．芒吉卡羅和菲莉達．布勒組成的所向無敵的行銷團隊，以及眼光犀利的文字編輯伊莉莎白．強森。少了柏克萊圖書的這個團隊，這本書就送不到讀者的手上。

還有跨過大海的傑出英國團隊，感謝你們的辛苦！約爾．理查森、葛麗絲．隆、愛莉．休斯、凱蒂．威廉斯、茹思．阿特金斯以及在Michael Joseph出版社的每一個人。

特別感謝為這本書創作封面的天才設計師！

這兩年來，我參加了國內許多讀書會的集會，我非常珍惜這種經驗，能和大家聊天更是讓人興奮。弗瑞斯諾讀書會，書本＋早午餐，葛瑞申讀書會，瑟莉絲特．法克斯和莎拉．亨利，謝謝你們這麼愛看書，也謝謝你們讓我參加你們的聚會。

我的評論夥伴在我寫作時一直都是珍貴的資產。我特別要大聲感激瑪緹・杜馬斯，她不僅是位評論夥伴，也曾是位老師。她讓我在細節上精益求精。

有些作家非常慷慨大方，在早期就看了這本書，提出了許多寶貴的建議。謝謝你們，梅根・米蘭達、J・P・狄拉尼、麗莎・昂格爾、莎拉・佩克能、B・A・派瑞斯、錢德勒・貝克、吉莉・麥克米倫以及漢娜・瑪麗・麥金儂！

對於經銷商，再多的話也不足以感謝各位。謝謝你們邀請我出席活動，推薦我的書。瑪麗・歐馬利、潘蜜拉・柯林格—霍恩、芭芭拉・彼得特、麥斯韋爾・葛瑞格利以及亞列克斯・喬治——還有許許多多的人。謝謝那些我在網路上瀏覽或是親自造訪的書店：花園區書店、葛瑞申書店、雲雀書店、被書謀殺、不可能的故事、有毒的筆、秘密情人書店、書之道、帕那索斯書店、新奇的鄰居、森林湖書店、書與書、魔法城書店……族繁不及備載。沒有你們，我就不會有下一本書。

IG上的愛書人，部落客和書評家，你們在我的心裡佔了很重要的一塊。感謝你們對閱讀的興趣始終不滅，感謝你們的熱心以及支持。你們是最棒的！

我也忘不了那些了不起的圖書館員和圖書館。我會愛上閱讀就是因為小時候經常跑圖書館——而這份愛也是我終於拿起筆來寫作的原因。謝謝你們，圖書館員，維護著書香。

最後，我的朋友和家人，謝謝你們。

Storytella 175

年度傑出教師

For Your Own Good

年度傑出教師/珊曼莎.唐寧作 ; 趙丕慧譯. -- 初版. -- 臺北市 : 春天出版國際文化有限公司, 2023.11
面； 公分. -- (Storytella ; 175)
譯自 : For Your Own Good
ISBN 978-957-741-755-8(平裝)

874.57　　112014926

ISBN 978-957-741-755-8
Printed in Taiwan

作　者　珊曼莎・唐寧
譯　者　趙丕慧
總編輯　莊宜勳
主　編　鍾靈

出版者　春天出版國際文化有限公司
地　址　台北市大安區忠孝東路四段303號4樓之1
電　話　02-7733-4070
傳　眞　02-7733-4069
E－mail　bookspring@bookspring.com.tw
網　址　http://www.bookspring.com.tw
部落格　http://blog.pixnet.net/bookspring
郵政帳號　19705538
戶　名　春天出版國際文化有限公司
法律顧問　蕭顯忠律師事務所
出版日期　二〇二三年十一月初版

定　價　480元

總經銷　楨德圖書事業有限公司
地　址　新北市新店區中興路二段196號8樓
電　話　02-8919-3186
傳　眞　02-8914-5524
香港總代理　一代匯集
地　址　九龍旺角塘尾道64號 龍駒企業大廈10 B&D室
電　話　852-2783-8102
傳　眞　852-2396-0050